知行少年游

贾易飞／张燕／明德国学社等

著

华龄出版社

HUALING PRESS

图书在版编目（CIP）数据

知行少年游／贾易飞等著. -- 北京：华龄出版社，
2023. 4

ISBN 978-7-5169-2512-6

Ⅰ.①知… Ⅱ.①贾… Ⅲ.①传记小说-中国-当代
Ⅳ.①I247. 5

中国国家版本馆 CIP 数据核字（2023）第 069297 号

责任编辑	陈　馨	责任印制	李未圻
责任校对	张春燕	装帧设计	书香力扬

书　名	知行少年游	作　者	贾易飞 等
出　版	华龄出版社 HUALING PRESS		
发　行			
社　址	北京市东城区安定门外大街甲 57 号	邮　编	100011
发　行	（010）58122255	传　真	（010）84049572
承　印	成都兴怡包装装潢有限公司		
版　次	2023 年 5 月第 1 版	印　次	2023 年 5 月第 1 次印刷
规　格	880mm×1230mm	开　本	1/32
印　张	11	字　数	242 千字
书　号	ISBN 978-7-5169-2512-6		
定　价	66. 00 元		

序

  历经六年时间的酝酿与写作，《知行少年游》一书终于付梓。这是一朵小小苔花，也显示出勃勃生机。一群热爱传统文化的孩子们，以浓厚的兴趣、积极的态度参与这本小书的构思写作，最终形成了这本小书。

  该书由我的博士生贾易飞完成构思。贾易飞原为陆军指挥学院教官，曾在俄罗斯伏龙芝军事学院留学并获得硕士学位，2016 年退出现役后考入南京大学攻读博士学位。自 2016 年起，贾易飞与转业军官解旭红共同组织明德国学社的钟心月、张柏岩、张胡杨、时宏雅、缪思思、刘天齐六名同学展开了《知行少年游》一书的写作。该书以中国历史上集立功、立言、立德于一身的明代心学大家王阳明成长轨迹为主线，生动描述了王阳明从一个顽劣少年成长为一个具有家国情怀、敢于斗争、为民谋福的大儒过程。全书分为两部分，第一部分"少年游"重点介绍了王阳明少年时期的成长经历，其中王阳明随祖父金山月夜赋诗，思考学习之目的读书学圣贤，成长过程中与父母产生矛盾的智斗继母、探讨学习方法的对话一斋等章节语言生动，读后又能引人思考。第二部分"合知行"重点介绍了王阳明青年时期的成长经历，重点描写以王阳明入仕后，在完成刑部本职工作录囚时与黑恶势力斗争，在朝中不屈服宦官刘瑾势力而被贬，但不改初心，在极端恶劣的环境中仍能自强不息，终于在龙场悟道，重新游历滁州与南京的经历。全书以第一人称方式叙述了王阳明成长及悟道经历，我相信会对当代青少年读者产生共鸣及启迪。

中华优秀传统文化是中华民族的精神命脉，是我们最深厚的文化软实力，也是我们在世界文化激荡中站稳脚跟的坚实根基。一流大学要做中华优秀传统文化的弘扬者，延续文化基因，加强挖掘阐发，萃取思想精华，展现精神魅力，推动中华优秀传统文化创造性转化、创新性发展。在讲好故事、争做表率中坚定文化自信的骨气。这本书是南京大学 2020 年度"知行合一之阳明文创"创业项目的组成部分，也是对传统文化挖掘与阐发的一次积极尝试。南京大学国际关系学院与国际创新创业学院对于该项目提供了全程指导与帮助，确保项目最终被评为南京优秀创业项目，获得了南京市人社局与紫金创投的资助，最终让这本书得以出版，实现了孩子们的梦想，也在他们的心里种下传承中华优秀传统文化的种子。

本书编写过程中成立了以吴蓉、辜文清、孙建昌、张燕、贾易飞、解旭红、孟冰雁等人组成的指导组。对以钟心月、张柏岩、张胡杨、时宓雅、缪思思、刘天齐等中小学生组成的写作小组给予指导。我非常高兴地听说这本书的写作只是一个开始，将来他们还要展开《定风波》《心即理》等后续书籍的撰写，期待他们的后续佳作。

今天是南京大学建校 120 周年，孩子们以《知行少年游》这朵小小苔花，向南京大学百廿华诞献礼。

南京大学国际关系学院执行院长
中国南海研究协同创新中心执行主任

二〇二二年五月二十日

引　言

　　《左传·襄公二十四年》记载了春秋时期叔孙豹与范宣子的著名辩论，叔孙豹的"太上有立德，其次有立功，其次有立言，虽久不废"三不朽言论，千百年来，成为中国人世代相传的精神标准与价值追求。中国历史名人灿若星河，有一种流传甚广的观点认为，中国历史上真三不朽有两个半人，半人所指为曾国藩，两个人所指即为孔子与王阳明。

　　从唐人孔颖达对德功言三者标准来看，若论创制垂法，博施众济之立德，王阳明融通儒释道，开心学一脉，独创姚江学派，其影响在中国世代更迭至今，仍如山中之花，常开不败。若论拯厄除难，功济于时之立功，王阳明集文采与武功于一身，其虽为一介书生，但深谙兵法，在盗贼横行、宁王叛乱，社稷危如累卵之时，能够挺身而出，力挽狂澜。若论言得其要，理足可传之立言，王阳明能够在孔子删述六经千年之后，从本体原点心之至光明世界，传习于世，个人又达此心光明之境界。历史的长河缓缓向前，昼夜不舍。时间与实践是永恒不变的试金石，王阳明能够在五百余年之后，仍能对今日社会产生深刻影响，被冠以真三不朽，必有其内在之真与理。

　　一家仁，一国兴仁；一家让，一国兴让；一人贪戾，一国作乱，其机如此。而仁让及贪戾之心皆由心起，孩童之心皆至纯至净，传仁善之理，便如点一盏灯在其心，光虽微，却能照亮其前行的路。时光如白驹向前，空间固定不变，跨越五百余年，一群孩子在阳明生于斯、长于斯、成于斯的中华大地上，重悟阳明之心，重感阳明之志，重历阳明之事。其力虽弱，微光前行，事上磨炼。

　　阳明十二岁曾说登第恐未为第一等事，读书便是学圣贤。人人皆可实践为圣贤，圣贤之心可从少年始，是故本书取名《知行少年游》。

全书主要人物

王阳明——王守仁，小时名王云，精研《大学》，阳明心学创始人

王　伦——竹轩公，字天叙，王阳明祖父，精研《礼》

王　华——号实庵、海日翁，王阳明父亲，明成化十七年（1481）状元，精研《礼》

岑　氏——王阳明祖母

郑　氏——王阳明生母

赵　氏——王阳明继母

诸养和——王阳明岳父

诸芸玉——阳明妻子，诸养和的女儿

明英宗——朱祁镇，历经土木堡之变与夺门之变，曾两次登基

明代宗——朱祁钰，因土木堡之变被拥为帝，夺门之变爆发后被废为郕王

谢　迁——号木斋，王华同窗，明成化十一年（1475）状元，东阁大学士

明孝宗——朱祐樘，年号弘治，创"弘治中兴"

明武宗——朱厚照，尚武好功

也　先——瓦剌领袖，土木堡之变俘虏明朝皇帝朱祁镇

宁　王——朱宸濠，四代宁王，武宗正德十四年（1519）起兵叛乱

娄　谅——别号一斋，理学大儒

唐伯虎——应天乡试第一名，因弘治十二年（1499）会试"鬻题"案被革功名

娄　妃——娄素珍，娄谅孙女，宁王正妃，博学多才

刘　瑾——宦官，武宗时期司礼监掌印太监

徐　爱——王阳明妹夫，亦为阳明弟子，筹划《传习录》

钱德洪——王阳明弟子，编修《传习录》《王阳明先生年谱》

朱　熹——号晦庵，南宋时期理学家，程朱学派代表人物

陆九渊——号存斋，人称象山先生，陆王心学代表人物

席　书——字文同，号元山，阳明心学认同者

方献夫——字叔贤，号西樵，阳明心学传承人，明嘉靖十一年（1532）任内阁次辅

黄　绾——字宗贤，号久庵居士，师从王阳明，阳明心学传承人

目 录
CONTENTS

第二部　合知行

楔　子

少年游·栏干十二独凭春

欧阳修

栏干十二独凭春，

晴碧远连云。

千里万里，二月三月，行色苦愁人。

谢家池上，江淹浦畔，吟魄与离魂。

那堪疏雨滴黄昏。

更特地、忆王孙。

　　位于浙江宁绍平原的余姚，自古人杰地灵，千百年来涌现出大批历史文化名人，也留下许多著名的文化景点。而其中最有名的，当属侯青江畔的瑞云楼。六百年前，姚江学派的创始人王阳明诞生于此，我们的故事就要从瑞云楼说起，瑞云楼有什么样的趣事，还是让王阳明自己来告诉你吧……

　　明世宗嘉靖七年十一月二十九日（1529 年 1 月 9 日），南安府章江边青龙铺。

一舟夜泊江面，四面静寂无声，唯有江水沙沙拍岸之声，倒更显清晰。

舟中一灯如豆，舱外天地苍茫。

寒夜之中，我静卧孤舟之中，面平静，色如纸。

门生周积坐于榻前："昨日我问郎中，郎中说先生身体无恙。请先生好好静养，必无大碍。"

我全身只感无一点点力气，使劲睁开双眼，道："我自年少始便患有肺疾，今已病势危急，之所以还未离世，仅是一点元气所维持。"

见周积眼中含泪，我拉起他的手："前日寄书返家，我还道未能达成归田之愿，若能再回家乡阳明洞，与友人相见，且后会又有可期。"

双目沉沉，唯想睡去。

我便闭目休养，良久。

缓缓睁开眼，告周积："我去了！"

周积眼中之泪扑簌簌落下，跪于榻前："敢问先生有何遗言？"

我微笑道："此心光明，亦复何言！"

舟内一灯灭，舱外天正明。

辰时，一轮朝阳从江面缓缓升起，明霞映天，倒映江面，江水缓缓流淌不息。

江水向前永不复倒流，而我的思绪又回到五十余年前，那时祖父竹轩公仍在，牵着我的小手，立于瑞云楼下，观门前绿竹猗猗……

第一部

少年游

● ● ● ● ● ● ● ● ●

瑞云楼记①

余姚，明代时属浙江承宣布政使司下辖的绍兴府，一直有"五山二水三分田"之称。地势南高北低，南部山峦起伏，城北钱塘江水日夜不停地奔流向东，滋润出如诗如画的江南风光。提起余姚王氏一族，在这座小城倒是无人不知，王家并非是锦衣玉食的有钱人家，而是世代专心于读书的书香门第。

寿山堂家中挂有一副对联："雪压孤舟，一叶载六花归去；雁横远塞，片笺写八字出来。"提起这副对联极有意思，上联是我的父亲王华所书，下联是我所写。说起我的父亲，祖父王伦喜好读书，对他的影响甚深。祖父字天叙，生性喜竹，故号竹轩公，寿山堂院前种有大片竹子，家中虽不富庶，但心态豁达，尤好读书。诚如苏轼诗中所记："黄口小儿莫相笑，老人旧日曾年少。"年幼之时，我虽口不能言，也常于夕落之时端详瑞云楼，落日余晖将高大

① 据明万历《新修余姚县志·古踪》所记：瑞云楼在龙泉山北，明王文成公守仁所生处也。清光绪《余姚县志》郑十六《金石下·瑞云楼记》记载，乾隆志引万历志，楼在龙泉山北，明王文成公守仁生于此。公父华名楼曰瑞云，湛文简若水为之记。后确定瑞云楼址位于浙江余姚城区武胜门路82号寿山堂内。

的楼身镀上一层金黄之色，祖父常牵着我的手，挂杖立于楼前，极目远望，晚风拂过，瑞云楼前香樟沙沙如诵读之声。竹轩公常说："云儿，你的父亲王华与你判若云泥。你早已经过了讲话的年纪却还是口不能言，你的父亲倒是幼时天性聪慧，又能潜心读书，松江提学张时敏前日测试他的文章，大加赞赏，常夸他是可造之才，他日必高中状元。"父亲王华幼时读书之事，竹轩公常常讲与我听，诸多事情我的印象极为深刻。

见金如瓦

明朝建国历经洪武、永乐之世，再到仁宣之治，宇内承平，百姓安居乐业。时间进入正统时代（1436—1449，明英宗朱祁镇年号），父亲王华出生于正统十一年（1446），在父亲刚刚会说话时，祖父教他读《诗经》，父亲很快便能记住。等到年纪稍长一些，他看过的一些书常常可以过目不忘。

父亲年少时，让我觉得最有意思的事，莫过于他捡到醉汉金子藏起来的趣事。

余姚城中溪水纵横交错，夏日之时，荷叶接天，波光粼粼，孩子们最喜欢的事情莫过于相邀戏水溪中。父亲也不例外，常常趁祖父夏日午后小憩时，约上小伙伴到溪边玩耍。

一日午后，父亲照例悄悄溜出门外，不想在溪边看到一人仰面躺在溪边，身边不远处还扔着一个黑色的包裹。胆子小的伙伴喊了一声："这莫不是个死人？"早跑开了。父亲与胆子大的两个玩伴悄悄地走近，看到那个人面红耳赤，又有粗重的呼吸之声，显是酒喝多了，踉跄地来到溪边烂醉于此。

父亲唤了两声，不见那人答应，便跑到溪边挑了一个大荷叶摘下，盖在那人的脸上。这时，身边的玩伴早已经在溪水中打闹开来，对他喊道："快来玩吧，莫管那人了，只是个吃多酒的醉汉，等到下午，自然就酒醒了。"

"来了！"父亲一边答应，一边拎起醉汉扔在一边的黑包，本想放在那人身边，然后就去找同伴玩耍。但觉那包沉甸甸的，心想，莫不是装有银锭？悄悄拆开包的一角一看，居然是整整一大包金灿灿的金锭。

父亲心想这人也真是大意，这包要是放在他身边，他又睡着了，被别人捡去怎么办？思来想去，突然想到一个好方法。

过了一会，那醉酒汉子醒来，父亲和众伙伴远远只见他先是四处乱蹿，然后一下坐在地上，呼天抢地大声号哭起来。水里玩耍的一众伙伴都上岸来，围观那醉酒汉子。

父亲走上前去问："您是不是丢了贵重东西？"

"我的黑色包裹里有整整三十两金子，是卖掉乡下两处房产的钱，本打算带到城里，要在城中买房。现在不见了，这可怎么办？"醉汉酒已经酒醒了大半，一边说，一边四处摸索。

"你莫急，你看溪中正在盛开的那朵红色莲花，到那里摸一下，你的金子就在那里。"父亲指着溪中道。

汉子不相信："你这个孩子，莫要骗我。"

"放心，不会骗你的。"父亲道。

看父亲讲得认真，汉子将信将疑跑入溪中莲花处，在水中一摸，捧出一个包裹正是他丢失的包裹，顿时破涕为笑。汉子抱着包裹跑上岸，从中取出一个金锭道："孩子，多谢你！这个你拿去。"

父亲摆手走开："一包金子我都不贪，还会要你一锭吗？"

祖父每每讲至此，脸上都会流露出满意的笑容："我儿六岁之时便知拾金不昧，有管宁之风。"

后每读管宁割席之事①，父亲六岁拾金之事便浮现在眼前。

文曲双降

父亲的科举之路也非一帆风顺。虽然他在年少时已经声名远扬，16 岁时（天顺六年，1462 年，天顺为明英宗朱祁镇第二次登基年号）在府学之中被宁良考效学问，位列第一。但每个人的人生道路都不会一直平坦，父亲虽满腹诗书，但前后六次赴杭州府参加乡试，均屡试不中，名落孙山。

光阴荏苒，几度花开花谢。成化十一年②（1475），父亲已到而立之年，却仍然只是一个名不见经传的秀才，而他当年的同窗好友谢迁已经高中状元，而谢迁比父亲小三岁。

这一日，父亲带着三岁的我在余姚城中与谢迁相遇。旧时同窗好友相见，顿感百感交集，状元郎谢迁随着父亲来到家中。

父亲与谢迁坐在瑞云楼前的院中，他命家人沏茶招待旧时好友，今日的状元郎。

父亲道："木斋贤弟，这是今年的明前龙井，你尝一尝。"

谢迁端起茶杯，打开茶盖，一股清香扑面而来。再看杯中茶汤，清澈透亮，嫩绿的茶叶根根直立，悬于杯底，如含苞之朵。品

---

① 管宁、华歆共园中锄菜，见地有片金。管挥锄与瓦石不异，华捉而掷去之。又尝同席读书，有乘轩冕过门者，宁读书如故，歆废书出观。宁割席分坐，曰："子非吾友也。"
② 成化为明宪宗朱见深年号，自 1465 年至 1487 年，共 23 年。

一口茶，他叹道："好茶，咱们杭州府的明前龙井，色、香、味可谓三绝合一，难怪有'院外风荷西子笑，明前龙井女儿红'之说。今天在兄台这里，大饱口福。"

父亲笑道："贤弟客气，你是新科状元郎，今天到我家里来，令寒舍蓬荜生辉。"

谢迁忙道："兄台过谦了，我也是刚刚从顺天府赶回余姚家中，昨日还在说要找时间拜见竹轩公与兄台，不想今日就在街上遇见了。想年少之时，同在府学，咱们二人关系最要好，也承布政使宁良抬爱，将你我二人同时列为课业考学第一名。我知兄台经纶满腹，他日再经会试与殿试，你也必中状元。"父亲果真于六年后成化十七年（1481）高中状元，这是后话。一座小小余姚城，六年内接连出了两位状元，常言江东会稽郡多才俊，此言果然不虚。

父亲道："借贤弟吉言，希望我在会试能够得偿所愿。说起布政使宁良，他前段时间差人来请我去他家乡祁阳任教。我正在考虑此事，但家中有父亲竹轩公在，且云儿尚年幼，我正在考虑要不要去。"

谢迁笑道："听说，这瑞云楼的名字和云儿还有一段渊源。"

云儿正是我的小名，此时我正在院中玩耍，听到父亲和谢迁聊天，却不知道他们所说的意思。但说起瑞云楼，我天天玩耍于此，是再熟悉不过的了。

云中谁寄

说起我出生之事，在余姚小城已经是家喻户晓。众人口口相传的版本之一是这样的：

明宪宗成化七年（1471）八月，对于余姚王家来说，一件喜事打破了平静的生活。

当母亲郑氏把自己身怀六甲的消息悄悄告诉祖母岑氏时，祖母欢喜得合不拢嘴。婆媳二人关系本就和谐，祖母待母亲视如己出，母亲也是知书达礼之人，性情温和，心地善良，对待公婆十分孝顺。祖母知道母亲有孕后，日日夜夜于佛前敬香祈祷，在饮食起居方面也照顾得无微不至。日子一天天过去，转眼已至翌年九月，看时间已过临盆之期。都道怀胎十月，但母亲已经怀胎十四个月，却无分娩前兆。

祖母早已经备好一切物品，心思全都放在儿媳生产之事上，所以到夜间常难以入睡。中秋已过，天气渐渐转凉。这一夜，窗外一轮圆月皎如玉盘，云层时而云遮月，时而在月中穿行。月过处云显洁白，月离处颜色渐渐暗淡下来，由灰转黑；继而云开月显，映出地面树影斑驳，天上云朵若隐若现，往来浮动，与白日形态迥异。祖母躺在榻上，透过窗户看着天上的云与月亮，心中想的全是家中这个即将到来的小生命。

正当所有人半睡半醒之际，突然听到窗外传来丝竹的吹弹之声，音韵婉转悠扬，间或还有鼓锣奏响之声，且丝竹之声时高时低，吹弹若在耳边，陡然又宛若在天边。祖母惊得睁开眼来，却见院中依然是月光如水泻于地上，并无人影，也无音乐之声，心中正在奇怪，耳中却又听得乐声响起，却是飘飘丝竹来自天际。祖母抬起头来，见一身仙子立于云端之上。那仙子气韵悠长，仪态万方，身着绯红衣裳，身被绛色彩带，衣袂飘飘。身后立着数位仙子，也是身着飘逸长裙，素带飞舞，或手持箜篌、横笛，或怀抱琵琶、竖琴，正在演奏。祖母方明白丝竹之声来处，心中正在疑惑云中所站是何人。却见那仙子缓行云中，走得更近一些。祖母见那绯衣仙子头佩珠冠，两臂装饰宝钏，颈中戴浅红璎珞。仙子怀抱一婴儿，言说要送与祖母。

祖母道谢，刚刚接过婴儿，却听得婴儿啼哭起来，心中慌乱，一下惊醒，却发现是做了一个梦。然此时虽已梦醒，但婴儿啼哭之声依然隐约回荡在耳畔，又怀疑仍身在梦中。待确认不是，匆忙披衣下床，打开房门，跑到母亲所居之处，看到母亲果然生下一个男婴，而这个白白胖胖的男婴正在哇哇啼哭。祖母进到屋中，见母子平安，心中极是欢喜。一边招呼照顾，一边嗔怪守在屋中的父亲为何不早点喊她来。

父亲向祖母解释，自己见夜已深，而且早已安顿好了生产诸项事宜，就没有打扰祖母。孩子刚刚分娩，正准备报与父母。祖父竹轩公闻得孩子出生，也已赶到。家中添一新丁，一家人俱是满心欢喜，其乐融融。

待照顾母亲先休息后，祖母将方才所做之梦讲与祖父。

祖父听后，也是十分惊异，道这云中送子之梦实是神奇。便依祖母之梦，为这孩子取一云字，唤作王云。

我的第一个名字——王云，在我出生当天就这样定下来了。

楼冠瑞云

自我出生后，寿山堂便成为热闹异常之地。与家中相熟者，都要来到楼中看一看新孩儿，道贺家中天降石麟。而四乡之人，因听说王家云中送子之梦，再加上这个孩儿是怀胎十四月方生，都大为惊叹。有好事者便来到寿山堂前攀谈考证。我出生的异事越广，众乡邻闲谈时，习惯地称我出生之所为瑞云楼，瑞云楼之名便由于得来。十年后，父亲高中状元，再加上其后种种异事，众人又前后印证，觉天意使然却是后话。

事实上，很多人并不知道，我家中并不宽裕，祖父与父亲所住的房子是租来的，并非王家产业。在我家迁至京师之后，我的弟子钱德洪家也租住于此，而钱德洪同样出生于瑞云楼中。很多年后，"曾将大学垂名教，尚有高楼揭瑞云"的小楼毁于大火之中，有形之屋化为尘土，钱德洪曾写下一篇《瑞云楼记》却能流传，足可见修屋莫如读书修心之理。

钱德洪在《瑞云楼记》一文中载：瑞云楼者，吾师阳明先生降辰之地也，楼居余姚龙山之北麓，海日公王华微时，尝僦诸莫氏以居，其父竹轩公与母太夫人岑。海日公夫人郑妊先生既弥十四月，岑夜梦五色云中见神人绯袍玉带鼓吹导前，以抱一儿授岑曰：与尔为子！岑辞曰：吾已有子，吾媳妇事吾孝，原得佳儿为孙。神人许之，忽闻唬声，起视中庭，耳中金鼓隐隐归空犹如梦中，盖成化壬辰九月三十日亥时也。竹轩公异之，即以云名。后先生五岁尚未言，有道士至其家，戒竹轩公曰：天机不可泄。竹轩觉之，乃更先生名，自是讳言梦矣。先生一日忽诵竹轩公所读过书，公惊问之，曰：闻公读时，口虽不能言，已先默记矣！及先生贵，乡人指其楼曰瑞云楼。他日，公既得第，先子复僦诸莫氏居焉。弘治丙辰，某亦生于此楼，及某登进士，楼遂属诸先子。先生之生，协诸梦天降至人，诚非偶然。某不负辱登先师之门，而生也又寻兴诸楼，今幸遗址尚存，恐后世失所稽证，使先生弧矢之地泯焉无闻，是不可以无记。敢叙述遗事谋诸左右，使行道之人过兹地者，指之曰：此先生平乡陬邑也。庶其有睹宫墙而兴思者矣，盖亦公之余教也。

再忆旧时，瑞云楼的名号越来越响，甚至有人到楼前来烧香磕头，以求得子。

但很快，一件尴尬的事情就来了。到我三岁时，余姚城中，和我同年出生的孩子早就开口讲话了，甚至有的已经口唱歌谣，能背诵简单的五言诗。而被传得神乎其神的我，却连一个字也说不出来。

三岁的我仍不能开口讲话，祖父倒是不着急，当有人问到时，他还以贵人语迟来解释。

四岁的我仍然不能讲话，虽然未见祖父着急，倒是见祖母与母亲着急起来，家中之事忙完之后，一歇下来，便会来逗我讲话。二人初时还担心我是哑巴，但在我背后大声呼我，见我会闻声转身，对两人而笑，知道我是能听得到。心中虽宽慰一些，但对我迟迟不开口仍是疑惑不解。

五岁之时，我依旧保持沉默，连喊一句"父亲"或"祖父"都不曾有过，这下祖父也有些着急了……

云胡不云

时光如白驹过隙,两年转瞬即逝,至成化十一年(1475),我已经垂髫,虽然长得白白胖胖,模样乖巧,还是迟迟不能开口说话。祖父四处寻访名医,都无济于事。

每当我走在大街上,人们总是对我议论纷纷:"可惜呀,王家大公子竟然生出个哑巴儿子。"而孩子们见到我便跑开:"那个人是哑巴,不要跟他玩……"外面的议论也传到祖父的耳朵里,祖父虽然表面不着急,实际上也很着急,四处寻方却没有结果。

前文提到,松江提学张时敏测试父亲的文采,对其大加赞赏,以状元及第期许。由此,父亲名闻遐迩,名门望族争着前来礼聘他为子弟师。当时浙江左布政使宁良请父亲到他的家乡祁阳梅庄任教。

不久,父亲的一件事情传回了余姚。

我清楚地记得,那是一个夏夜,漆黑的天穹,一轮明月高高地悬挂在空中,淡淡的月光像轻薄的纱,飘洒在江面上,像撒上了一层碎银,晶亮闪光。夏夜的风是令人期盼的,徐徐吹来,格外清新凉爽。两岸的青蛙也开始放肆起来,"呱呱呱"地叫个不停。依附在树干上的蝉也不认输，"知了知了知了，知了知了知了……"不知什么时候萤火虫也都飞出来乘凉，在旷野在树间一闪一闪，煞是好看。

祖父和我坐在瑞云楼前，他对还不能说话的我讲起了父亲在祁阳教书之事。

祁阳宁家有数千卷藏书，父亲执教之余，常常足不出户，闭门读书到深夜。而宁家的弟子有几位颇为顽劣，想要引诱父亲和他们一起玩乐。他们经常备上好酒，安排美色来引诱父亲。父亲应邀饮酒归来，带着几分醉意回到江边房中，竟在自己的床上发现两名娇艳欲滴的女子。父亲的酒一下清醒过来，想要退出房门时发现房门竟被锁上。父亲使劲卸下一扇门板，破门而出。至此，宁家弟子知道父亲是一位慎独处世，无论何时都能保持读书人本性的真君子。他也赢得了世人对他的尊重。

祖父讲完父亲的故事，抚着我的头说："好色者心偏，好名者心伪，好利者心私，好权者心狭，你以后也要做一位真君子啊!"我虽口不能言，也听不懂祖父所说的话，但还是用力地点了点头。

微凉的风从大自然的草木中经过，拂面而来，清香扑鼻。

寻道不遇

有一道士云游至余姚，在城门前占卜，据说他的占卜术神乎其神，十言九中，于是我也和大伙儿一起去凑凑热闹。

然而到城门后，那道士并不在，我们只好扫兴而归。回去的路上，我听一个小道童说那道士正在瑞云楼欣赏美景，心中不禁有些惊喜，不自觉地加快了回家的脚步。

　　日落西山，瑞云楼下，落日的余晖为高大的瑞云楼披上绚烂夺目的彩衣。我跑回瑞云楼，谁知道士竟不在此处，难道那小道童骗了我？

　　于是我又跑出家中，在城中到处寻找道士的身影。这时，天空突然变得阴沉沉的，又刮起了一阵狂风，令我透不过气来，大树在风中摇晃，一条条树枝像狂舞的皮鞭，呼啸着。

　　天空中的浓浓乌云像排山倒海的波涛，这是暴风雨的征兆。我撒腿就跑，心里不断祈祷着：老天啊，让这雨晚点儿下吧！可天不遂人愿，忽然天空划过一道闪电，紧接着"轰隆隆"响雷滚过。霎时，无情的雨点像天河决堤的洪水，呼啸而来，把我淋成了落汤鸡。

　　雨越下越大，豆大的雨点疯狂地从天而降，黑沉沉的天就像要崩塌下来一样，骤雨抽打着地面，雨水飞溅，迷濛一片。

　　"云儿，云儿！"不远处，似乎传来呼唤声，声音越来越近，我听出是母亲焦急的声音。原来是母亲担心我，出来找我了。

　　"云儿，以后不许这么晚还不回家，我都担心死了，雨下这么大，衣服都湿了。走，我们赶快回家，别生病了。"母亲费力地撑着伞，用颤抖的手理了理我淋湿的头发，把我搂入怀中。我看着母亲含泪的眼睛，心中暗暗发誓，以后再也不让母亲为我担心了。

　　还没到家，远远就看到祖父焦急地向我们跑来，见到我与母亲后，便松了一口气，母亲连忙说道："父亲，您怎么来了？您不是在研读《礼经》吗？"

　　"这不是担心你和云儿吗，刚才，我听张大妈讲才知道，以后这种事情一定要和我说，你都不知道我有多担心你和云儿！"祖父说道。

母亲忙回答道："以后再也不会了，雨还在下，走，我们赶快回家吧。"

回到家，母亲就为我换了一件新衣裳。在母亲为我找衣裳时，一个黑不溜秋的东西滚了出来，四四方方，上面布满了灰尘。我拂去灰尘，它立马露出了真容，原来是一个象棋棋盘。我一见到它就爱不释手，母亲见我如此欢喜，又找出了用麻布袋装着的棋子，温柔地对我说："云儿，看你如此喜欢，我明天就教你下棋吧。"我听后非常欣喜，使劲地点了点头。

第二天清晨，我跟母亲来到瑞云楼前，晨风微微吹来，一颗颗晶莹透亮的小露珠顺着楼旁高大的树木滑落下来，欢快地跳跃着，闪耀着。嫩绿的青草迎着温柔的晨风摇摇摆摆地伸展着腰肢，一朵朵盛开的小花被露水滋润着，绽放出美丽的笑容。空气湿润润的，青翠的枝叶、芬芳的花蕾，散发出天然的香味，令人感到格外清爽。我和母亲坐到楼前的石桌旁，母亲拿出擦拭过后的棋盘和棋子。我们先摆好棋子，然后母亲教了我一个口诀：

将帅田中横竖走，被吃便成输棋手。

士在两旁斜线走，保护将帅不远走。

相象田间对角走，田中有子不得走。

小马日字对角走，直前有子不得走。

老车横竖任你走，遇谁吃谁称勇首。

大炮横竖也任走，隔子方能吃对手。

兵卒只能往前走，过河方能左右走。

各子路上遇对手，吃时要防对手走。

吃人将帅喊"将军"，输棋不气是好手。

　　母亲说："只要你能够熟记这个口诀，就自然会下象棋了，不过要想精通，还需多加练习，毕竟熟能生巧嘛。"我鼓着腮帮子点了点头，迫不及待地默记起口诀来。这时，竹轩公从远处走来，脸上笑盈盈的，说："我说你们怎么一大早就跑出门来，原来是教学象棋。不错不错，云儿，你母亲可是个象棋高手，你可要多向她学习呀。"母亲忙说道："父亲大人过奖了。"此时，我心中也萌生了一个梦想：棋艺以后一定要超过母亲！

峰回路转

　　一天天过去了，我虽每日读书下棋，自在悠闲，奈何还是不会说话，祖父看在眼里，急在心里，决定带我坐船去金华寻访他的一位老友，以求能治好我的怪病。

　　我们从余姚出发，乘船沿京杭大运河抵达金华。此时正值初春，一路上，山清水秀。东方的启明星渐渐隐去，晓风残月，杨柳拂面。迎着旭日起航，两岸的桃花、茶花、迎春花和白雪般的樱花在晨露中渐次亮起来，她们摇曳着枝叶，舒展花瓣，散发出阵阵沁人心脾的花香。

　　金华以火腿闻名华夏，到了金华，我自然免不了大快朵颐，火腿白菜汤、小炒火腿、蒸火腿、火腿烧鲍鱼……这些美味佳肴令我胃口大开。

　　饱餐一顿后，我和竹轩公便启程拜访他的老友——初墨居士。初墨居士住在一座山中，与世隔绝，此时他正背对着大门研读书籍，竹轩公见他没有察觉到我们的到来，便轻轻地叩了叩门，道："初墨，多年不见，别来无恙啊。"

初墨居士这才察觉我们的到来，回头一看，见是祖父，惊得把书一扔，激动地说："天叙兄，竟然是你！唉，多年未见，你倒是精气神越来越好了。咦，这位小娃娃是谁？"祖父笑嘻嘻地说："多谢夸奖。此次前来我有要事要找你帮忙，这位小娃娃乃是我的孙子，已经垂髫，却迟迟不能开口说话，这是为何？"初墨居士凝视我半晌，脸色渐渐凝重，随即他摸了摸自己花白的长髯，说道："天机不可泄露，不可泄露也！"随即走进房中。祖父见状，只好带我扫兴而归。

一天傍晚，我正和母亲在瑞云楼前博弈。此时，从远处走来一位身披金黄道袍的道士，道袍在烈日骄阳的照耀下熠熠闪光。那道士看到我后，脸上突然露出惊异之色，盯着我细细端详半天，沉思良久后，长叹一声，随即又摇了摇头。

祖父见状，忙跑去追问道："这位道爷，请问这孩子怎么了，为何至今还不会说话？还请大师解惑，老朽感激不尽。"那道士摸了摸他那灰白的长髯，感慨地说："此子本是神童，只可惜道破天机，命中才有此一劫啊！"

道士说罢，一挥长袍，飘然而去。祖父觉得道士之言大有深意，便仔细琢磨。

祖父思前想后，反复斟酌，终于恍然大悟，原来王云即是天机，给我取名为云，说出云中送子之事，天机岂可道破？

"王云"这个名字是万万不能再用了，祖父连夜沉思，最后根据《论语·卫灵公》中"知及之，仁不能守之，虽得之，必失之"这句话，为我改名守仁。

一天中午，天气炎热，骄阳似火，知了不停地歌唱着，我正帮祖父整理书籍，忽然一阵风吹来，把书吹落一地，也吹得我一阵头昏眼花，随即昏了过去。

　　过了许久，我悠悠地醒来，祖父一直在床边守望，见我醒来，忙说："孙儿，你醒了，你到底怎么了，我们都担心得要死了，郎中也没有办法。"

　　突然，我感到头脑豁然开朗，脑海中慢慢浮现出以前读过的四书五经，《大学》《中庸》，随即说出了我人生中的第一句话："哇，

头好晕啊。"

祖父喜出望外，激动地说："哈哈，孙儿终于会说话了！"母亲也流下了欣喜的泪水。我也控制不住自己内心深处的喜悦，仰天大笑起来，我终于能和小伙伴们一起开心快乐地玩耍了，再也不是那个备受质疑的哑巴了。

我突然会讲话的消息在余姚城传开了，人们都觉得十分神奇。祖父对那位道士感激不尽，也时常感叹我家与道教有极深的渊源。此是后话，暂且不表。

象棋风波

我能像正常孩子一样开口讲话后，祖父便将我送入城中私塾读书。读书之余，我把时间都放在了下象棋上。自从学会下象棋后，我便越来越喜欢这种对弈游戏了。

早晨一睁眼，我第一件事便是打开象棋棋盘，摆上红黑棋子，自顾自地下起来，甚至忘记了晨起的功课和洗漱。

母亲把饭菜都已经准备好，催促了多次，但我已经沉浸在车马杀伐之中，充耳不闻。

直到母亲告诉我，再不吃饭，上私塾就要迟到时，我才慌忙收拾起棋子，悄悄装在书包的最下层。

城中私塾老先生的戒尺可是不饶人的，三口两口吃完饭，我便抓起书包，一溜烟地跑出家，向私塾飞快地跑去。

快到私塾时，远远就能听到伙伴们的琅琅读书声，有的在背《三字经》："十干者，甲至癸。十二支，子至亥。曰黄道，日所躔。曰赤道，当中权。赤道下，温暖极。我中华，在东北。寒燠均，霜露改。右高原，左大海。曰江河，曰淮济。此四渎，水之纪。曰岱华，嵩恒衡。此五岳，山之名。"有的在背《童蒙须知》："凡为人子弟，须是常低声下气，语言详缓，不可高言喧闹，浮言戏笑。父兄长上有所教督，但当低首听受，不可妄自议论。长上检责，或有过误，不可便自分解，姑且隐默。"大宝的嗓门尤其大，他的背书声十分清晰："余尝谓读书有三到。谓心到、眼到、口到。心不在此，则眼不看仔细。心眼既不专一，却只漫浪诵读，决不能记。记，亦不能久也。三到之法，心到最急。心既到矣，眼口岂不到乎？"

坏了，最近满脑子想得全是下棋的事情，先生要求记诵的内容，我全然没有做功课。我低着头慢慢地挨到了私塾门前。

先生手拿戒尺，正在书桌前检查背诵情况，余诚姚吞吞吐吐半天："正身体，对书册……对书册……嗯……嗯。"

先生睁开眼，严厉地道："详缓看字！"

余诚姚："详缓看字，仔细分明读之。须要……须要……"

先生厉声呵斥："伸手！"

余诚姚打了一个激灵，眼巴巴地看着先生，慢吞吞地伸出右手。

"啪"的一声，戒尺重重地打在诚姚的手上。

教室伙伴们的读书声瞬间停止，余诚姚脸涨得通红，眼泪在眼眶中打转，嘴唇也颤抖了几下。

戒尺像打在我身上一样，我的双腿也开始发颤。

先生眼光扫视了一下四周，伙伴们像得了冲锋号令的士兵一样，又大声地背起来。

"诚姚下去继续背！"先生对门前站立的我道，"王守仁，你过来!"

"是，先生!" 我慢慢走到书桌前。

"为何迟到?" 先生问道。

"嗯，嗯……" 不知为何，我脑中突然闪出一个念头：如果找个理由，或可逃过老师戒尺。"先生，今晨起时，守仁发现母亲身体不适，好像感染风寒，便帮母亲收拾家务，并去请了郎中，所以迟了。"

"为人子，当时刻牢记'孝'字。你小小年纪，能对母亲如此，着实不错。" 先生脸上露出难得一见的笑容道："昨天要求的功课有没有完成?"

"先生，早起之时本打算背诵，但实在没有时间，弟子没有完成，甘愿受罚。" 我回答。

"情有可原，去吧。" 先生道，"下一个!"

我三步并作两步来到自己的书桌前，戒尺之罚，居然被我轻轻化解了，内心不禁有一丝得意。在书桌前坐定后，心中又开始想下象棋了，便悄悄与左右耳语道："中午趁先生休息，咱们找地方去下棋如何?"

"好啊!好啊!" 小伙伴们也兴奋地低声叫道。

私塾地处余姚城边，南侧不远外有一片池塘，塘内遍种荷花。春夏之季，十里荷花飘香；秋冬之时，万千枯茎迎霜。自有一番宜人景象。此时刚刚过了立夏，气温一日日回升。我转头看着窗外，阳光明媚，池塘边杨柳依依，几只鸟儿立在枝头快乐地玩耍，一阵风吹来，鸟儿便在随风飘动的柳条间追逐，上下翻飞。突然想自己要是一只鸟儿多好，可以一天到晚不学习，只玩耍。

我与小伙伴最喜爱的地方是私塾北侧的小山，山上植被茂密，有一小径直通山顶，半山腰处有几块巨石，除了偶有砍柴的樵夫由此上山，很少有人会到这个小山上。而这里也成了我与伙伴们的玩乐之地。

整个上午，先生在课堂上讲朱熹的《儒先训要十四种》，我是一个字也听不进去，满脑子都是中午下棋之事。

好不容易挨到先生讲完课，给我们留了描红与背诵作业。

等先生回到自己住处，我便悄悄背着装有象棋的书包，与几个小伙伴溜出私塾，狂奔至后山半山腰巨石处。喘息甫定，我便一边拿出棋盘，抖出红黑棋子，慌忙摆子上盘；一边对小伙伴们喊道："来，来，来，我昨天已经看了一天棋谱，请你们车轮战来与我斗，若是我赢了，你们就要喊我'大将军'，如何？"

小伙伴们来了兴致，齐喝一声好，定出顺序，一一来战。

因为知道先生下午要进城办事，不会再回课堂，我便与小伙伴们在半山腰玩得忘乎所以。直到夕阳落山，天黑得已经看不到棋盘，大家才依依不舍地下山回家。

回到家中时，已是掌灯时分。

母亲站在家门前张望，一看到我便急切地问道："守仁，今天下学怎么这样晚？"

"今天先生下午有许多功课要完成，所以回来迟了。"我居然又撒起谎来。

母亲抚着我的头，说"快回家吃饭吧。"

"嗯。"我对母亲点头道。

第二天又是如此，从早上起来便心神不定，满脑子全是象棋。磨磨蹭蹭地吃完饭，在母亲的叮咛声中跑出了家门。

第三天早上，我正在磨蹭吃饭时，母亲拿出我的书包，从里面翻出了象棋。问道:"包中为何要带上象棋?"

我脱口而出大声道:"姆妈①为何要翻我的包?"

"包中不许再放象棋!"母亲生气地说。

我却心中老大不乐意,在出门之际又悄悄把象棋塞入包中。

走到学堂门前,本是晨读时间,私塾内却是一片安静。先生脸色铁青地立在桌前,面前站着几个小伙伴,都是昨天和我一起去后山玩的人。

我心想,坏了,昨天的事情让先生发现了。

"王守仁,"先生的厉声呵斥把我拉回现实,"昨天是不是私自离校了?"

我硬着头皮走到先生面前,点点头。

"转向大家,伸手!"先生一脸怒气地说。

手刚刚伸出来,先生的戒尺就已经打在了手上。

一瞬间,钻心的疼痛传来,我也控制不住地嚎开了"啊……",手也一下抽了回来。

"再伸手!"先生呵斥道。

手只有再伸出来,啪……啪……戒尺一下下抽在手上,我开始咧开嘴大哭起来,耳边也传来小伙伴们的笑声。

"昨天下午功课有七人不在。今早我已经问清楚了,是你挑头带着大家到后山玩耍,一直在下棋,还得了个什么'将军'称号。"先生越说越生气,"今天我就要登门去拜会一下竹轩公。"

先生要到家中去,那我两边撒的谎岂不是要穿帮。我不知道是怎么回到座位之上的,一天都心神不宁。先生见我脸色惨白,以为

_____

① 余姚方言称呼"妈妈"的发音。

我是受罚心中害怕，同窗们也以为我是挨了戒尺所以情绪不高。哪里知道我现在心中十五个吊桶打水——七上八下，几下戒尺的皮肉之苦早已经忘记，晚上先生到家，我该怎么办？越想心中越烦乱，事情怎么变得如此糟糕？

回到家中，我便躲在自己的书桌之前，取出《童蒙须知》，认真地诵读起来。祖父几次进屋，看到我都在读书，甚是高兴："孙儿今天读书甚是认真，等读完《童蒙须知》，便可再学《小学》了，为人处世之理，你便可知了。"

我回头看着祖父，认真地点点头，嘴上应着诺，心里却是急如油煎。担心先生上门来，撒谎之事便要露馅了。

吃过晚饭，天刚刚黑。门外便想起敲门声，我的心也呼得一下提到嗓子眼。

果然是先生来家，坐定后便与祖父聊到近日我在私塾中的表现。我躲在瑞云楼里屋之中，大气也不敢出。

听得祖父与私塾先生笑谈着出门，我从里屋悄悄走到客厅。祖父回到客厅，脸色已是铁青，手中多了一根藤条。

未等祖父讲话，我已经跪在地上了。

"说，你在私塾犯了什么错？"

"祖父，我和小伙伴们在后山贪玩，忘记了上课时间。"我小声地回答。

"不对！"祖父把我拎在凳上，举起藤条唰唰地抽在我的身上。

屁股与后背一阵钻心的痛，我疯了一般地大叫起来："姆妈，快救我，好痛啊！"

"云儿，你犯错还不知悔改。祖父教训得对，你如何还敢呼救？"母亲在里屋答话。

　　我便不敢再喊，祖父用藤条抽了十几下，我的声音从盼人来劝少受皮肉之苦的大叫，转为受笞之后的大声抽泣。

　　祖父不再抽打，坐到椅上。我从凳上爬下来，走到祖父面前，跪在地上，把头埋在双手之中，呜呜地大哭。

　　祖父坐在椅上，等我哭声渐止，方说："人生于天地之间，什么事情最重要？莫过于两个字，一个字是诚，不论何时何地，当以诚待人，不能撒谎。另一个字便是信，言而有信。做人当以德为先，待人当以诚为先，做事当以勤为先。你想想自己到底犯了什么错？"言罢，便慢慢起身回到自己房间。

　　听了祖父的话，我慢慢止住了哭声，想到为了玩象棋而在家欺瞒母亲，在私塾向先生撒谎，只知与伙伴下棋，心思全不在功课上，直至今日先生上门。心中越想越觉得羞愧难当，这种感觉比祖父藤条打在身上更加难受，不禁又呜呜地哭了出来。

　　"云儿。"母亲不知何时来到我的身边，蹲下把我扶起来，整理了一下我皱巴巴的衣服，拍去上面的灰尘，温言道："母亲知道你是一个聪明的孩子，祖父讲的道理你一定听懂了。做人诚实是放在首位的，在家为人子，在私塾为蒙生，无论什么时候都不能撒谎，而应坦坦荡荡。"

　　我抬起头看看母亲，用力地点了点头："姆妈，儿子知道错了。前一段时间，我心里天天所想就是下象棋，沉溺于游戏之中无法自拔，没有办法控制自己。在家对你撒谎，在学校又欺骗先生。现在想想，心里真是羞愧难当。另外，撒谎之后，时时刻刻都在担心谎言被揭穿，心中也是一刻都不得安宁。"

　　"是啊，"母亲轻轻叹了一口气，"做人切不可德行有亏，否则便会让亲人蒙羞，这也正是你的祖父生气的地方。"

“姆妈。”我擦去脸上的眼泪，大声地对母亲说：“从今天起，儿子一定会以课业为重，认真学习。无论何时都要以诚待人，绝不撒谎。”

母亲看着我，脸上露出会心的笑容：“快起来吧，姆妈相信你一定能够做到。姆妈上次查看你包时，对你的态度也不好，下次我也会注意的。但是，这象棋却是不能再留了。”

我不断地哀求母亲：“姆妈，求您了，能不丢我的象棋吗？我以后再也不会沉迷于象棋了。”

但母亲不顾我的哭求，执意将我的象棋丢入河中。

我像丢了魂一样，心中失落不已。此时，天色渐晚，一轮明月悄然升上天空，余姚城内万家灯火，大街小巷人们下棋聊天有说有笑。我独自一人坐在河边，捶首顿足，哇哇大哭起来，只能看着象棋被流水吞没，无计可施。

渐渐地，我的情绪平复了下来，垂头丧气地向家走去。一路上，我脑海中不断涌现出先生严厉地斥责，祖父的谆谆教导，还有母亲那温柔的包容，这些情景像太阳一样慢慢融化了堵塞在我心中的冰块。待我到家门口的时候，胸中已然开朗。

回到家，饭桌上早已摆满了母亲做的美味佳肴。见我到家，母亲忙招呼我吃饭。我有感而发，对母亲说：“刚刚我做了一首关于象棋的诗。”

母亲笑道：“是吗？快让我听听。”

我摇头晃脑地吟道：“象棋在手乐悠悠，苦被严亲一旦丢。兵卒堕河皆不救，将军溺水一齐休。马行千里随波去，士入三川逐浪流。炮响一声天地震，象若心头为人揪。”

母亲与我的笑声回荡在美好的夜色里。

三十余年后，当我已经成为都察院左佥都御史，在江西一带剿匪时，我的儿子正宪正是和我当年贪玩象棋一样的年纪，想到要让宪儿戒游戏、毋说谎，我便修书一封寄至家中，特地叮嘱孩子。这便成了家训，信中言：

幼儿曹，听教诲：
勤读书，要孝悌；学谦恭，循礼仪。
节饮食，戒游戏；毋说谎，毋贪利；
毋任情，毋斗气；毋责人，但自治。
能下人，是有志；能容人，是大器。
凡做人，在心地；
心地好，是良士；心地恶，是凶类……

金山月夜

时光匆匆，寒来暑往，转眼到了大明成化十六年（1480），我已经9岁，每日在家中随祖父学"四书五经"，在母亲的精心照顾下，日子过得波澜不惊，时光在瑞云楼前仿佛静止一样，唯一改变的就是寿山堂门前竹轩公所种的群竹。在我刚有记忆之时，已经郁郁葱葱一片，而今已经高达十尺有余，愈加苍翠挺拔。风来清声，鸟鸣于中，雨落幽篁，如兵夜行。待到晴朗夜晚，弯月如钩挂于竹梢之上，祖父便会带我立于竹林前抬头望月，夏末之时星河悬于天际，真让人有天地无穷之大的感叹。

泛舟北上

父亲在成化十六年秋初之际，结束了在祁阳梅庄讲学教书的时光，赶回到家中，参加八月秋闱。① 正是天道酬勤，功夫不负有心人，父亲在乡试中以第二名的成绩中举。

成化十七年（1481），父亲参加春闱，顺利被取贡生②。会试时，父亲名列三十三位。真是无巧不成书，录取父亲的正是他的好友谢迁。殿试时，父亲又以一篇锦绣文章高中状元，被授翰林修撰。

父亲中了状元，家乡余姚人人喜色，宛如过春节一样，城中鞭炮齐鸣，鼓乐声中，家乡父老纷纷前来向祖父道贺。我也知道状元实在是读书悟到至理，文章做到极致，是极其难得之事。不过父亲被授翰林，我就不太清楚翰林之实意。

祖父乐呵呵地解释道："翰林始于唐时，到本朝之后地位更加重要，是国家储备人才之重要处所。咱们朝中的阁老重臣，在考中进士之后，大多都会进入翰林。本朝创立至今，已经有非进士不入翰林，非翰林不入内阁之说。庶吉士始进之时，已群目为储相。所

---

① 宁良，字元善，明朝重臣。任浙省大参时，因试观风于诸生中，得谢迁于童子中，得王华并拔第一，转广东廉使，寻历浙江左右藩均节钺役，汰其浮羡，时谢迁成进士，王华读书，龙泓良聘华至祁，为子弦讲学于梅庄，辛丑华大魁天下，弦亦明经廷试第一，祁士习礼经自弦始。浙江方伯祁阳宁良要张时敏为其子推荐塾师，张就把王华推荐了去，宁良延至家，居梅庄别墅。湖湘之士闻风而来，从学者数十人，前后三年才归越。

② 自科举制度确立以来，朝廷统一选拔人才的会试都在春天举行，故会试也称春闱。明朝时期，会试每三年举行一次，一般会试在乡试的第二年举行。因乡试考试时间在八月二十日、二十三日、二十六日，正值金秋时节，故乡试也称秋闱。明朝乡试由南北直隶与各布政使司举行，乡试考中被称为举人，中举后即有资格为官，并可以参加会试，会试考中被称为贡生。贡生经过殿试，被分批定三甲名次。其中一甲只取3名，第一名称状元，第二名称榜眼，第三名称探花，均赐"进士及第"；二甲赐"进士出身"若干名，第一名称传胪；三甲赐"同进士出身"若干名。

以，你父亲被点翰林是极其荣耀之事。"

我似懂非懂地点头："孙儿明白了，那父亲以后就在顺天府①任职了，什么时候会回家来？"

祖父呵呵笑着抚着我的头："你父亲已经高中状元，又被留职于皇帝身边，读书人能够学而优则仕，兼济天下。以后就要肩负重任，再回到余姚应该很难了。"

"哎……"我心道："父亲前几年一直在祁阳任教，我都忘记父亲的模样了。去年秋闱、今年春闱，又不在家中。看来以后想见父亲更难了。"

祖父从案几上拿起一封信，笑道："华儿刚刚送信至家，他已经在顺天府安顿好了，请我们一起到京师。这几天行装收拾完毕，我就带你一起赴京。古人说，行万里路，读万卷书，正好我们可以边读书边游览。"

我兴奋地一下跳起来。自打出生以来，我一直在余姚寿山堂家中相伴祖父左右，从未出过远门，这一下要从余姚去京师，全家之中最开心的莫过于我了。

成化十八年（1482）夏秋之交，祖父带着我一路乘车至杭州府，然后乘船沿京杭大运河一路北上。一路之上，一老一少爷孙二人半是赶路，半是旅游，一路欣赏沿河风光。谈笑之间，时间倒也过得轻快，不知不觉，船已经出了浙江布政使司地境，进入南直隶辖区之内。

从祖父的介绍中，我得知自太祖朱元璋建立大明，再复中国之后，先定都于应天府（南京），尔后明成祖迁都至顺天府。自宣德

———————————

① 明、清设于京师（今北京）之府制。

三年（1428）始①，全国分为两京、十三布政使司、关西七卫②、俄力思军民元帅府③，两京即北直隶与南直隶，十三布政使司分别为浙江、江西、山东、四川、福建、湖广、广东、山西、广西、河南、陕西、贵州、云南等布政使司。

　　祖父在纸上画出京杭运河乘船路线，自杭州府、苏州府、镇江府、徐州、东昌、沧州、天津、通州至应天府。赴京路上千万里，现在想来，印象最深之地莫过于镇江。古称润州的镇江，依山傍水，自古便有"天下第一江山"的美名，长江与京杭大运河交汇于此，江河如带蜿蜒绕城，春雨如玉，滋润出鹅黄柳绿的江南春色。若遇冬雪漫江山，镇江更是别有一番意境，宛若水墨丹青。宋人杨万里曾有《雪霁晓登金山》词为证："焦山东，金山西，金山排霄南斗齐。天将三江五湖水，并作一江字杨子。来从九天上，泻入九地底。遇狱狱立摧，逢石石立碎。乾坤气力聚此江，一波打来谁敢当。金山一何强，上流独立江中央。一尘不随海风舞，一砾不随海潮去。四旁无蒂下无根，浮空跃出江心住。金宫银阙起峰头，槌鼓撞钟闻九州。诗人蹈雪来清游，天风吹侬上琼楼。不为浮玉饮玉舟，大江端的替人羞，金山端的替人愁。"

月夜赋诗

　　这一日，祖父牵着我手至船头，但见长江烟波浩渺，远远一巨

---

① 宣德为明宣宗朱瞻基在位年号，自1426年至1435年，共10年。
② 指明朝在嘉峪关以西（今甘肃、青海北部及新疆东部）设立的7个羁縻卫所。
③ 俄力思军民元帅府辖区为今西藏阿里地区、新疆西南部及克什米尔地区、不丹、锡金等地。

渚立于江中，渚上遍布苍翠树木。随着舟船前行，隐约又见飞檐掩映其中，渚顶有一高塔矗立。靠近仰望，高塔及塔下寺庙殿宇与渚上树木、岩石相映成趣，山与寺融为一体。

祖父遥指高塔："孙儿，那里便是著名的金山寺了。"

我好奇道："那白蛇水漫金山的传说就是发生在这里了。"

祖父笑道："是的。一会我带你到金山寺游览一下，正好我有几个旧友在镇江府。咱们出发之前，我已经寄过书信了，今日到此，正好一聚。"

船到金山脚下的码头，祖父派人知会旧友，然后带我登上金山，从金山寺入门拾级而上，一边欣赏风景，一边聊天，并不觉得累。

我望着高塔，突然产生了一个疑问："祖父，这岛位于长江中间，与岸距离很远，为何要费力在此建庙修塔？"

祖父道："我年轻时，曾到此游玩，你问的这个问题，我同样问于当时庙中的一位老僧。他说，这岛上在晋时曾有一寺，名曰泽心寺，那时寺庙很小，于金山之上建一座小庙倒也不费力，因金山本就有石料与树木。金山寺真正扬名于天下，还是在南朝梁武帝时。武帝萧衍梦见一僧对他说，天上、人间、阿修罗、畜生、饿鬼与地狱六道，再加上胎生、卵生、湿生、化生等四生，都有诸多苦难，请做水陆道场普度六道四生。梁武帝最后选择在金山寺设水陆道场，并亲临法会。这也是佛教水陆道场之源，至此金山寺名声大振，其寺庙修设规模也日益扩大，山顶又立慈寿塔，寺大便显得山小，就有'金山寺裹山'之说，这与镇江焦山山裹寺风格迥异，宋时文学家楼钥曾有一首《游金焦两山以雨而辍》：金山寺裹山，焦山山裹寺。风雨劝我归，也省两头事。"

　　行至大雄宝殿时，祖父为我介绍："我与旧友们约在妙高台见面，那妙高台原为一山顶，宋朝时金山寺僧人佛印牵头把山顶凿平，成为赏月的好去处。苏东坡与佛印是好友，传说二人曾在妙高台饮酒赏月，吟唱那首著名的《水调歌头》。今晚看看咱们祖孙二人的运气，说不定能够在妙高台上赏金山月夜。"

　　想到苏东坡与佛印，我突然忆起曾听过苏轼在金山寺的一件趣事。讲苏东坡一日心有所悟，写下偈语："稽首天中天，毫光照大千。八风吹不动，端坐紫金莲。"他颇为自得，便命书童乘舟过江，送至金山寺佛印处。岂料佛印看后淡淡一笑，回书两字："放屁。"苏东坡看到书童所带回信后大怒，自己立即乘船过江，赶到寺中，喊出佛印来理论。佛印哈哈一笑，说："还道端坐紫金莲，不是八风吹不动吗？为何一屁打过江。"

　　祖父听我讲述后，哈哈大笑："这可能是后人喜爱苏东坡与佛印，演绎出的故事，就如苏小妹的故事一样，可能并无此事。"

　　转过大雄宝殿后，便来到妙高台，却见一行人早已候在台上，正是祖父信中所约旧友。众人相见，欢喜异常。祖父带我一一拜见诸位旧友，之后大家坐下吃茶聊天。

　　此时正值黄昏，东坡笔下"仰观初无路，谁信平如砥"的妙高台果真是一绝佳观景处，除去北侧，台三面均为悬崖峭壁，高台之上，俯可见江水翻涌，长江被夕阳渡上金黄之色，江面之上扁舟如叶，任意飘荡。耳边听得风如松之声，间有鸟鸣阵阵，顿感胸襟开阔，天大地大，人之渺小，真如沧海一粟。

　　夕阳落山，夜幕低沉，凉风习习，吹散了白天的溽热，一轮圆月挂于天上。

妙高台上觥筹交错，祖父与多年未见的旧友们把酒言欢。

酒过三巡，祖父有一唤作程世英的镇江旧友道："今日妙高台上皎月当空，咱们旧友相聚于此，把酒言欢。何不以'月'为题吟诗一首？"

此言一出，众人皆道好。有人放下酒杯，拈须冥想；有人端杯举头，望月而思；有人则稳步至妙高台边，低声吟叹。夏夜之风穿林而过，天上一轮圆月照台，众人都在琢磨如何吟出一首金山月夜的好诗，妙高台上突然了无声息，更显寂静。

此时，我心中已经想得一首诗，终是孩童心境，便起身对身边的祖父道："祖父，我已经想好了。"

这一声虽小，但因四下安静，祖父身边几位长辈也都听到了，奇道："已经想成了？快说来听听。"

祖父笑着鼓励我说："孙儿，但说无妨。"

我便把心中所作之金山月夜之诗道出："金山一点大如拳，打破维扬水底天。醉倚妙高台上月，玉箫吹彻洞龙眠。"

众人听到，皆称奇。

已有人将诗写于台边所置几案宣纸上，诸位长辈围于案边，读罢之后，皆称一小儿能于短时间之内作此诗，难能可贵。

此时，突然祖父旧友千一公笑道："竹轩公，莫不是你知今日我们一众旧友要于金山寺妙高台赏月，便提前在来时路上与令孙出引题为诗了？"

千一公脸色突然由晴转阴，冷笑一声道："竹轩公若真是如此，讲得小了，是不打紧的玩笑；讲得大了……"

酒桌的众人见千一公突然较起真来，便有人出来打圆场："今晚是旧友相见，月色正好，咱们还是好好喝酒吧。"

祖父也不以为意，哈哈笑道："千一公，这个真是没有。"

千一公正色道："嗯，小娃娃，我来出一题，你再作一首，如何?"

我便道："长辈吩咐，小娃娃只有从命。"

一众人哈哈大笑，也有人道："千一公，你又要难为人家小孩子了。"

千一公眼观四周后，指着台边一屋说："你就以这蔽月山房作诗一首。"

我观月光笼罩下的蔽月山房，想着诗，而周围的人因无须想诗，相互小声低语，台上便不似方才寂静无声。

只一会儿，我便行揖礼对千一公道："晚辈想好了。"

众人安静下来，围住我。千一公急道："快说来听听。"

我便慢慢道："山近月远觉月小，便道此山大于月。若有人眼大如天，当见山高月更阔。"

众人齐声道一声好，千一公转向祖父道："老夫这下真是信了。可见长江后浪逐前浪，令郎高中状元，文章写到极致，我看守仁定会青出于蓝。"

祖父哈哈笑道："过奖过奖，来来，来咱们再吃酒。"

妙高台上，又是一片欢声笑语。

第二日，祖父依依不舍地在码头告别旧友，带我登上小舟，继续沿京杭运河往京师方向上溯。

读书学圣贤

京师顺天府自从石晋割地后，辽、金、元三朝均是以此地为都城，所以其奇迹异闻众多，风俗也与江南迥异。正如明后世所著《帝京景物略》所述，京师顺天府"天险设于坎，地势厚于坤，皇建而人民会归于极，有进矣。帝北宅南向，威夷福夏，玉食航焉。盖用西北之劲，制东南之饶，亦用东南之饶，制西北之劲。饶劲各驭，势长在我。若欲饶其所劲，劲其所饶，则不识先皇之远算矣。又进矣，燕云割而中华蹙，岭可界也，界之；河可界也，界之；江可界也，界之。岂无远猷，川邅阻修，科堕从枝，弓挠于觟尔。中宅天下，不若虎视天下；虎视天下，不若挈天下为瓶，而身抵其口。雉不如关，关不如蓟。守雉以天下，守关以关，守天下必以蓟。"帝京也实是一个宝地。

初至顺天

成化十八年（1482）秋，祖父与我乘舟抵达京师。我们所乘坐的船只最终抵积水潭外的万宁桥①。这万宁桥在元朝时已经是京城的交通要地，相传元代建大都后，郭守敬为解决漕运，引昌平的白浮泉入大都城内的积水潭，万宁桥便是积水潭的入口，岸上商肆云集，河中画舫如织，丝竹酒香，好一派繁华之景象。

祖父指着桥上的石雕道："孙儿，你快看。这个便是龙生九子之一，名曰饕餮。饕餮最是贪吃，后人把饕餮雕于桥头，以化解水灾。"

我看着饕餮，想象着祖父说的饕餮贪吃之形态，不觉前仰后合地哈哈大笑起来，祖父也被我逗得大笑。

祖父带着我下船时，正是京师深秋的清晨，潭边一排高大金黄之树，我问祖父，才知这是银杏树，树叶已经被秋风吹得转呈金黄色，晨风吹拂，片片银杏叶在枝头不住晃动，有一些支撑不住，便在秋风中翻飞，飘落在地上，地上也是一片橙黄。

刚刚下船，便有一个小厮给祖父行礼道："老太爷一路辛苦，小的名唤王升，给老太爷请安。自半月前，王翰林便差我与朱希亮日日在此等候，刚刚打听得船到了，朱希亮赶紧回报王翰林，我在此已经找好人，准备整理行李，请老太爷稍候。"

祖父向王升道了有劳，看等父亲还有时间，便带我闲逛，进入一街巷，正好找一处吃早饭的地方。京师果然与余姚大不相同，街道宽阔，两旁的房舍也高大许多，街巷两侧商家林立，所挂幌子各不相同。有的店外酒旗招展，有的铺前悬巨锡盏，又以流苏点缀，极为漂亮；有的店家使用固定招牌，高达三丈有余，上面施以金粉，又用斑竹镶边，甚是壮观；也有的商家在门前镂刻梅兰竹菊或

---

① 万宁桥又名海子桥、后门桥，现位于北京市西城区地安门外大街。

金牛黄羊的形态。因是清晨时分，十家仅一两家打开了店门，但已经让我目不暇接。其中一间茶馆尤其引人注目，它与别处店铺不同，茶馆房檐下悬挂高约两尺、宽约数寸的小牌四块，每块牌上正反两面皆写有茶叶之名，或为毛尖、大方，或为雨前、香片，或为雀舌、碧影，或为龙井、毛峰，牌下均系一条红布。看到龙井时，我兴奋地拉祖父的衣袖，指给他看。祖父会意是家乡之茶，微笑点头。再看茶馆门前处设置了许多铁吊钩，我正思忖这是作何用时，便见一人提着鸟笼行至店前，将鸟笼挂于钩上，进店吃茶去了，方才明白是挂鸟笼之用。

一路沿街巷走来，但觉处处新鲜。走入街巷深处便是吃食店铺的集中之所，比其他地方显得更加热闹，各家的招牌上写着"姑苏烧饼""过桥米线""河间火烧""德州风味"等。走到一处三间门脸的糕点铺前，我便不愿走了，里面有各色糕点，很多之前都未曾见过，只见标识才知有重阳花糕、桂花蜜供、京师八件等。祖父带我进糕点铺，问我喜欢称了几样。我便满心欢喜提着糕点，与祖父在一处面摊各吃了一碗面。然后回到码头，看见父亲正满面笑容地站在河边树下等着我们。

父亲忙不迭向祖父行礼，笑道："孩儿已经备好车马，城中我也找好了住所并收拾妥当。咱们一同乘车到家，回家后父亲好好休息一下。"

上得车后，祖父与父亲聊起余姚与京师的情况，我的心思全在窗外，便趴在车窗边揭帘向外看去，宛如进入新世界一般，处处都新鲜。

不一会儿车经过一处，远远望去，建筑气势恢宏，与之前看到的街巷建筑风格迥异。

"父亲，这是到了哪里？"我好奇地指着窗外问道。

父亲看了一眼说："这里名唤北安门①，是皇宫的后门所在，从这里进去向南便是皇家花园万岁山，这里北面便是鼓楼。"

街巷星罗棋布的顺天府，处处宏伟壮丽的皇城，陌生之中展露出不可侵犯威严感，让我充满新奇的心中又夹杂着一丝畏惧。

父亲任职的翰林院位于长安东街，京官大多居住于长安西街的百官宅。长安本来为汉时之都城，帝京之长安街也是由此而得名，取长治久安之意。长安西街作为大明朝大京官员聚居之所，三教九流、走卒商贩也多会于此，这里无疑是京师最繁华之地。

祖父带我到京师安顿好后，父亲又书信寄回余姚家中，请族中派人将祖母、母亲等家中女眷送至京师。

顽石点头

在长安西街百官宅与我家比邻而居的是林俊、林僖兄弟。林俊，字待用，号见素，成化十四年（1478）进士，成化十五年（1479）被授予刑部主事。林俊大我整整二十岁，与我实为忘年交。林俊的弟弟林僖跟随哥哥从福建来京，与我年纪相仿，我们很快便熟识了。林僖性格与我不同，他性格憨厚，不善言语，但我们二人却成了好朋友。林僖之兄主管刑部，我的父亲刚入翰林，平时都是公务在身。祖父在我刚到京师之时，并不想对我要求过严。因此，只要有闲暇，我们便会在长安西街的热闹场所及大兴隆寺流连忘返。四五里的长安西街，经常能够看到我们奔跑玩耍的身影。

---

① 现称地安门，俗称后门，是北京中轴线上的标志性建筑之一。

不久，我在长安西街便出了名，走狗斗鸡的规则一学就会，十二棋食鱼的六博游戏越来越精熟，在街边与大人对弈时也是赢多输少。每天像有使不完的精力一样，但是心思并不在学习上，只是和林僖及一帮少年游戏于长安街上。也终是少年心性，一群人的言语形态多有轻狂，引得不少人指指点点，摇头叹息。

父亲虽忙于公事，但偶有闲暇，就会在家中问起我的功课及学业。因我心思根本不在读书上，自然是一塌糊涂。

父亲生气地训斥我："守仁，咱们家是书香门第，世代以读书光耀门庭，你这样一天天不读书想干什么？"

父亲教训我时，祖父也在屋中坐着，他端着一杯茶，慢慢移开杯盖，似在回味茶香。因有祖父在身旁，我心道他定会护住我，不让父亲责罚于我，也来了底气，站起身大声道："那我想请教一下，父亲中了状元，子子孙孙世代还是不是状元？"

父亲愣了一下，气道："我中状元是我这代的事情，你若是想中状元，还是要勤奋读书才可以。"

我扑哧一声笑了出来："原来只有一代，虽然是个状元，又有什么稀罕呢。"

父亲听后大怒，跳将起来，向我扑来，一下把我按在地上："你这个逆子，不好好读书居然还有这么多道理。今天定要重重打你。"

父亲的巴掌重重地打在我的屁股上，钻心地痛。我知父亲已是极怒，心中后悔，可是嘴上却不肯认输："我没有错，祖父，快管管你的儿子，不要再打孙子了。"

祖父早就把茶杯扔在一边，不停地喊让父亲住手，但父亲却像没有听见一样。

挨了父亲一顿暴打，我只怪自己把话讲得太过，惹怒了父亲，但还是一心在斗鸡走狗上。祖父与我谈了多次，好言相劝，动之以情晓之以理，但我却是一点儿也听不进去。

长安西街有一家卖鸟的商铺，最近新进了一批漂亮的鸟。我与林僖已经悄悄跑去看了几次，都想买回一只养在家中。但手中并没有钱，所以只能在门前观看。我与林僖把自己攒的全部钱加在一起，只有三十文钱，离买鸟的钱差太多了。

这一日，我与林僖又在鸟店门前悄悄观看，看着这些漂亮的鸟，我们二人再把钱放在一起，重新又数了一遍，并没有多出一文来，仍然只有三十文钱。

我叹息一声："林僖，咱们两个要是有十万贯就好了，别说眼前这些鸟，我们的钱都可以让我们一人买一只仙鹤了，然后咱们可以骑鹤下扬州，带你到我老家去看看。"

林僖也叹道："是啊，可是咱们只有三十文，别说鹤了，就是想买笼中的鸟也差得远。"

我琢磨了一会儿，拉起林僖："兄弟，走，咱们要找老板试一试，万一能买呢。"

我们二人走近鸟铺，我尽量平复自己的心情，指着我们都喜欢的画眉鸟，问："老板，这只鸟多少钱？"

店铺老板一看是两个孩子，料我们买不起，并未上前介绍，又低头整理面前的账册道："这只要四百文。"

我与林僖对望一眼，互相吐了一下舌头。

"老板，为何如此贵？我看你这鸟好像也不值这么多钱嘛。"我说。

老板一听着急了，从铺内走出来，指着我说："你这个孩子怎么说话的，我这只画眉，花了极大的工夫从南方一路运来，每天吃的是最好的鸟食，喝的是从西山所打的山泉水。卖四百文我都觉得亏了，你在这里胡说什么。"

我的嗓门也大了一些："老板，从南方舟车劳顿把画眉运来，这只鸟并未有任何变化，那价格与南方的鸟也应该一样啊，这个倒是小事，你的车马费让买鸟的人来出也行吧。但是你却说给这只鸟吃最好的食与水，我看倒也未必。"

"你这孩子，凭什么说我的鸟食与水不好。"鸟铺老板的胡子都在微微颤抖，嗓门愈发大了起来："来来来，诸位评评理，这个娃娃讲我的鸟食不好，现在笼中就有食与水，大家可以鉴定一下，我用的是不是最好的料？如果不是我向他认错；如是，我请大家给我一个公道，他凭什么这样来讲我？"

这一喊，街上行人纷纷聚集过来，有些懂鸟的人真到笼边查看一番，纷纷点头道："这食确是最好的。"

老板气势更强，大声请大家来评理。

我索性也豁了出去，大声道："老板，那我就说了，庄子在《至乐篇》曾道：'昔者海鸟止于鲁郊，鲁侯御而觞之于庙。奏《九韶》以为乐，具太牢以为膳。鸟乃眩视忧悲，不敢食一脔，不敢饮一杯，三日而死。此以己养养鸟也，非以鸟养养鸟也。'你认为这是最好的鸟食，只是你的想法，你又不是鸟，怎么知道鸟到底喜欢不喜欢这个食与水？"

老板一听愣了，围观的行人之中倒有不少人说这个孩子讲得也不错。

"养鸟就要顺从鸟的本性，违反了鸟的习性，如果只是把自己认为最好的东西来给它，待之以人的大礼，为他奏国乐，飨之以大餐，鸟还不是会受惊吓而死吗？鸟真正的快乐应该是扬翠振彩，倏忽往来于山林之间，那里的水与食物才是他最喜欢的，也是最好的。"我又继续道。

老板一时无话可说了。

这时，有一观相的道士从人群中走出来，向老板行了个揖礼，从口袋中取出了四百文钱递给他。然后盯着我看了好一会儿，我被他看得有心发虚，便拉住了林僖的手。

这个道士从老板手中接过装着画眉的鸟笼，递给我说："孩儿，这只鸟送与你。贫道送你一句话，一定要自爱，你将来必为万户侯。"

我拿着鸟笼愣了半晌，行人已经散去，道士也不见踪影。

回到家中，白天的经历却让我整夜无法入眠。道士为何要让我自爱？又为何说我将来会成为万户侯？想着想着，已是夜半三更，一轮弯月挂在窗外。

人生天地间，就要有所作为。我也应该努力，好好读书了。道士买鸟赠予我的那一刻，倒真正触发了我的本心，想要好好地读书。

第二日，我跪在祖父的面前："祖父，孙儿前段时间顽劣不堪，只知道到处玩耍，放纵自己，我知道自己错了。"

祖父扶起我，把我抱入怀中，抚着我的头道："守仁，这段时间你与一帮少年经常在街面上游荡，祖父都担心坏了。只盼你能够自我反省，知道收心读书。今天你能告诉我，要好好读书，这比我听到你的父亲中了状元还要开心。"

入社求学

趁父亲公务事毕，祖父与父亲讨论关于让我读书的事情。

祖父说："本朝太祖立国时，曾有言，足衣食者在于劝农桑，明教化者在于兴学校。学校兴，则君子务德。自洪武年间（1368—1398）始，到永乐年间（1403—1424），到明宣年间（1425—1435），全国各地学校大兴，前朝所留旧校也得以重修，自上而下重学之风延续至今。"

父亲道："父亲说的极是，当今之世，自京师至各承宣布政司使，再到各府、州、县，各地好学风气已立，盛况空前。"

祖父指着我道："守仁年已过十岁，前在余姚家中，也已经习完《四书大全》《性理大学书》，并初通《五经大全》。守仁读书的事是大事，你务必要上心。"

父亲笑道："这个孩儿明白，天顺六年朝有定制，凡年过十五，可以选资质聪敏、人物俊秀子弟入生员。守仁现为读小学①的年龄，距十五岁尚有几年，其可先进入京师所立社学②，尔后择机参加童生试。"

学必有庙以祀孔子，入社学第一日，在先生的带领下入庙祭祀孔子，除拜孔子及配享孔庙被称为"四配"的"复圣"颜子、"宗圣"曾子、"述圣"子思与"亚圣"孟子，被称为"十哲"的先贤

---

① 明朝时期，士子一般8岁开始学习《论语》《孟子》《大学》《中庸》《小学》诸书，至15岁方可参加童生试，取中者为生员，称秀才，入大学，故8岁学习称小学。

② 明时所设立官学类教授小学内容的机构，称社学。

闵损、冉雍、端木赐、仲由、卜商、冉耕、宰予、冉求、言偃与颛孙师等十子外，还有从祀孔庙一干人等。每月朔日（每月的第一日），学官会主持释菜①，并以祝文云："于维圣师，讳以是日，天未丧文，地未墬道，仪刑惜逝，凄怆曷胜。谨用释菜，寄怀哲蒌。"

在每月望日（月圆的那一天，通常农历小月十五、大月十六）会举行行香礼，行香时，看烟雾缭绕中的夫子，我常想，夫子十五开始学习，学的必不是《论语》《孟子》等书，学的是什么呢？我在此读书的目的又是什么呢？这是自幼时开蒙以来，一直困扰我的一个问题。依稀记得年幼时，日日见祖父在家中吟诵《礼经》，反复钻研，自得其乐。我也跟着背诵其中大段内容，似懂非懂，但至于为什么要读这些书，却是不明就里。

很快，我便习惯了日复一日地读书状态，祖父偶尔来考我的功课。如果课余在家中时，母亲便会烧我喜欢的饭菜，关怀无微不至，闲时也会和我一起下棋。母亲棋艺水平很高，我常常输多赢少，若是看着就要输时，便会耍赖悔棋。这时，母亲会笑着拉住我的手，不允再悔。我便笑着挣脱一只手，一边移子，一边道饶："只此一次，只止一次。"必要达成悔棋目的的方才作罢。

有时夜间读书闲时，我问灯边做针线的母亲："我常常想起余姚老家，寿山堂，还有瑞云楼，姆妈想不想家？"

母亲便会停下手中针线，有时定定看一会跳动的烛火，道："想啊，还是江南好。唐人皇甫松有词《梦江南·兰烬落》：'兰烬落，屏上暗红蕉。闲梦江南梅熟日，夜船吹笛雨萧萧。人语驿边桥。'每每读来，眼前便全是老家的画面。"母亲高兴时还会唱起家

①　释菜指古代入学时祭祀先圣先师的一种典礼。

乡的童谣："嘟嘟嘟，骑马到低塘。低塘一匹马，骑马到朗霞。朗霞骑到外婆家，外婆见我笑哈哈。"我最爱与母亲对唱童谣，一问一答，或我问母亲回答，或母亲发问我来作答：

小罗罗，跟之偶缺豆来。

啥格豆？罗汉豆。

啥格罗？三斗箩。

啥格三？破雨伞。

啥格破？斧头破。

啥格斧？绍兴府。

啥格绍？油车槽。

啥格油？鸡冠油。

啥格鸡？白雄鸡。

啥格白？舅子白。

啥格舅？老娘舅。

啥格老？花秆老。

啥格花？葱草花。

啥格葱？屋烟囱。

啥格屋？高天肚楼屋。

年少的时光总是无忧无虑，又仿佛漫长没有尽头的。在母亲身边，总觉得自己永远长不大，母亲也永远不会变老。夫子所云，逝者如斯夫！完全无法理解，对我来说，京师这一段时光，就如门前槐树一般，但闻槐花香，不见其形变。

读书何为？

一日，在社学之中，我和几个同窗与先生讨论起久久藏在我心中的问题：读书为何目的？

先生便问诸生："你们有何答案？"

陈思光起身答曰："我觉得读书目的就是光宗耀祖。我家原居福建延平府，父亲少时就读于永安县学，年少时读书刻苦，每日寅时（凌晨3~5点）便点灯读书，日日不息，经乡试后，连续三次会试均不中，但屡败屡战，终于在成化十一年（1475）高中进士，位列第三甲第二百零二名，赐同进士出身。我曾经问父亲，第二百零二名相当于什么水平。家父告诉我说就是成化十一年放榜的最后一名，也就是进士的倒数第一。但别看这个倒数第一名，高中进士的消息传到家中，祖父喜极而泣，长跪于地，叩首于天说列祖列宗开眼，降文曲星到陈家，金榜题名，头上都磕出鲜血来。延平府给家里盖了新房子，门头之上立一大匾书两个大字：进士。父亲每每提及此事，告诉我一定要日日勤读书，将来才能够中举，经会试与殿试，再中进士，必将是家族无上之荣光。所以我认为，读书便是为了应试上金榜，光宗耀祖，使同族之人脸上有光，受人尊敬。"

先生点点头："嗯！"

还未等先生点名，钱贯一下从椅上站起来。钱贯是京师钱氏商人之子，家道殷实，平时极喜开玩笑。钱贯一边挠挠头，一边笑道："先生，我读书的目的便是过好日子，纳娇妻美妾，游山玩水。"

此言一出，书社内哄堂大笑。

　　先生正色问："为何有这样的想法？"

　　钱贯回道："家中祖母，日日吃斋念佛，常告诫我，这世只要时时与事事行善，到来世会托生为大富大贵之人。我倒丝毫不信，你说为何？要是我这世是由上世之人行善而转生的，为何我只记得我自己是钱贯，不记得自己上世姓甚名谁？所以我感觉只有这一世。既然只有这一世，那我但求平平安安，过好日子。家父日日在家教育我说，天下熙熙攘攘，皆为利来利往。如果无钱，拿什么安身立命、成家立业？家父常说起他小时候之事。他像我这般大时，家贫如洗，连鞋子都穿不起。七月酷暑季节，他光脚在河边与十数名孩童一起玩耍，突然在河边鹅卵石的缝隙间看到一文钱。他拾想取那一文钱又怕被同伴发现，便悄不作声，光脚站在鹅卵石上，任其他玩伴喊他，只是不走，也不回答。由于石头被太阳晒得发烫，脚踩在上面奇痛难忍，父亲脸涨得通红，豆大的汗从头上滚落，众人看到，都大笑说他傻了。父亲却从白天站到天黑，直等玩伴尽皆散尽回家去了。父亲确认众伙伴确实一个不剩后，才慢慢移开脚，这时脚底早已经被烫出大片水泡，水泡破皮黏在石上，脚移开时，血与水齐流。父亲却浑然不觉，只是兴奋地扒开石头，悄悄捡起石缝隙中的一文钱。家父一瘸一拐地往家走，手中死死攥紧一文钱，笑道：'这帮傻子，还道我傻，看这一文钱到底被谁拿了去！'家父每次讲到此事，都会警告我说他自小便对经营尤其上心，家中一文一文钱都如当年脚底被烫破般辛苦赚得，积少成多，积攒了诸多家产。而当年一同玩耍的孩子，而今能在京师置办家产，享受丰衣足食的生活者，只有他一人。所以，我只求过一世衣食无忧快活日子。"

　　钱贯此言一出，整个书社嗡嗡之声四起，便有同窗窃窃私语，有的惊诧钱贯父亲的毅力，有的认为钱贯讲出真言，甚有道理。

先生双手扶椅，缓缓站起，道："要说起过好日子，从古至今，人人皆想，生活以此为目的，无可厚非。《礼记·礼运篇》曾有大同之记：'大道之行也，天下为公。选贤与能，讲信修睦，故人不独亲其亲，不独子其子，使老有所终，壮有所用，幼有所长，鳏寡孤独废疾者皆有所养，男有分，女有归。货恶其弃于地也，不必藏于己；力恶其不出于身也，不必为己。是故谋闭而不兴，盗窃乱贼而不作，故外户而不闭，是谓大同。'真正的盛世，是要人人过上好日子，也需要人人努力。若是读书只求一个人过好日子，不为他人着想，不担使命，纵使过上好日子，终日沉溺于个人享乐，白活一世。那这书不读也罢！"

钱贯脸色稍一微红，因其素来事不记于心上，脸色微红转瞬即逝。为转移话题，钱贯用肘顶顶身侧童图显，面向先生道："先生，图显有话说。"

先生坐下说："哦，图显，你说说看！"

童图显站起身对曰："先生，我认为读书的目的就是为了扬名！家祖童存德，字居政，兰溪人。前朝正统十年（1445）进士，被皇帝封为都察院监察御史，正统十四年（1449）随英宗北征，遇土木堡之变，战死于军中。家祖为国战死时，父亲仅一岁，自我记事时起，家严时时教诲我，要好好读书，他日高中，立不世之功，必可像祖父一样，流芳百世。"

先生手抚长须，不住点头："好！"

先生看着我问道："王守仁，你说读书目的为何？"

被先生突然点名，让我有些措手不及。我慌忙站起，定神后方开口："先生，我以为读书便是要学圣贤，成为圣贤！"

　　说到这里，先生的脸上显现出惊愕的表情，学社之中也安静下来。

　　先生道："你一黄口小儿，倒想做圣贤了。说来听听！"

我道："道理我现今想的也不太明白，只是觉得圣贤也是如我一样，从小方开始读书。想孔子年十五才开始读书，而最终删述六经，垂宪万世。如换一人，有与其相同的思想，并能够坚持下去，也必会成为圣人，正如孟子。那我只要认真努力，我也可以如此。"

这段话讲完，连我自己都绕的有些糊涂，只见先生双眼定定地看着我，整个学社寂静无声，一阵风吹过，掀开桌子所放《大学》之页，哗哗作响，愈觉教室安静，时间倒如静止了一般。

多年以后，家弟王守文①写信来问我学习之道，我又想起与先生及诸同窗讨论读书之事，想来还是立志为最先。在给弟弟的回信中，我便只专于写立志之观点，人人皆可为圣贤，但到圣贤之境界却是千难万难，要能坚持不懈，立志首当其冲，故将所写立志之文摘于此：

夫学，莫先于立志。志之不立，犹不种其根而徒事培拥灌溉，劳苦无成矣。世之所以因循苟且，随俗习非，而卒归于污下者，凡以志之弗立也。故程子曰："有求为圣人之志，然后可与共学。"人苟诚有求为圣人之志，则必思圣人之所以为圣人者安在？非以其心之纯乎天理而无人欲之私钦？圣人之所以为圣人，惟以其心之纯乎天理而无人欲，则我之欲为圣人，亦惟在于此心之纯乎天理而无人欲耳。欲此心之纯乎天理而无人欲，则必去人欲而存天理。务去人欲而存天理，则必求所以去人欲而存天理之方。求所以去人欲而存天理之方，则必正诸先觉，考诸古训，而凡所谓学问之功者，然后可得而讲，而亦有所不容已矣。

夫所谓正诸先觉者，既以其人为先觉而师之矣，则当专心致

---

① 王守文为王守仁三弟，后为郡庠生，官督府参军。

志，惟先觉之为听。言有不合，不得弃置，必从而思之。思之不得，又从而辩之。务求了释，不敢辄生疑惑。故《记》曰："师严，然后道尊，道尊，然后民知敬学。"苟无尊崇笃信之心，则必有轻忽慢易之意。言之而听之不审，犹不听也；听之而思之不慎，犹不思也。是则虽曰师之，犹不师也。

夫所谓考诸古训者，圣贤垂训，莫非教人去人欲而存天理之方，若"四书五经"是已。吾惟欲去吾之人欲，存吾之天理，而不得其方，是以求之于此。则其展卷之际，真如饥者之于食，求饱而已；病者之于药，求愈而已；暗者之于灯，求照而已；跛者之于杖，求行而已。曾有徒事记诵讲说，以资口耳之弊哉！

夫立志亦不易矣。孔子，圣人也，犹曰"吾十有五而志于学。三十而立。"立者，志立也。虽至于"不逾矩"，亦志之不逾矩也，志岂可易而视哉？夫志，气之帅也，人之命也，木之根也，水之源也。源不浚则流息，根不植则木枯，命不续则人死，志不立则气昏。

是以君子之学，无时无处而不以立志为事。正目而视之，无他见也；倾耳而听之，无他闻也。如猫捕鼠，如鸡覆卵，精神心思凝聚融结，而不复知有其他，然后此志常立，神气精明，义理昭著。一有私欲，即便知觉，自然容住不得矣。故凡一毫私欲之萌，只责此志不立，即私欲便退；听一毫客气之动，只责此志不立，即客气便消除。或怠心生，责此志，即不怠；忽心生，责此志，即不忽；懆心生，责此志，即不懆；妒心生，责此志，即不妒；忿心生，责此志，即不忿；贪心生，责此志，即不贪；傲心生，责此志，即不傲；吝心生，责此志，即不吝。盖无一息而非立志责志之时，无一事而非立志责志之地。故责志之功，其于去人欲，有如烈火之燎毛，太阳一出而魑魅潜消也。

自古圣贤因时立教，虽若不同，其用功大指无或少异。《书》谓"惟精惟一"，《易》谓"敬以直内，义以方外"，孔子谓"格致诚正""博文约礼"，曾子谓"忠恕"，子思谓"尊德性而道问学"，孟子谓"集义养气，求其放心"，虽若人自为说，有不可强同者，而求其要领归宿，合若符契。何者？夫道一而已。道同则心同，心同则学同。其卒不同者，皆邪说也。

后世大患，尤在无志。故今以立志为说，中间字字句句，莫非立志。盖终身问学之功，只是立得志而已。若以是说而合精一，则字字句句皆精一之功；以是说而合敬义，则字字句句皆敬义之功。其诸"格致""博约""忠恕"等说，无不吻合。但能实心体之，然后信予言之非妄也。

观贤论道

成化十九年（1483），闻名于世的博学鸿儒白沙先生陈献章，在布政使彭韶与都御史朱英的举荐下，应诏入京，居住于长安西街大兴隆寺。白沙先生还未到京时，就听林俊介绍白沙先生乃是一奇人，琴诗书画无所不通，堪称当世大家。白沙先生二十七岁时才发愤读书，曾师从吴与弼。尔后回乡筑阳春台而居，数年闭门不出，每日在儒家经典中潜心学问之道，以致废寝忘食之地步。成化二年（1466），白沙先生在京师太学游学时，以一首《和杨龟山此日不再得韵》诗论进学之道而闻名，诗云：

能饥谋艺稷，冒寒思植桑。

少年负奇气，万丈磨青苍。

梦寐见古人，慨然悲流光。

吾道有宗主，千秋朱紫阳。

说敬不离口，示我入德方。

义利分两途，析之极毫芒。

圣学信匪难，要在用心臧。

善端日培养，庶免物欲戕。

道德乃膏腴，文辞固秕糠。

俯仰天地间，此身何昂藏。

胡能追轶驾，但能漱余芳。

持此木钻柔，其如磐石刚。

中夜揽衣起，沉吟独彷徨。

圣途万里余，发短心苦长。

及此岁未暮，驱车适康庄。

行远必自迩，育德贵含章。

迩来十六载，灭迹声利场。

闭门事探讨，蜕俗如驱羊。

隐几一室内，兀兀同坐忘。

哪知颠沛中，此志竟莫强。

譬如济巨川，中道夺我航。

顾兹一身小，所系乃纲常。

枢纽在方寸，操舍决存亡。

胡为谩役役，斲丧良可伤。

愿言各努力，大海终回狂。

祭酒邢让读完此诗惊叹"真儒复出",一代大儒即将出现。

听完林俊的介绍,我与林僎都盼着白沙先生快来,我们好一睹风采。

白沙先生入京后,林俊便经常带我与林僎前往天隆寺拜访,林俊与白沙先生很是投缘,相谈甚欢。我与林僎只是在旁静听,不敢插话。

记得林俊曾向白沙先生请教读书之法,白沙先生认为学问之道贵在有问,提出问题至关重要。

两人谈论进学之道时,白沙先生认为其在阳春台数年钻研典籍,却仍未得。"未得"即是心与理不能融会贯通,完全吻合。要想真进学,就要舍外理之繁而求吾心之约。达成的方法就是要"用静",通过静坐则可见到心之本体隐然呈露。至于身外各物,就像一匹马套上缰绳,则可随心所欲。这时再去看古时圣贤垂训,便会感觉到各有头绪来历,就像一条河流找到了本源一样。而要想成为圣贤的方法,就在这里了。

听到此处,林俊便如醍醐灌顶一般,拍手称快。我与林僎虽不太明白先生所讲内容,但也为白沙先生的学问与儒雅风范所折服。与一般读书人不同之处在于,白沙先生治学能够找到本原所在,给人感觉如此真实,用这样的方法求学达成的效果自然不同。看白沙先生的行事方法,对待亲友的态度,对事物的接受与推辞,无论高谈阔论还是沉默不语,都合乎于道,怎能不让天下人倾心佩服呢?①

---

① 王阳明曾述文忆白沙先生"学有本原,戓地真实,使其见用,作为当自迥别。今考其行事,亲信友、辞受取予、进退语默之间,无一不柒于道。而一时名公硕彦如罗一峰、章枫山、彭惠安、庄定山、张东所、贺医间辈皆倾心推服之,其流风足征也。"

　　可惜白沙先生志并不在京师为官，他很快向皇帝上疏乞归终养老母，推辞了吏部的任用，最终被授翰林院检讨而归乡。林俊兄弟与我都非常不舍，到兴隆寺送别白沙先生。

智斗继母

　　本以为来到京师的日子，一天天如同书桌上的砚台，日日静立，一成不变，但不想却如院中水池的浮光掠影。少年时最最伤心之事，也是最始料不及之事发生在我的身上。

心　伤

　　我十二岁那年，正值青春年少，每天都过着无忧无虑的生活，一场飞来横祸降临在我的身上——我的母亲患了重病，不久便去世了。

　　母亲在父亲苦读书时，就与他结为夫妻，起微寒，同贫苦，纺纱织布，孝敬我的祖父母，关心我的成长。可以说，我的母亲是一个勤劳恭俭，善良慈孝的好儿媳、好妻子、好母亲。父亲的学生陆深在《行状》一文中曾经这样描述我的母亲："渊靖孝慈，与先生共甘贫苦。起微寒，躬操井臼，勤纺织以奉姑舅。既贵而恭俭益至。"

　　在余姚生活的时候，家中境况并不好，母亲日夜纺织以补贴家用，家中大小事情都是她在操劳。年幼的我并不懂事，无法分担母亲的辛劳。等到父亲会试中了状元，全家来到北京，母亲谦恭俭朴的本性一点没有变。然而天有不测风云，年仅四十一岁的母亲，就这样离我而去。这让我备受打击，痛不欲生，每天都活在悲伤之中，无法自拔。自母亲走后，我变得沉默寡言了。

经常想起我七八岁时，痴迷于下象棋，甚至为了下棋从学堂逃课，最后令母亲把我的象棋丢进河里。如今回想起来，往日场景历历在目，母亲的生气与责骂都让我无比怀念，想来心中便觉得温暖无限。

还记得去年九月三十日，一直在病榻的母亲突然精神特别好，那天专门为我做了一碗黄鱼面。看着大口吃面的我，母亲一边抚着我的头，一边微笑着说："云儿今天过生日，又大了一岁。再过几年，就要和你父亲一般高了。"

而今又到九月，我的生日一天天近了。我却无法再吃到母亲做的黄鱼面。今岁相比去年，我的个子又长高了几分，可母亲却再也看不到了。母亲离世，虽然已过三百余日，但却如刀斧刻于心扉，一回想便心神俱痛，眼泪无法自制。

母亲走后，父亲对我的学业也更加关心，也会不时问起我的感想。我对父亲又惧又敬，总不能像对母亲一样无话不谈。

母亲去世不久，一天父亲检查我的功课。连续抽查了半个时辰后，父亲放下书，慢慢说道："守仁，以后就只能我们父子俩相依为命了，你有什么想法就直接对我说，我会尽我所能的。"

父亲说了很多，但我都没有听进去。父亲啊，我的悲伤你又怎能体会呢？曾经我敢和母亲提的要求，如今，可是连想都不敢想了，哪敢对您提我的想法啊！

　　往后的日子里，我经常会不自觉地回避父亲或祖父的问话，突然觉得说话变得很烦，便只能用动作代替。可是动作一做出来，又会有一种貌似自己很生气的感觉。有时父亲来找我说话，他讲了一大堆话，我一个字也没回答他，他便会生气。而此时我只要再多做一个动作，可能就会引起火山爆发。所以每当父亲或祖父和我说话时，我都用"嗯"或"好"来回答，这样也能缓和我们之间的许多矛盾。

　　对母亲的思念常常化为深夜的梦，梦又总是幻化成另外一个场景。母亲没有任何病痛，如在余姚我七八岁时的容貌。我便笑着喊："姆妈，我就知道你在骗我，你没有离开，是在和我玩捉迷藏呢！"可我刚想要伸出手去摸一摸母亲的面颊时，母亲便含着笑，顺着我目视的方向消失在街头巷尾。我四处张望，街市上寂静无声，空无一人，我大声呼唤："姆妈，姆妈，你快出来！你不能不要孩儿，孩儿日后一定乖乖听话，不惹姆妈生气。"可是四下里却无一人回应，我害怕极了，一步步退回墙角，靠在墙上，只觉全身犹如被掏空似的无力，身体顺着墙边下滑，竟一屁股坐在了地上。此时，周围一片昏暗，隐隐约约的能在西南方向的天边看到一丝丝星光。起初，那缕星光并不引人注目，随着时间慢慢流逝，只见那光亮一点一点地闪耀起来，熠熠闪烁的光辉刺的我睁不开双目。最后，那光亮竟幻化成母亲背影的模样。正在这时，我耳畔又响起母亲温婉的声音："我的好孩儿，切勿劳神、伤心，以免坏了身子，万望珍重，勿念！"话音刚落，那一缕星光便抖落出万千光景，姆妈的身影也就在这一刻消失得无影无踪。

　　我忽地从梦中惊醒，夜半时分，枕边又是一片湿润。我总觉得梦中场景是那么真实，又是那么遥不可及。对于母亲的离去我至今难以接受。我闭紧眼睛，情不自禁地用力攥紧了被褥。我试图再次回忆起梦中的美好图景，可事与愿违，任凭我怎么努力，回想起的不过是一个个支离破碎的片段，一眨眼便消逝了。泪水不经意间又一次在黑夜中溢出了眼眶，悄然无声地顺着我的脸颊慢慢流下。

又是一个凄神寒骨，悄怆幽邃的不眠之夜！

这段时间，父亲也无法平复自己悲痛的心情，我当然知道他也不容易。但是不知为何，我与他的冲突突然在这段时间变得激烈了。

我因思念母亲而感到自己失去了最信任的人，而父亲在这个时期也似乎和我变得生疏了。正因为我从前与母亲交谈更多，所以与父亲的距离更加遥远了。

身　劳

"公子，老爷让你速去前厅会客。"打小就伴我左右的王升来到我的书房，并提醒我一会前去万不能多言多语，不论如何都要沉得住气。

我瞧着王升的脸色不对劲，连忙追问他："到底发生了什么事啊？"

王升叹了口气，说道："我这一时半会儿也说不清楚，公子还是亲自去看看吧。"

我正了正自己的衣冠，便随王升来到了前厅。还没走到门口，就听到陌生女子的谈笑声，我来不及细想，便大步走了进去。

进入前厅，我扫了一眼那陌生女子，仪态端庄，倒也算是有几分大家闺秀的模样。

　　我几步走到父亲面前，向他请安问好。以往父亲总是板着一张脸，严肃地点头答应着，可今日却大不相同。父亲一改本色，严肃的表情早已烟消云散，剩下的只有平日里难得一见的慈父笑容。我心中暗想：今日父亲怎么如此奇怪？想是来客人了，才会笑脸相迎吧？

　　正当我胡思乱想之际，父亲开口为我介绍起身旁这位陌生的女子："我的好孩儿啊，看看今日你可还认得这位客人？"父亲的语气中带着一丝丝期盼之意。

　　我想了想，答道："孩儿的记性不好，实在记不得这是哪家的大家闺秀了。"我暗自嘀咕，父亲这是什么好记性，此人我怎会见过。

　　父亲道："也难怪，你当年还小，不记得也是正常的。当年你周岁时，她来看过你呢，当年啊，你见到她就咯咯地笑。想来，时间过得真快啊，这一眨眼都过去不少年了啊！"

　　那陌生女子应和着："是啊，是啊，当初我见这孩儿，便觉得我们是有缘人，他一见我便笑。没想到，这一眨眼的工夫，就长这么大了，成了个翩翩少年郎了。想是日后也定能高中状元，报效国家，成为栋梁之材啊！"

　　我瞧那女子压根没有夸赞我的意思，不过是惺惺作态罢了。于是连忙接过话来："夫人谬赞了，吾认为平生第一等大事乃是读书做圣贤，我的理想也是成为一位圣人。夫人的预期恐怕是要落空了。"

　　父亲一听我对那陌生女子出言不逊，便厉声道："守仁，不得无礼。你眼前的这位夫人以后会是你的母亲，你以后可要恭敬孝顺地待她，万不能放肆无礼。"

眼前这个女子怎能与我母亲相比？母亲可谓美玉无瑕，用司马相如的《凤求凰》"有一美人兮，见之不忘。一日不见兮，思之如狂"来赞美也不为过。可这陌生女子不过是趁着年纪尚轻，加之以胭脂水粉点染成韵，才显得稍微出众，若不加以打扮，自是不及母亲分毫。

我不愿与父亲再说话，索性沉脸闭目。

那女子看话不投机，便打圆场呵呵笑道："守仁与我一见如故，定是想把心里话都向我倾诉。"

我一听，便慌了神，声音微颤道："父亲真的要另择佳配？"

"不错，守仁，我也是为你着想，想你年少失母，我又经常忙于公务，很难照顾周全，对于你的成长，我也是十分担心啊！如今若是有人照顾你，我才能放心。"父亲答道。

"我能照顾好自己，父亲不必担心，可是……"

"不必可是了，"父亲插话道，"此事已定，我已向赵家提亲，成婚一事是迟早的事。今天不过是通知你，大人的事情，你一个孩子就不要多管了。今后你就把赵氏当作自己的亲生母亲一样，相信你们二人定会和谐相处。"说罢，父亲便看向赵氏，赵氏连忙点头，说道："来人，将守仁带回去，好生休息。"

无奈之下，我恶狠狠地瞪了一眼赵氏，不想那赵氏也不恼，笑盈盈地看着我，我只得先行告退。就这样，我被王升领回了书房。

进了书房，我捶胸顿足，使劲拍着桌子，质问王升："这事我怎么从未听讲过！快说，是不是你们都瞒着我？"

王升急得连连解释道："公子，你冤枉小人了。我从小就服侍公子，伴着公子一同长大，有什么事情不是第一时间告诉公子？可这件事，小人是真不知道啊！"

　　我长叹一声道："也罢，想来也不是你的错，定是父亲故意瞒着我的。自古男儿皆薄幸，母亲这才去世多久，他便要做此等事，真是有负当年母亲对他的好，我以后可不能如此！王升，这也没你什么事了，你先下去吧。"

　　"是。"王升就退出书房了。

　　一日私塾放假。祖父见我还没有从悲伤中恢复过来，就拉着我大老远地来到瓮山泊。水面的波光粼粼，让我不由得想起白居易的《春题湖上》："湖上春来似画图，乱峰围绕水平铺。松排山面千重翠，月点波心一颗珠。碧毯线头抽早稻，青罗裙带展新蒲。未能抛得杭州去，一半勾留是此湖。"虽然此地不是西湖，此时的瓮山泊水天一色也别有一番情趣。我想起了母亲当年也曾带我来过这里，如今母亲不在了，我马上就要有一个继母，不知继母会如何待我。

　　回到家时，已经是晚上。祖父走着走着突然停下脚步，抚着我的头对我说："守仁，你也长大了，道理你都明白，我相信你会体谅你的父亲的。"我并没有回答祖父，而是静静地看着渐渐升起的月亮，滴下了一颗泪珠。

　　数月后，父亲不顾我的反对迎娶了赵氏。府中张灯结彩，除了我和王升无人不面容带笑。

　　赵氏对我的印象并不是很好，不过这也能理解，那日在前厅，我出言不逊，贸然顶撞了她，没有给她颜面，她肯定不会对我有好印象。可是，如今情况不同，她既然进了我们王家的门，是父亲明媒正娶的妻子，名义上自然就是我的母亲。作为孩儿，对她还是要毕恭毕敬才好，总归礼节上是要到位的。

　　次日清晨，我前去向继母问安，同时以表达我的歉意。前几日，继母也是笑脸相迎，对我嘘寒问暖地说了一大堆话。连续几日之后，继母见我向她低了头，为她端茶倒水，自以为高人一等，倒是摆起了架子，以我母亲的身份自居，对我品头论足起来。我全当是她妇道人家见识浅薄罢了，可她却不依不饶起来。那日，我为她敬茶时，实在忍不下去了，情急之下，竟不小心将那热茶打翻了，洒到了继母身上。继母勃然大怒道："守仁，我视你为己出，你却如此待我，我稍说你两句，你便不乐意了，竟还往我身上泼茶水，快来人，将老爷请来。"一边说着，一边抽泣了起来。

我冷哼了一声，便不再理会她，等着父亲前来评理。

一会儿，父亲被下人请来。继母便使出浑身解数，向着父亲哭诉道："老爷，守仁压根就没有把我放在眼里，今日我不过是说了他一两句，他便听不下去了，抬手就把滚烫的茶水泼在我身上。老爷，你看呐。"说着她便用手指出自己衣服洒上水的地方，随即又道："老爷，你可千万要为我做主啊！"

父亲声色俱厉道："守仁，果真如此？"

我赶紧解释道："孩儿不敢，孩儿今早来给母亲问安，端茶时一时手滑，打翻了茶水，溅在了母亲身上。父亲您看，孩儿的手上也被烫伤了。"说着，我便抬手让父亲看我手背上通红的痕迹。"孩儿自知得罪了母亲，还望父亲责罚。"

父亲一听，便道："好了，好了，我还当有什么事呢。来人，马上将守仁带下去涂抹伤药。"随即又对继母道："你啊，也过于担心了，守仁是个好孩子，只是脾气倔强了些。他母亲刚过世不久，一时间肯定难以接受你。不过你大可放心，守仁我从小看着长大的，他啊，过不了多久，肯定会好好待你的，你可千万不能辜负我对你的期望啊！"

继母一听，无奈之下只得喏喏答应。

也就是从这次开始，我与继母之间开始冲突不断。赵氏对我越来越不满意，后来更是百般刁难，甚至有时还虐待我。赵氏对我不好，一开始，我也没说什么，想她也是一介弱女子，应该做不出什么伤天害理的事情。可是，久而久之，赵氏见我对她的所作所为并没有有效地反抗，于是变本加厉地对我。

一日清晨，父亲不在家，我还在热乎乎的被窝里，赵氏手持鸡毛掸，怒气冲冲地冲进我的房间，不管三七二十一，便大声吼道："王守仁，你看看这都几点了，以前都是卯时起床，现在太阳都晒屁股了，你还不赶紧起来！"说着便掀起我的被子，拿着明晃晃的鸡毛掸子往我身上抽。"你看看，庭院里到现在还没人打扫，你还不赶快去打扫。"我被逼无奈，只得拿起扫帚，早饭都没吃就扫地去了。刚扫完就听继母喊："这地上还有脏东西呢！什么时候把这些脏东西都扫干净了，什么时候才能吃饭！"这下可就彻底激怒我了，我忍无可忍了。

我想：如今这景况，忍一时，不可能忍一世啊！眼前发生的这些事，已容不得我再把时间浪费在悲伤之中，我必须振作起来，不能像一个懦夫一样一直忍下去。

于是，我每天都在考虑该怎样对付我的继母。我思索良久，白天在想，晚上在想，甚至做梦都在想一个两全其美的办法。比武力，我小小年纪，肯定比不过；比嘴上功夫，更是不比得那个女人能说会道。看来，为今之计，只有以智取胜了。

为了能够尽快想出一个好办法，我不得不去适应继母的生活习惯和日常的作息时间，在做事方面我也变得更加小心谨慎。

总算，功夫不负有心人，一次偶然的机会，我去集市赶集，路过佛堂，意外地发现佛堂中有一个人的背影我很熟悉，定眼一看，正是我的继母赵氏。这个发现给我提了一个醒，我左思右想，会不会我的继母赵氏信佛呢？为了证实我的想法，连续几天，我经常在佛堂门口转悠。果然不出我所料，在观察的这段时间里，继母大多数时间都去了这家佛堂。原因只有一个——我的继母赵氏信佛。

定　谋

傍晚，我回到家中，坐在桌前练习书法，对今天的"重大发现"不胜欢喜，久久不能平静。

月亮慢慢地升起来了，月光透过窗子，洒进屋中。我忍不住放下纸笔，走出房门，择地而坐。

此刻，夜已深，四周一片祥和之气，众人都熄了灯，睡去了。我抬头仰望天空，皓月当空。正当我感叹今晚的月儿都圆了，转念想起母亲，又不禁眉头紧锁，低头暗暗伤神。母亲尚在人世时，我却不懂得多多孝顺她，叹如今，不仅少了母亲的疼爱，父亲也远在他乡，我还要忙于应对继母。与我同龄的孩子，他们都有母亲的疼爱，可我呢？真是月圆人不圆啊！我站起身来，踱步于别院之中，情不自禁地吟诵道："人有悲欢离合，月有阴晴圆缺。"看着这满月，想到当年宋代大文豪苏轼在丙辰（1076）中秋之时，也孤身一人在异地他乡，写下这空前绝后的诗句。此情此景，倒与我的境地差不多。苏轼虽慨叹"此事古难全"，但更寄予了美好的期望，"但愿人长久，千里共婵娟"。母亲在极乐世界，想必也能和我能共赏一轮明月。眼下当务之急，就是要过好当下的日子，珍惜时光，努力学习，将来好报效家国，想必母亲在天之灵也可以安息了。

"今晚的月亮真圆啊！"

"就是，就是。"

乍一听，不觉得什么，猛然回过神来，这到底是谁在说话啊？

正当我疑惑时，有人开口了："我们是你内心的小灵人，我叫灵灵，我旁边的这位叫菁菁。阳明，你要知道，你的所思所想，我们都一清二楚。"

听了她的话，我更加不明白了。

这时，菁菁抢着道："你放心，我们是你的小帮手，就像是你肚子里的蛔虫一样，别担心，我们会帮你排忧解难的。"

我撇了撇嘴，朗声笑道："别骗人了，就凭你们俩又怎会知道我的想法？"

灵灵的嘴角得意的微微上扬："那我就证明给你看。你现在最大的困扰就是不知该如何应对你的继母，对吗？"

我猛然一惊，但却不得不故作镇定地说："那又怎样？"

灵灵道："你现在该相信我了吧！"

"你先回答我的问题，如果你们是我，会怎样做？"我半信半疑地问。

还没等我缓过神，菁菁忍不住了："你继母怎么样对你，你就怎么样对她，以牙还牙嘛！"

可灵灵说："那样做太过分了，继母做的错事，我们不能跟着她一起去做啊！人要是非分明，不能别人做什么，我们就跟着去做。"

就听她们俩你一言，我一语，争论不休。

我大声吼道："停！"

突然间四周一片寂静。

我道："你们到底是来帮我的，还是来给我添堵的？"

菁菁嘟嘟嘴："你可别忘了，你心中就是这么想的，我们才这样说出来，现在我和灵灵意见不同了，你想想看，听谁的？"

我叹了口气，认真地对他们俩说："首先，非常感谢你们二位前来帮助我排忧解难。其次，我刚刚听了你们的话，仔细想了想，觉得你们说的都有道理。灵灵觉得不应该计较，菁菁觉得应该和她斗争到底，所以我觉得要你们俩的思想综合一下。我既不能忍气吞声，也不能死缠烂打，应该稍作表态，让继母尝点苦头，也让她知道我的厉害。"

"对对，这个办法好。"只听菁菁和灵灵异口同声道。

次日清晨，一声鸟鸣让我从甘甜的梦乡中醒来。我揉了揉眼睛，朝天望去，东方露出了鱼肚白，我才意识到原来我在外头睡了一宿啊！想到夜里做的那场古怪的梦，看来真的是日有所思，夜有所梦。接下来，我也应该对继母有所行动了。

这次的行动，我把时间定在了上午。我想借用佛堂来捉弄一下我的继母，所以我悄悄地潜入佛堂，发现每尊佛像前都摆放着几个茶盘之类的东西，用于盛放佛堂里的供品。我灵机一动，脑袋里闪现出一道灵光。

傍晚，我从家中溜了出来。潜入继母平时常去的佛堂中，躲在一个隐蔽的角落里。待夜深人静时，佛堂里的人全都离去，我才悄悄地从角落里爬出来，蹑手蹑脚地把继母今日早晨摆放的茶盘挪换了位置，放在了房门外的角落里。

次日，继母再次来到佛堂，我尾随而至，想瞧一瞧继母发现茶盘挪动了位置，会有怎样的表现。进入佛堂，我赶紧躲在了暗处，以便观察。我的目光一直追随着继母的身影，发现继母皱着眉头，四处打量着。随后，她又与贴身婢女窃窃私语了几句，好像是在寻找什么东西。

见此情景，我不禁捂着嘴窃笑，心想：继母大人，你可不要着急，好戏还在后面呢！

接连几日，我都是傍晚潜入佛堂，待到深夜把茶盘换个地方，再溜出来。继母每日进出佛堂，越发烦躁不安起来。人们都说"身正不怕影子斜"，继母自己做了亏心事，当然惶惶不安。虽然继母心中顾虑重重，但并没有改变对我的态度。恐怕纸是包不住火的，时间一久，这件事总会留有破绽，像我继母那么精明的人，肯定会有所察觉。到时候，说不准我自身都难保！

所以，在这场没有硝烟的斗争中，我选择后退一步，为自己着想，再换一种策略。

了解我的人都知道我贪玩。说起玩，我全身上下的细胞都十分活跃。平日里，我最喜欢去的地方就是集市。一日，我在集市上碰见一个衣着奇异的人，询问之后得知他是个常年漂泊在外的游子，平日里以射鸟为生。

起初，我并没有在意，只是被模样奇特的怪鸟所吸引。可看着看着，我就越来越着迷，总觉得这鸟儿若是不重金买下，就亏得慌。于是，我二话不说，拿着银子就与那游子商量，想要将它买下。那游子看我一脸真诚，就将那鸟儿卖给我了。

回家的路上，我看着那鸟儿心中甚是欢喜，只见它那棕黑相间的羽毛间还带着一缕缕花白。瞧着那鸟，我出了神，不觉已到家门口。为了不让人发现我私自带鸟回家，便急急忙忙进了屋，把鸟儿藏在我床下。

安顿好了鸟，可算是能休息一会儿了。我坐在床沿边，忽然又听到我继母的声音，我的脑中好像一下想到了什么。我突然从床沿边跳起来，一个恶作剧就这样浮现在我脑子里——怪鸟吓继母。

智　斗

先生之前教过我，"机不可失，时不再来"，干脆就今晚行动吧！

趁着月色，我带着鸟儿偷偷潜入继母的厅堂内，见继母此时还在正厅，索性一不做二不休，直接溜进继母的寝屋内，趁此时屋内无人，便把我今日上午所买的鸟放进了继母的被窝里。

我回到自己的屋内，还没睡下，就听得对面的屋子里有人惊慌失措地大叫："不好了！不好了！夫人房内闹鬼了！"我坐在房内都能听见继母屋内的惊叫声，这一声叫得整个府都不安宁了。没办法，作为继子，我只得穿好衣服，装模作样地前去"关心"一下我的继母。

走到继母的房门前，就看到继母坐在床沿前不停地抽泣。我走到一旁，询问起平日里照看继母的婢女，只听那婢女哭诉道："我陪夫人一起在外赏月，后来夫人乏了，回屋洗漱后，正要就寝。可刚揭开被子，突然从被子里面飞出一只怪物，不停地在夫人屋内的房梁上盘旋，夫人见此情景都吓坏了。"听了此话，我内心窃喜，却还要装出一副被此情此景吓到的样子。

我故作担心地追问继母："您现在身体可还好？"

继母抬起头来，瞧了瞧我，并没有理会我，后来见我还站在那里等待着她的答复，便道："已无大碍了，可家中怎会有此等妖邪之物，定是有什么不祥之兆。"她说着，又对身边的婢女说："明日，赶快去请算法巫婆。"

我早就洞悉了继母的所思所想，继母信佛，如果家中发生了什么古怪的事，一定会觉得家里有什么邪气。在这点上，我想的还算比较周全。早在今日上午，我就提前找到那位在佛堂中的巫婆，把接下来所要发生的事情全部一五一十地告诉了她。巫婆得知真情，十分同情我的处境，觉得我早年丧母，继母又待我不好。对我怜惜万分，她认为就算我再怎么顽劣，继母也没有理由过分严苛地对待一个孩子。于是，这位巫婆决定要助我一臂之力。

次日清晨，继母派人找来那个巫婆。一见面，便迫不及待地追问："不知我做错了什么事，我身边竟屡屡发生一些令人难以揣测的事情。先前我去殿内拜佛，接连几次茶盘都莫名其妙地挪动了位置，如今这怪鸟究竟是何妖物，为何会平白无故地出现在我的被窝里？"

巫婆见到我的继母之后，对我点了点头，示意可以开始我们今天的安排了。

于是，便装神弄鬼地做出个灵魂附体的样子，然后对继母说：

"夫人啊，这是王状元的前室责怪您虐待她的儿子，如今她将您虐待王公子的事情告诉了上天，上天派遣阴兵来捉拿您的魂魄，您被子里的怪鸟就是阴兵化成的啊！"

继母一听，惊恐万状地问："那我今后该如何是好啊？"

巫婆故弄玄虚道："别急，别急，还好现在还有挽回的余地。如今之计，您只有痛改前非才能保全性命，否则谁也救不了您啊！"

继母听完信以为真，吓得跪在地上边磕头，边大哭着说："求上天开恩，先前是我的错，我保证以后不再虐待守仁了，请上苍看在我虔诚的份上饶我一命吧！"

见此情景，我想起昨日和巫婆商量的对策，赶紧也跟着跪下哭泣，并假装撕心裂肺地哭喊："求上苍饶我母亲一命吧，她也是一时糊涂，做错了事，我相信，她今后一定能痛改前非的。"

巫婆看到这一幕，憋着笑又装模作样了一会儿，然后对继母说："只要你肯痛改前非，相信上苍一定会救赎你的。"

继母听了此话，边哭边对我说："守仁，以前是为母待你不好，你可千万不要在意。今后，我一定对你视如己出，再也不会为难你了。"说着，便把我搂进了她的怀里。

我怎么也没有想到，继母也会有如此温柔的一面，便对继母说："以前很多事，我做得也不好，您放心，我以后也会像对自己的亲生母亲一样孝顺您。"

继母听我如此说，泪眼婆娑地看着我，感动的不能自已。我拿出帕子，把继母脸上的泪痕拭去，只听继母继续说道："儿啊，我不曾有过孩儿，更不知道应该如何与你这么大的孩子相处。刚嫁给你父亲时，我心中本是满心欢喜的，可我见你不喜欢我，心中也是惶恐不安的，可我缺乏经验，不知该如何是好。如今，你我能冰释前嫌，我真的不知道该怎么用语言表达我心中的欢喜。"

　　"母亲，您和我之前多有误会，我生性耿直，不擅言语，做事也总是莽撞冲动，我……"

　　继母道："守仁，我明白你的心情，你少年失母，我能理解的。如今你我已和好，往日之事以后便不必再提了。不如就此，在家中设宴，你看可好？"

　　我想这样安排极好，便点点头答应了。

　　宴席由继母一手操办，当日家中上下其乐融融，一副祥和之景，我心中只希望从此家和万事兴！

　　自此，我与继母的关系开始融洽起来。在祖父不断地开导下，我的心节也打开了，话也多了起来。而父亲不管公务如何繁忙，对于我的生活与课业一直十分关心。随着年龄的增长与学到书中的道理，我也能渐渐体会父亲的苦心，亲情融化了隔在我们之间的那层寒冰。

伏波却入少年梦

　　时光飞逝，转眼到了成化二十二年（1486），我在京师顺天府也已经度过了四个年头，从一个十岁顽劣孩童长成为个头与父亲一样高的少年。母亲已经去世两年了，每有闲暇，我都会坐在门前槐树下思念母亲，悄悄述说自己前一阶段课业及生活之事。每每想起母亲生于南方，现在我们一家人都居于北方，母亲一人孤单长眠于故乡的穴湖山①，便不禁潸然泪下。想来外公与外婆远在浙江，必定日日思念女儿，却只能见得坟头草色青青。而我只能遥想母亲墓前已经青草遍地，随晚风摇曳不定。两年前所植双柏，或许已经亭亭如盖。坐于树下，看夕阳渐坠远山，周围光景一线线暗流下来，我的心思牵挂千里之外的母亲，更觉人生变化无常。

　　京师地处北方，与故乡余姚风景气候迥异，其地势东临辽碣、西依太行，北连朔漠、背扼军者，南控中原，是山水环抱的理想都

---

① 　王阳明母亲郑太夫人初葬于余姚穴湖山，后迁至山阴石泉山。海日公去世时，原拟与郑太夫人合葬于石泉山，因水溢棺椁，故海日公葬于茅山，郑太夫人迁于鉴湖北岸徐山。

城，成祖幽燕龙飞后，历经十五年修建宫城，并于永乐十九年（1421）迁都于此。在城外设置宛平、大兴二县，同时置东南西北中五城兵马司。

随着年纪渐长，我对于兵法的兴趣也愈加浓厚起来。这一阶段尤喜唐人李贺的南园诗："男儿何不带吴钩，收取关山五十州。请君暂上凌烟阁，若个书生万户侯？"我常常夜读《孙子兵法》《唐太宗李卫公问对》《六韬》《三略》等书。同时听人议论前期英宗逢土木之变，以中华一国之君，竟然被瓦剌①所俘虏，又常扼腕叹息。

土木惊变

三十三年前，即正统十四年（1449）二月，瓦剌部落实际掌权者太师也先遣使入明，向朝廷进贡马匹。众所周知，中国古代朝贡制度，凡周边属国朝贡，必有赏赐。然而瓦剌使团本为两千人，却报称三千人，以期多领朝廷颁赏。朝廷派遣掌怀礼宦官王振负责瓦剌使团事宜，那王振本为读书人，曾中举人，尔后入宫，被英宗重用。王振发现使团虚报人数之事，同时发现瓦剌所进贡马匹质量参差不齐，良马之中掺杂有诸多劣马。王振对此非常不满，将此事上报给英宗朱祁镇，并与瓦剌使团交涉，减少赏赐。也先使团羞怒交加，本为和平的朝贡却演变为大明与瓦剌的军事之争。

----

① 瓦剌，西部蒙古族，元朝称斡亦剌、外剌，明朝时称瓦剌，活动区域位于蒙古高原。究其名来源，一说为鱼名，清人梁绍壬《两般秋雨盦随笔·瓦剌》记："西海有鱼名瓦剌，其目入水则暗，出水则明。凡物皆动下颏，此鱼独动上腭。见人远则哭，近则噬。故西域称假慈悲者曰瓦剌。"

是年七月初八，也先统率瓦剌大军南下，兵马三路分进合击，中路集中重兵，由也先亲率，直逼大同；东路由脱脱不花与兀良哈率领，攻打辽东；西路则由阿剌知院统率，攻宣府围赤城。

也先决心以中路为主要进攻方向，东西两路辅助进攻以吸引明朝防守兵力。其中路兵多将广，势不可当。大同参将吴浩早就收到探子报告的也先军态势，预先组织军队集于大同府猫儿庄，吴浩率军先处战地，占以逸待劳之利，原指望能够在此挫也先兵锋，也为朝廷组织军队实施反击赢得时间。哪知七月十一，骑将吴浩所率明军与也先军队交战，明军溃不成军，吴浩战死。七月十五，朝廷亲令大同总督宋瑛率驸马都尉井源、总兵官朱冕、左参将都督石亨等人，各领兵一万在大同府郊阳和之地组织防御，哪知也先之兵锋正劲，四将四万之兵阳和一战又惨败，宋瑛、朱冕又战死，石亨与井源率残兵返回大同府内。

瓦剌大军进犯，吴浩战死的消息传来，朝野震惊。

要不要亲征？成了摆在二十二岁的英宗朱祁镇面前的一道难题。瓦剌大汗脱脱不花与太师也先俱亲征，多路进犯而来。自己如果亲征的话，举国瞩目。想当年成祖曾经五次亲征，征服鞑靼，平定瓦剌，开创不世之功。父皇宣宗也曾三千铁骑大败蒙古兀良哈部，想想都让人血脉偾张。诚如王振所言，此次瓦剌军进犯不正是立战功的千载难逢良机吗？如果亲征而胜的话，此美名当可传百代。但朝中大臣，诸如兵部尚书邝埜与侍郎于谦、尚书王直等人却极力反对。亲征或不亲征，各方所说皆有理。思忖良久，英宗决定亲征。

英宗命太师英国公张辅、太师成国公朱勇率师以从，户部尚书王佐、兵部尚书邝埜、学士曹鼐、张益等扈征。另给朝廷各部两日准备时间，要集结五十万大军出发。

七月十六日，英宗朱祁镇率王振及前述朝廷重臣百余人，领大军五十万从顺天出发，十七日到达龙虎台①，十九日过居庸关，二十日过榆林，尔后再经怀来、雷家站、宣府，二十四日到达鸡鸣山②。由于明军准备时间仓促，再加上皇帝御驾亲征，随军重臣如兵部尚书邝埜与户部尚书王佐担忧生变，力谏英宗还朝，被罚长跪道旁丛草之中。以后逐日再经万全峪、怀安城、天城、阳和城、落驿，最终于八月初一，亲征大军抵达大同。

得知英宗亲征的消息，也先异常兴奋。深谙兵法的也先知道，如果贪功急进，直接与明朝大军正面抗衡，明军数量占优，交战之后，势必会陷入持久战，且己方力量消耗巨大。同时，皇帝之驾必置于后军，精兵防卫，难以谋取。而如果示弱，引得明军深入，远离京师，再寻求良机于运动之中聚而歼之，则可达到事半功倍的效果。因此也先命令大军撤退，使英宗出击的重拳找不到方向。而瓦剌大军如何还击，何时还击，何地还击，都尽在也先的掌握之中。

英宗得知也先大军撤离，自是十分兴奋。此时车驾至大同，群臣也劝皇上班师回朝，此时班师也是最好的结果，瓦剌大军已经闻风而逃，亲征军队不战而胜。英宗在大同停留一日后，八月初三，亲征大军开始返回顺天府。

而此时，也先精心编织的大网已经开始收拢。

英宗撤退之时，时任大同副总兵郭登通过曹鼐、张益向英宗建议，应经蔚州与紫荆关迅速回撤。郭登是一个通晓军事之人，按此

---

① 位于今北京市昌平区西龙虎台村。
② 位于今河北省张家口市东南。

条路线回撤，是返回至内长城最近的线路。但王振是蔚州人，担心数十万大军经蔚州，会给家乡带来沉重的给养负担，未同意这条撤回路线。

英宗最终选择经宣府、滴滴水、洪州方城、怀安城西、万全峪，再由达阳和北沙岭至宣府到达雷家站，然后向前经土木堡、怀来、过居庸关返回都城顺天府的撤回路线。这条路线实际上是在也先的反击方向上进行了一个横向运动，前后十天时间，给也先提供了足够的追击时间。

八月十三日，英宗回撤的第十天，到达雷家站时，也先的精锐先头部队已经追至。英宗派恭顺侯吴克忠、都督吴克勤殿后迎击，被瓦剌军大败，又派成国公朱勇、永顺伯薛绥领军四万在鹞儿岭①迎敌，但中了瓦剌军在鹞儿岭依两山夹一谷地利预先设置的埋伏，全军被歼。

此时的英宗已知形势危机，内心虽然焦急万分，却已经无计可施。十四日，英宗大军至距离怀来城仅二十余里的土木堡驻扎，设营时正值黄昏，残阳如血。虽然众臣力请英宗进入怀来城中，但王振以辎重千辆尚未到，如皇帝先入城中，辎重之部队必将全为瓦剌军所俘虏的理由劝阻。英宗最终决定在土木堡设营，全军闻令而动，赶在天黑之前扎营完毕，但扎营后却发现缺少饮水，士兵挖掘土地两丈有余，仍不见水，军心开始不稳。而距离明军土木堡设营之地十五里处有水源，已经被也先军队据守。此时的英宗军队已经陷入三国时期马谡街亭同样不利的境地，断水饥渴，丧失斗志，大军崩溃只是时间问题。

---

① 位于今河北涿鹿县西北。

也先得知已经围住明朝御驾亲征之师，派重兵急进，分进合击。也先的将领们从多个方向带领重兵压上，将土木堡层层困的如铁桶一般。

土木之变经过

然而，也先的计谋还未使完，其命瓦剌大军开始后撤，又派使者送求和之书。英宗得书后大喜过望，急忙命令吏部左侍郎曹鼐拟定议和敕书，并派人随同瓦剌使臣前往议和。

英宗一行以为逃过大劫，渴不可忍的大军开始向水源处匆忙行军。

就在此时，瓦剌军从四面八方杀来，此时几十万大明军队与英宗等一干重臣，一齐变成了砧板上的鱼肉。

而这些砧板上的"鱼肉"，行为也真如鱼肉一般。《天顺日录》曾记载了这样一种奇怪的景象：在瓦剌大军掩杀来时，"竟无一人与斗，俱解甲去衣以待死，或奔营中，积叠如山"。英宗集结起来的精兵，竟然自己脱去盔甲，纷纷光着上身四散奔跑，慌乱无措，实在是荒诞得让人想笑，却又愤懑欲哭的景象。以至事变之后，杨善出使瓦剌时，还有瓦剌人问道："向日土木之围，南朝兵何故脱衣甲而走？"实为奇耻大辱。所以史书中对于土木之战的经过，记载非常之少。

土木之变，明军的惨状可以从史书的记载中略知一二："二十余万人中伤居半，死者三分之一，骡马亦二十余万，衣甲兵器尽为胡人所得，满载而归。"

当瓦剌军奔向明军阵的核心——英宗的位置，英宗身边的宦侍与虎贲护卫及身边一干重臣，为保护英宗进行了惨烈搏斗，宦官及护卫被弓箭射杀的如刺猬一般，而英国公张辅、兵部尚书邝埜、户部尚书王佐及学士曹鼐、张益等数百人尽皆为护卫英宗而死。驸马都尉井源之前抗击也先部战败，如今又亲护英宗，在瓦剌军进攻时，为护英宗，于战马之上力战不屈，挥刀砍死瓦剌骑兵无数，最终身受数创，血流如注，力竭战死，壮烈捐躯[①]。

身着戎装的英宗眼见大势已去，周围随从个个丧命于瓦剌虎狼之师。他长叹一声，下马之后盘膝面南而坐，百感交集，此时身后仅余宦官喜宁。此时，两名瓦剌兵来到英宗面前，索要英宗身上的盔甲。英宗不与，一兵拔刀欲杀英宗。另一兵见英宗气度有异，便制止。后两人带英宗至雷家站，英宗见到也先之弟赛刊王，问其是也先，还是伯颜帖木儿或赛刊王。

赛刊王听到英宗问话之后大惊，亲自去见也先，称可能俘获了大明天子。也先确认所获之人真为大明皇帝后，喜道："我常告天，求大元一统天下，今果有此胜。"

当我听到此处时，不禁暗想：英宗皇帝亲征，其一心为国，却最终落得被掳之境地。朝廷称英宗为"北狩"，实在是国之奇辱，而随亲征大军最终战死的重臣与士卒，其死不仅冤屈，还沦为笑柄。若不是最终坚守都城，取得一线生机，最终也先送还英宗，说不定江山都要易主。故从此时起，我心中便暗下决心，必定要熟读兵法，了解行军打仗之术，如有一天国家再有难，定要力挽狂澜。这也是我立志学兵法的初心所在。

[①] 明英宗复辟后，感念井源为国捐躯，追封其为巨鹿侯。

夺门之变

土木之变不仅暴露出明朝军事的薄弱，同时也为大明政权埋下了动荡的伏笔——震惊朝野的夺门之变。此事我曾听祖父与好友闲谈时聊起。虽然事情已经过去很多年，但仍让人感叹兄弟手足相残之残酷，其间的细节让人心惊肉跳。

土木堡之变发生后，因英宗朱祁镇被俘，其弟郕王朱祁钰被拥为皇帝，史称明代宗，年号景泰。

正统十四年十月的京师保卫战中，于谦亲自戴甲披盔，列于阵前。国家于存亡之际，三军将士人人奋勇杀敌。总兵官武清伯石亨防守德胜门，都督陶瑾防守安定门，广宁伯刘安防守东直门，武进伯子朱瑛防守朝阳门，都督刘聚防守西直门，副部兵顾兴祖防守阜成门，都指挥李端防守正阳门，都督刘得新防守崇文门，都指挥汤节防守宣武门，九门防守指挥权皆归于石亨。

瓦剌统领也先原本想以英宗要挟朝廷，因于谦等主战派以社稷为重、君为轻拒绝和谈，瓦剌攻城又未克。此时的英宗成为摆在也先面前的一道难题，如果杀掉英宗，百害而无一利；如果将英宗朱祁镇送回明朝，此时新帝朱祁钰与英宗必然产生矛盾。所以精明的也先做出一个出人意料的决定，将"北狩"一年的英宗朱祁镇送还京师。

也先送还英宗的决定可谓一箭双雕，即赢得了美名，又给对手出了一个难题。

景泰元年（1450）八月，代宗收到也先送回英宗的消息后，即令礼部商议接待礼仪，礼部拟订以太上皇之仪仗迎接"北狩"的英宗。尔后英宗自安定门进，入东安门后，南面而坐，代宗出见英宗，文武百官朝见，行五拜三叩头之礼，太上皇自东上南门入南城大内。这种极高规格的礼仪安排被代宗所否定，想代之以简单的礼仪，不想却引起了许多朝臣上表反对。最终代宗拿出英宗寄来的避位诏书，宣诏书于群臣："朕以不明，为权奸所误，致陷于虏廷。已尝寓书朕弟嗣皇帝位，典神器，奉钦宗祀。此古今制事之宜，皇帝执中之道也。朕今幸赖天地祖宗之灵，母后皇帝悯念之切，俾虏悔过，送朕还京，郊社宗庙之礼，大事既不可预，国家机务，朕弟惟宜尔。文武群臣务悉心以匡其不逮，以福苍生于无穷。朕到京日，迎接之礼悉从简略，布告有位，咸体朕怀。"最终决定以简单礼仪迎接英宗。代宗对此内心肯定是警惕的，才会在对大臣的诏谕中说出"今言太薄，则讥乎朕。事既行定，不许妄言"的话。

八月十五日，英宗朱祁镇由安定门入京师，代宗朱祁钰至东安门迎英宗。兄弟两人互拜，相顾流泪，感叹良久。

正如天上不能有两个太阳，一国也不可能同时有二帝，虽然英宗称自己无意于帝位，但代宗一直把英宗视为皇位的威胁，对英宗处处加以防备。英宗回到京师后，马上就被代宗囚禁于南宫，代宗将英宗尊为太上皇，但英宗有名无实，每日被锦衣卫严加看管。南宫门用大锁锁住，并在锁芯内灌铅，严防人员进出。每日英宗的饮食仅能从门上的小洞递入。

英宗的长子朱见深原被立为太子，在英宗退位代宗继位之后，英宗一直想将朱见深废掉。至景泰三年（1452）五月，广西浔州守备都指挥黄竑袭杀思明知府，并上疏请易太子。代宗废朱见深，另立太子朱见济。但一年多之后，即景泰五年（1454）十一月，年仅五岁的太子朱见济夭折。

储位之争再度成为焦点，御史钟同上疏请求将被废为沂王的朱见深再度立为太子，以定天下之本。其在上疏中道："父有天下，固当传之于子。乃者太子薨逝，足知天命有在。臣窃以为上皇之子，即陛下之子。沂王天资厚重，足令宗社有托。伏望扩天地之量，敦友于之仁，蠲吉具仪，建复储位，实祖宗无疆之休。"御史钟同在疏中所言着实过于激烈，将代宗立自己儿子为太子，太子夭折说成是天命。代宗看到钟同的上书后，勃然大怒，令锦衣卫于狱中将钟同桎杖至死。

英宗困于南宫之内，春秋交替，星移斗转，转眼时间到了景泰八年（1457）正月，代宗朱祁钰突然病重，急召亲信大臣武清侯石亨，欲将国之大事托与石亨。

石亨出身将门，在瓦剌入侵时受兵部尚书于谦的举荐，任五军都督府右都督。代宗对石亨极为信任，哪知武清侯石亨心中却想重新拥英宗为帝，看到代宗朱祁钰病重，便与副都御史徐有贞及宦官曹吉祥谋立英宗复辟。正月十六日夜，石亨与徐有贞引军千余人至南宫，接英宗经东华门到奉天门，率百官跪拜英宗并口称万岁。日中之时，英宗到奉天以殿即位，并立即拿捕了兵部尚书于谦与大学士王文入锦衣卫狱，并于五天后处死了于谦与王文。

于谦本是英宗与代宗时期抗击瓦剌的首功之臣，在夺门之变后被捕入狱，石亨等人使言官以"迎襄王世子"罪状上奏诛杀。在查抄于谦家时，发现于谦为官清廉，除了皇帝赏赐的玺书、冠带、袍铠等物之外，只有一房间的书籍。

二月初一，英宗废掉代宗，代宗于半月后的十七日病逝，代宗死后，英宗将代宗赐贬谥号"戾"，并赐代宗的嫔妃上吊自尽殉葬，一起安葬于西山。

有一个问题一直困扰着少年时的我：从土木惊变到夺门之变，如果真有良将救英宗于危难之中，何以再有后来朝中宫变。兄弟失和，名臣惨遭屠戮？想来国之稳固，必要有良将方可。太平盛世，可以经书治于国。而若有强敌入侵，挫其兵锋，保境安民才是正道。

出游居庸

未出京师之前，我以为京师就是天下。等我走出京师，到达山海之处，才真正明白天地之广阔。日后每每想起年少时的这段出游经历，内心就会泛出对父亲的感恩之情。因为这段经历让我真正体会到，读书与行路对于一个人的成长缺一不可。日后我提出"知行合一"心学观点，若真正寻找源头，可能与我年少时这段出游经历也有关系吧。

这一日，父亲考校完我的功课，见父亲还比较满意。我便主动和父亲聊起了前朝英宗"北狩"及南宫夺门之事。

"父亲，孩儿心中有个困惑。我朝自古以来，皆重文轻武。但从土木之变来看，若不是兵部尚书于谦等一干人力守顺天府，万一也先瓦剌大军攻克顺天，后果真是不堪设想。"

父亲点点头："是啊，那武经七书之首《孙子兵法》开篇即道'兵者，国之大事，死生之地，存亡之道，不可不察也'。纵观各朝，国家败亡大多源于军争之失。莫说本朝，看看宋代，蒙古忽必烈率大军灭宋，太后与恭帝投降，端宗于福州府即位，崖山海战宋军大败后，陆秀夫与八岁端宗赵昺投海自尽，南宋灭亡。史书记载曾有十万军民跳海殉国，其状何其悲又何其惨。"

"听说南宋偏安之时，原也是国泰民安，建立了一个花花世界，到头来落到这步田地，说到底，是重文轻武的原因。父亲你看当今父母，哪一个教育孩子不是说科举高中，光宗耀祖。又有几个教诲孩子要习武强身，将来戍边保国。"

父亲怔了一下："你小小年纪，倒能想到这个问题？你说应当如何？"

我问道："国难思良将，那良将若是平时不加公平选用，砥砺培训，等有难时，又从哪而来呢？儿子看了一些关于文天祥、张世杰与陆秀夫的史书，内心感叹不已，所以孩儿想弃文修武。"

"为什么？"父亲很是诧异。

我回道："李贺有诗：'男儿何不带吴钩，收取关山五十州。请君暂上凌烟阁，若个书生万户侯？'儿子前两年对辞赋尤为感兴趣，可这段时间一直在想前朝之变，又觉得空有文采，若无武功，万一天下大变，连保护自己的力气都没有，更何谈保家卫国？所以我对游侠特别感兴趣。为这事，父亲你也批评过我多次，但是我还是认为我所想是对的。"

父亲端起面前茶杯，喝了一口，沉思半天，然后慢慢道："你真的是长大了，我很开心你能把心中所想都讲给我听。你认为游侠好在哪里？"

"轻生重义，打抱不平，救难解厄，扶倾济弱。"父亲一问，我便来了兴致，"新丰美酒斗十千，咸阳游侠多少年。若能学得一身骑射之功，能游走天下并行侠仗义。现在在我心里，这比安坐于屋中，求取功名更有意义。多少天下读书人，十年寒窗，皓首穷经。到最后求得功名，占据一席之地，都只是为了让自己的日子能过得更好。"

父亲若有所思地问道："一人一马走天下，想起来确是让人快意之事。我问你一个问题：如果让你成为一个这样的游侠，放弃你自己现在所拥有的一切，现在就给你一匹马，你愿不愿意离开家，就这样浪迹天涯？"

父亲突然问出的这个问题难住了我，我沉默了许久，眼睛盯着桌上的龙井茶，茶清香扑鼻，我的内心却是一片云雾。我轻声说："父亲，我不知道。"

父亲端起茶杯，饮了一口："我也是从你这么大的时候过来的，你现在所思所想，和当年的我有几分相似，所以我能理解你的想法。《论语·季氏》中曾记，'君子有三戒：少之时，血气未定，戒之在色；及其壮也，血气方刚，戒之在斗；及其老也，血气既衰，戒之在得。'儿啊，你正是少年血气未定之时。我觉得你有想做游侠的想法也没什么错，人的成长总是要有个过程，觉今日而昨非。只有经过了、体会了，才知道其中的真味。所以我尊重你的想法。"

父亲能说出这样的话，倒真出乎我的意料，我也更愿意把内心的想法讲出来。

父亲继续道："能想到这样的问题，不易。你说要弃文修武，是取一舍一之法，文武兼修才是正道。我看你的功课近来习得也还好，这样，我给你一个月的时间，给你选个可靠的随从，你可以选择京师附近的场所游历，开阔眼界，了解山川地形，观军民之风。等回来之后咱们再商议，如何？"

我听完自是十分开心："多谢父亲。"

随后几日，我便在家中准备出游所需各类物资。父亲又为我找了一位经验丰富的随从许志。许志是宣府人，又曾在军中服役数年，比我大十岁左右，给人的感觉十分干练。

许志服役的地方在居庸关。还未出行之前，许志教我整理行装的闲暇，便向我介绍了许多军营生活的苦乐之事，居庸关内外风光及风土人情。这些事，书中皆不得见。而此次外出游历是我自到京师以来，第一次独自旅行，内心的兴奋真是溢于言表。再加上许志的介绍，更引起了我的兴趣，我整日都在想何时能快些离开都城。

成化二十二年（1486）春夏之交，我与许志踏上了一人一马漫步天涯的旅途。

我的第一个目的地，选择了土木之变旧事之论中，我经常听到的一个地点——居庸关。居庸关地处顺天府北面的锁钥，为兵家必争之地，是扼守京师顺天府西北的要地。居庸关是大明开国洪武元年（1368）徐达、常遇春北伐燕京时所建，关城周围十三里有半，二十八步有奇，东筑于翠屏山，西筑于金柜山，南北两面于两山之下。各高四丈二尺，厚二丈五尺，南北各设券城、重门两座，城楼五间，券城楼各三间。水门各二空，南北西水门闸楼三间，四面敌楼一十五座，共城楼五十七间。关城内有察院、分守居庸参将公署、延庆卫治所、儒学及仓场等地。

出城之后，我们一路沿官道向北行了大半天，马上赶路时，许志便向我介绍了大明军镇之制："当年成祖龙飞幽燕，将都城迁至顺天府。尔后一改藩王守边体制，称'天子自将待边'，使用设立军镇以总兵镇守边防要地的做法，设立了辽东、宣府、大同、延绥四镇，此即为军镇守边之制。① 军镇之内，以军人为主管理，防区内设府、州、县，兵士安家于军镇。军镇内的最高军事长官为总兵，其下依次为副总兵、分守参将、游击将军、坐营中军官、守备、千总、把总、提调、忠顺营、备御等。"

我听得是似懂非懂，又问道："那居庸关指挥是什么级别？"

许志道："居庸关内设居庸参将一名，当年我在军中五年，只得见参将一面，出行之时，前呼后拥，煞是威风。"

我笑道："那参将可问许兄姓甚名谁？"

许志哈哈大笑："想我普通一卒，哪能与参将谈话。当日我只能立于队列之中，一动也不敢动。"

我道："出城之前，父亲知道咱们第一站至居庸关，有一封给居庸参将的书信。到时候咱们一起拜会那威风八面的参将，看看是不是当年你所见的将军。"

说笑毕，我又问道："许大哥，那咱们居庸关上面是由哪个军镇所管。"

许志道："属于宣府镇。我出生之地就隶属宣府镇。宣府镇东接昌镇，西连大同镇，南临真保镇。宣镇军事辖区与万全都司相同，包括万全都司下的实土卫所与三州与两县，实际上就是防卫怀安至居庸关所有卫所。当年在军中之时，我们还要默诵防区范围。我至今还记得，宣镇东至京师顺天府界，西至山西大同府界，南至直隶易州界，北至沙漠，广四百九十里，轮六百六十里，内有飞狐

---

① 明朝的军镇守边最终发展为九镇戍边的制度，《明史》对于九边军镇的说法为："初设辽东、宣府、大同、延绥四镇，继设宁夏、甘肃、蓟州三镇。而太原总兵治偏头，三边制府驻固源，亦称二镇。是为九边。"

关、紫荆关、独石口、居庸关、张家口之要，乃前望京师，后控沙漠之地。"

　　黄昏时，我与许志二人到达居庸关。绵延几十里的溪谷内，正是花木繁盛之际，两边群山叠翠，仰观鸟鸣于树，俯看鱼游潜溪，风光秀丽。

　　进入居庸关内，只见身着蒙或异族衣裳服饰之人随处可见，我看在眼中，不禁心里好奇，再加想起土木堡之变旧闻，便问许志是何故。许志告诉我："朝廷有规定，凡是从关外进入中国通商，朝廷规定的路线为大同—宣府—京师。这居庸关正处要地，自然便成了异常热闹之所。"

　　一路来到居庸参将府前，我们与守卫哨兵招呼，并递上父亲所写的书信。不巧参将不在府中，但一主事副千户看到书信后，异常热情地迎接我们，并安排夜晚居住的住所。

　　我与许志道过谢后，由两名士卒带我们至暖铺。许志进入暖铺之后，大为兴奋，笑对我道："守仁兄弟，你可知道，这暖铺可不是一般人住的。我在军中时，曾经传递公文，只有冷铺待遇。那冷铺只是一间土屋一盘炕而已，里面难遮风雨。你看这暖铺，以前我只是听说过，今天始是亲眼所见，里面各种设施一应俱全。暖铺之内不但提供休息之所，还供应饮食。"

　　我道："如此一来，咱们出京所备之物还用不上了。"

　　许志一边收拾东西，一边说："有备无患，今天是咱们出京第一天，我看咱们这次出来时间不会短。放心吧，以后肯定用得上。我刚才在参将府与一军爷打听过了，当年我在宣镇守边，尚有几位兄弟编在旗中，我一会与他们联络一下，他们知道我们来此，必定欢喜异常，晚上咱们在一起吃个便饭。"

我拱手道："许大哥如此热情，安排周到，感激不尽。"

天黑时分，许志领了四个人进来。我们在暖铺内坐下，但见各人铺桌置碗，拿酒放箸，一会儿工夫，竟然摆出一桌酒菜。

众人坐定，许志为我做了介绍。来的四人都隶属居庸关附近总旗的小旗，分守附近关卡。今日许志从京师来见，他们各自向自己的统领长官告假，来此小聚。

桌上所坐尽是豪爽之人，不拘礼节，很快就开始推杯换盏，好不热闹。暖铺之处，十之八九来此居住者皆为兵士，估计作风向来如此，管理人员及暖铺旁人也不以为意。

两杯酒下肚，我也感觉脸红耳热，腹中好似有一团火在燃烧。

陈定拿起酒坛，哗的一下把酒倒满，端杯道："小兄弟，说你是读书之人，我看倒对我们这些行伍脾气。天南地北，在此相聚，便是缘分，我敬你。"

许志鼓掌道："好，定兄干了，守仁兄弟年岁尚轻，不能多喝，随意便可。"

我起身道："感谢许大哥照顾我，但我这杯要干了，为国守边，风餐露宿，我敬你们。"

酒酣之际，许志又向诸位军士介绍："此次我能再到居庸关与众位好兄弟见面，要感谢守仁小兄弟。诸位可知，守仁兄弟的父亲现在在京师为翰林，五年前中的状元，可是天上的文曲星下了凡的。"

此语一出，桌上诸兄弟同叫一声好。有一个叫刘文的从椅子上站起，站着酒杯到我面前："你的父亲是天上的文曲星，一看你这小兄弟也是读书人。我是个粗人，生在偏远乡野之地，今日居然见到状元的儿子，也算是这辈子没有白过了。来来来，兄弟，我敬你三大碗。"说完，连倒三碗酒，一饮而尽。

我连忙从椅子上站起，倒满一杯酒，也是一饮而尽，然后一揖到地。心想这众人出身行伍，实在个个是耿直的性情中人。而这刘文并非敬我，而是敬读书之人，此时此刻也让我深深感到读书人的肩头重担。

趁饮酒间隙，我问起桌上诸位在军中生活如何。此问一出，异常热闹的酒桌突然安静下来。片刻过后，刘文道："守仁兄弟不是外人，今天又是在酒桌上，话从这里出，也从这里了。我就直说了，军中生活实是十分辛苦，这辛苦倒不是身体训练、行军列阵之苦。那苦在何处？苦在吃不饱。朝廷给我们都、卫、所、旗的军士口粮层层盘剥，到每日我们口中，十粒米能吃到一粒米，空着肚子走不快，又要被百户责罚，有苦不能言。莫说平时，就是去年除夕夜，我们总旗的年夜饭也只是两菜一汤，淡出鸟来的青菜汤而已。另一苦在无薪俸，像我们这些大字不识之人，军中服役本就薪俸极少，又常被克扣不发。我们守边在宣府镇，天子脚下尚且如此，那偏远之地的军士更不用说了。"

这些事情，我在京师哪有机会听到，心中只觉大奇："刘文兄，那诸军官每日是不是都在精练武艺，排兵布阵，准备应付瓦剌？"

听到此，一桌人倒大声笑起来，刘文身边的陈定边笑边说："研究行军打仗的军官，十里挑一；但搜刮兵士钱财，谋个人福利者倒是十之八九。而那一个只知练兵之人，到最后也难当上千总，你道为何？他整日只琢磨打仗，无孔方兄帮助打点谋求晋升之道，怎么会被提升呢？"

我惊道："那如果这样，守边之师皆不重练兵，一旦真有瓦剌再犯边，却如何是好？"

陈定长叹一声："外战外行，内战内行。依我看，如此下去，不练兵如何应对外敌入侵，只能内平一些民变吧。好了，好了，咱们莫谈这些了。今天众兄弟在一起，喝酒，喝酒。"

于是众人又开心地喝起酒来，后来又听刘文聊起他家乡生活的清贫凄苦，我又感叹良久，明白生活的诸多不易。

这一餐饭吃了两个时辰，许志的四位军中兄弟因要返回小旗，一起收拾完后，便匆匆告别。许志洗漱毕，一会儿便在铺上熟睡了。

我因是第一天出京师，晚上又与几位军士吃酒聊天，了解平时无从知晓的军中见闻，所以虽已经近子时，却全无睡意。我索性走出暖铺，来到户外，但见初夏夜半，一轮弯月如钩挂于天，头顶星光灿烂，银河悬于天上，旷野微风吹来，忽儿一阵暖风，又倏忽夹杂着一阵寒意。抬头仰望星空，顿感天地之大，人之渺小，百感交集，足足立了半个时辰，方返回暖铺休息。想到此次父亲能提供机会让我到出游边塞，机会实时难得，一定要好好把握，有所感悟与收获。

回到暖铺躺下，但觉睡意袭来，一下便沉沉睡去，等再睁开眼时，只见窗外阳光明媚，光线透窗照在地上，白花花晃人眼。看许志早已起来，收拾完毕，笑着指着桌上的粥饭说："守仁弟，昨天你喝得可是不少，现在感觉怎么样？一会喝些粥，胃中便会好很多。"

我笑道："多谢许兄，确实有些多了。现在是什么时辰了？"

许志道："现在刚过巳时，时间尚早。"

"我最感兴趣的是兵营，昨天与你那几位军中兄弟聊天，于军中编制还不甚明白。"我边起床收拾边道。

许志笑道："这个简单，等你吃罢饭，我带你在居庸城内转转，给你讲解咱们大明军队的编制。"

"那太好了。"我快速吃完饭，与许志出了暖铺，到居庸城内各处转看。

许志一路带我游览居庸内城，同时向我介绍军队编制："大明朝的军事制度为太祖朱元璋的谋臣刘基所规划，洪武二十六年（1393）定编制为都司卫所，当时天下分为都司十七，留守一，行都司三，卫三百二十九，越发于都督府的独立守御千户所六十五，当时天下自京师至各郡县皆立卫所，兵员共计一百二十万，发展到现今军队员额达到二百四十余万。这二百四十万军队积重势于皇都，宣弧威于塞徼，其中京师宿兵三十万，畿辅三十万，边腹约为一百五十万。像京师及畿辅六十万军队，就是为保都城平安，居重驭轻，强干弱枝，意甚深远。"

我边听边道："这倒像一个鸡蛋一样，守边的军队是最重要的屏障，所以要用重兵。而这皇城就像蛋黄一样，最为重要，也以重兵把守。"

许志道："对。你看全国之兵有二百余万，吃穿训练供养消耗十分巨大，如果单靠朝廷及地方州府，如何养得起？所以自太祖朝就规定，像卫所军队，十分之三守城，七分屯田；内地驻军则二分守城，八分屯田。全国卫所军队共屯田约九十万顷，占天下田亩约十分之一，如此一来，军队便可自养了。"

我又问道："那如此庞大的军队如何指挥？"

许志道："当年大明初建时，太祖朱元璋设立了大都督府，统领天下军马，为了防止军权集于一人之手，太祖于洪武十三年（1380）废除大都督府，设立了五军都督府，五军都督府分前、后、左、右、中五府，这五府分领天下的都司卫所，上对皇帝负责，彼此之间不相统率，可以互相牵制，相互防范，可以有效避免重臣掌控军权而要挟皇帝，正是'五军五设，指臂相使，设有意外之虞生于一军，而四军足以制其死命。'"

我听完后若有所思："这种方法真是妙，那朝廷的兵部与五军都督府又有何关系？"

许志道："好问题，这个问题在我初入军营时，也不甚明了，后来听我所在小旗百户讲解方才知晓。五军都督府所掌握为军籍、训练与军政之权，兵部则掌握军中官员的任免、升调与军令下达之权。如有战事，军队的调遣权与指挥权全部归于皇帝一人，兵部奉旨从各卫所调兵，并依圣意交印信任命统兵官，等到战事结束，总兵交还印信，作战兵士皆回卫所，如此兵部与五军都督府相互配合又相互掣肘，唯有皇帝一人能够统筹军权。所以有人称'兵部有出兵之令，而无统兵之权，五军有统兵之权，而无出兵之令。合之则呼吸相通，分之则犬牙相制。'而在此基础上，又出了兵将分离、夹持之法等更为复杂，使现有军队体制，兵不识将，将不习兵，将无专兵，兵无私将。将带兵出征时，权也不止大将一人，定会选两三人，出师之日赐平贼、讨贼、平虏、平胡、征夷等印，或将军、大将军、副将军等授予，相互之间也是限制重重。听说五军都督府内部、各都司卫所内部也是权力各分，或互不联络，或交错设置，或互相插花，以求互相牵制，互相监视。"

我听罢后，想了半晌才道："听你说现有体制，我稍微明白一点点了。这些编制如从制衡角度看，天衣无缝。但个人感觉，若论兵贵神速，可能就差了一些了。如真有战事，层层上报，调兵授将，再组合进军，时间估计要耽误许多了。"

许志道："是啊。但任何军制皆有好处与坏处，这制度传至如今，已根深蒂固，构造得密不透风，要改也是十分艰难了。"

游览完居庸关后，我与许志二人从居庸参将府领取了能通行关堡的文书，小心收好，便骑马赶向下一个目的地——独石城。从居庸关到独石城一线，是抵御瓦剌入侵的关键屏障，长城所在。

马向北行不多时，便进入山路，路窄处仅能容一人一马通行，一两个时辰才翻过一个山头。我们二人过铁帽山后，地势突然开阔，便骑马快行，过旺泉沟、白河渠、崔家沟到后城，此时已过了日中。

正赶路时，忽然听到许志在前方大喊："守仁兄弟，快看，快看，前方就是滴水崖了。咱们快马加鞭赶去，好好歇息一下。"

前方一马平川处，果然有一山崖突兀地立于原上。此山倒也奇特，说是山却无顶，倒像是一块巨石从天外飞来，上面又被刀削过一般。

我也打起精神，对着已经驾马远去的许志长啸一声"噢——我来了"，扬鞭催马紧紧跟随。

不一会儿来到那巨崖下，许志已在崖下找好一块阴凉之地，把两匹马放在一边吃草料。我们二人立于崖下，举目望去，但见这崖高六七丈，峭然陡立，真如天神持斧劈过一般，而顺崖放眼望去，却不见头。

我奇道："许兄，这滴水崖有多长？一眼看不到头，可有二三里路长？"

许志哈哈笑道："何止二三里，这滴水崖东西之长约四十里，当地人号称'四十里长嵯'。更神奇的是这山崖虽大，却通体是一块巨石。咱们现今所立之处并不是最高之处，滴水崖的最高处达一百八十丈。"

我又细看这块整体呈丹霞之色，上面层层间以浅白的巨崖，叹道："这真是自然造化，鬼斧神工之作。"

许志拿出一块干粮递与我："还有更神奇的呢。此崖头有一洞，名唤'碧落洞'。洞中终年滴水，这崖也由此得名。咱们吃些东西，稍事休息，一起去那洞中看看如何。"

我笑道："那太好了。"

在崖下休息后，又感觉精神满满，游兴正浓，便骑马去寻那滴水洞。我在马上还在想象，看这夏日午后天气正热，整个大地都炙烤得如在蒸笼之中。再加上此崖又是通体一大巨石，怎会有水自上滴下，估计能不能看到还未可知。

正思忖时，突然听到哗哗的水声，越往前行，水声越发响亮。心中不觉大喜，原来真有水从崖上流下，待走近时，水声如雷，等转过崖来，不觉为眼前景像惊呆，但见一条飞瀑自崖顶倾泻而下，如白练悬于当空。瀑布打在崖底的巨石上，四溅如雪，自下望去，却见那自崖顶的飞瀑已将崖壁冲刷出数道沟痕，想来必经百年才有此景。而飞瀑所经之处，草木繁盛，枝繁叶茂。我与许志二人立于崖下，顿觉暑气全无，凉风习习，水花扑面，宛如立于春雨之中。这让我突然想起了江南之雨，畅快无比。在滴水崖飞瀑停留半个时辰，我们二人才又继续赶路。

沿长城前行，一路经宁远堡、龙门所堡、镇安堡、清泉堡，可见不同地形，或为山地、或为平川、或为丘陵、或为深沟险壑。每至一处，我便与许志讨论何处可布何兵，何处可打埋伏，何处可排何阵，觉得十分有趣。经过四五天的路程，我们到达独石城。这独石城乃是宣府镇最北防御要点，被称为极冲之地，只见关前独石上刻着"突兀孤秀，一石飞来"八个大字。这独石城在宣德五年（1430）由三万六千劳工耗时两月修建而成，尔后又在城上加墩堞。整个独石城堡方五里，高四仞，厚三仞。站于城上，四面观之，发现独石城虽然三面临敌，但因占据地势之利，实是易守难攻之堡，大有一夫当关，万夫莫开之势。放眼向北望去，又见地势逐渐平缓。遥想当年土木之变时，瓦剌大军猥集至此，轮番进攻，终于攻破这易守难攻的独石城。守城有一千总名唤田坤，与瓦剌军作战阵亡，田坤之女儿与瓦剌兵士战斗，后被逼至独石城南面山崖之上，纵身跳崖。我立于城南山崖边，放眼望去，天高云淡，满目大好河山。俯瞰深崖，见一派青葱，想起田坤之女力战异族军队为国捐躯之情景，心中油然升起敬佩之情。

我与许志在独石城居留了两日，发现守城兵士的训练主要是弓箭为主——守堡兵士一旦遇到瓦剌犯边，弓箭是最有效的防守武器，所以兵士人人都要精于弓箭。经向守堡总旗恳求，我也向兵士请教搭弓射箭之法。经两日练习之后，渐渐悟出一点门道。但晚间睡觉时，只觉得浑身骨头如散架一般，方体会一丝军中生活训练的辛苦。

山海雄关

出独石城后，我与许志从长城内侧一线一路向西行，或按辔徐行，或策马狂奔，经过蓟镇。十余天后，终于到了我们出游的最远目的地——山海关。

临近山海关时，正值一场暴雨袭至，天地茫茫，乌云压在山海关上，云中不时划过几道闪电，片刻点亮大地。天地之间的山海关远远望去，犹如苍茫大海中的一叶孤舟。我与许志二人骑在马上，大雨已经将我们全身浇透，全然不见雨停的迹象。我们两人相视一笑，已近山海关，索性放开缰绳，让马儿随心意慢慢向山海关行去。

天地之间唯有哗哗雨声，偶尔一两道闪电划过，风雨之中的山海关透露出一丝凄凉。

天擦黑时，我们从山海关西城望恩门进入关内。这山海关在我尚未出京师时，已经多次听说"自京师东，城号高坚者，此为最大"。进望恩门便觉这城墙已然十分厚重，前所未见。只是天色已晚，我与许志二人便呈上入关公文，在城内住所安顿下来。

与我和许志同一房屋还有一海西女真客商，名唤叶赫那拉·杨吉，经山海关往来于关内外经商。这人极为活络，不一会儿便与我们聊得火热。我与许志不习惯称这人的全名，便唤他为杨吉。杨吉虽为女真人，但却熟知中国文化，讲起话来也十分幽默，讲到山海关时，竟然比我们还要熟悉。

杨吉道："我知这山海关为明朝开国第一功臣徐达所建，山海关选址真是极为讲究，你看它现今位于长城蓟镇与辽东交界处，若从地形上看，又是燕山尽，控辽左咽喉之处。所以你们汉人早就有山海关'枕山襟海，辽蓟咽喉'之说。此地外控辽阳，内护畿辅，防扼海泊倭番，同时又验放高丽及我女真三部进贡，实是东北之重镇。要是用人体来打比方的话，大明的京师顺天府就是人的心腹，蓟镇就是肩背，辽阳就是臂指也。"

我迫不及待地问："那这山海关是什么？"

杨吉哈哈大笑："这山海关就是节窍窾却之最紧要者也，其沟连各处。若扼控山海关，便牵一发而至全身了。"

实不想这杨吉竟有如此见识，我与许志二人便将话题岔开。杨吉又聊了海西女真的风土人情及语言，实与有我们有天壤之别。杨吉是极为善谈之人，一些情景描绘的栩栩如生，我们听得仿若亲临一般。直到夜深，大家方才睡去。

第二日一早，我与许志先在关内游览，果如叶赫那拉·杨吉所言，这山海关城内棋盘式街巷分布，城中央十字大街相交处为钟鼓楼。钟鼓楼附近是居民与商业的集中地，也是最热闹的所在。走到东大街，建有一牌坊，名曰"东北第一关坊"。东门内侧与城西北部皆为行政部门所在地，城的东南处为草料场，城西南处为山海仓，西门外南北两侧则为急递铺与迁安马驿。走至南门外东侧，则为演武场。转了一日，了解到这山海关属五军都督府中的后军都督府的山海卫，其下辖十所，分别为山海、右、前、后、中左、中右、中前、中后、左、中千户所。在城中听得有人说城外还有一南海口关。南海口关是长城唯一临海设置的关口，每到潮汐来时，海水便会涌入城中。

午饭过后，我与许志打过招呼，让他中午休息一下。便一人骑马一路向南，行约一炷香的工夫，果见连接大海的南海口关。

牵马立于海边，但见大海茫茫，风平浪静，极目远眺，水天一色。想此地已距京师六百余里，我也向东行至大海之滨不能再前行之处，仰天观海，但觉心胸开阔，又暗想这天之外是何处，这海之外又是何处？想想只觉人生不可解之难题实是太多了，答案又都从哪里来呢？

伏波入梦

脑中纷纷扰扰思考这些问题，再看天地安静四处无人，只闻大海拍岸之声。于是我便盘膝而坐，双手扣子午扣，二目垂帘，眼观鼻，鼻观心，舌抵上颚，心意守脐，念定不移。许久心中才慢慢安静下来。

刚刚入定，不想却有人拍了拍我的肩膀，惊得忙睁开眼，迅速坐起，却不见有一人。发现自己正立于一庙中，心中疑惑我不是在山海关外吗，怎么会忽然在此？

抬头突然看见一巨大木雕像，细看乃是一将军衣着金甲，头戴金盔，一手扶膝，一手按剑坐之雕像。心中奇怪到底这是何处。于是我走出庙门，抬头一看，只见门上写着"伏波将军庙"几个字。心中只觉一惊，这不是东汉马援将军之庙吗？

　　说起诸朝良将，东汉伏波将军马援是我最敬佩之人。最初了解马援是读《后汉书》评其曰："马援腾声三辅，遨游二帝，及定节立谋，以干时主，将怀负鼎之愿，盖为千载之遇焉。然其戒人之祸，智矣，而不能自免于逸隙。岂功名之际，理固然乎？夫利不在身，以之谋事则智；虑不私己，以之断义必厉。诚能回观物之智而为反身之察，若施之于人则能恕，自鉴其情亦明矣。伏波好功，爰自冀、陇。南静骆越，西屠烧种。徂年已流，壮情方勇。明德既升，家祚以兴。"伏波将军马援"男儿要当死于边野，以马革裹尸还葬耳"。他一生南征北战，被光武帝封为食邑三千户的新息侯。后治理息县，井井有条，年六十二因国家有难，再度请缨，最终马革裹尸还。

　　我便对着马援雕像俯首三拜，心中思索二十天来从京师自此一路的经历。到山海关居然见到了伏波庙，便想出一绝句："卷甲归来马伏波，早年兵法鬓毛皤。云埋铜柱雷轰折，六字题文尚不磨。"

　　正想着在庙中转转，去寻有无人在此时，突然有人又在拍我的肩膀。我心中又是一惊，一下惊醒，却发现刚才是在梦中。四下漆黑一片，我仍在海边。

　　许志将我扶起，我发现他满头是汗，便问："许大哥，你怎么了？"

　　许志道："守仁弟，我找你找得好苦，总算找到了。你中午要来山海关外看看海，我心想一个时辰差不多也够了，结果等到申时你还未回来，我便慌了。骑马寻来，先入南海关城内，到处打听，并未见一少年来游。看天已经黑了，慌得我是不行，一路寻找到此，天可怜见，总算找到你了。要不然，我可要去投海了。"

　　看到许志一头汗的样子，我心中甚是愧疚，忙作揖道："许大哥，实在是抱歉。我来此坐着，不知不觉睡着了，也请你多多包涵。"

许志笑道："兄弟说哪里话，我只是担心你的安全。你看你坐在这里竟睡着了，想是前一段咱们一路风餐露宿，你太辛苦了。咱们索性在这里休息两日，再慢慢返京。"

我与许志骑马而归，我把所做之梦讲与许志，许志听后也觉得惊奇。

更为惊奇的是四十多年后，我受命至广西平叛，后经乌蛮滩伏波祠，前往拜谒。想到十五岁时在梦中所作的《梦中绝句》，再读此诗加序如下："此予十五岁时梦中所作。今拜伏波祠下，宛如梦中。兹行殆有不偶然者，因识其事于此。"已是后话。

在山海关停留两日后，我与许志便赶回京师，一路快行七八日也到了。

再次回到京师，算起来离开也只一个月的时间，但感觉倒像离开了几年一般，再看京师的感觉也不太一样了。

回到家中数日，我在自己的书房中闭门不出。一直在思考一个问题，此次外出满眼风光皆是大好河山，但却多次受到外侮。当前之世，想我中国南海波静，唯一大患便是北方诸如女真、瓦剌的异族。而与其修葺长城防御工事，倒不如像汉时卫青、霍去病一样主动出击，一举打败他们，方能真正保国家太平。思来想去，每每想到这些，便内心激动不能自已。最后决定找父亲谈一下，我想上书给天子，请求效汉武身边的终军，主动请缨领军出边塞，为国家消除异族隐患。

来到父亲房中，我把自己内心的想法讲了出来，讲到最后，感觉胸中如有一团火焰在燃烧，恨不能马上就上书为国领兵。明日就能接到天子的出征诏令。

父亲只是静静地听，待我讲完后，眼睛盯着我许久没有说话。

原本以为父亲会对我的想法大加赞扬，却未料到是当头棒喝。

"混账东西！你是不是脑袋有病，发狂了？"父亲一掌拍在桌上，茶杯盖被震得跳起，茶水也流了一地。"你的这种想法，只是黄口小儿狂言。一个弱书生，妄言带兵打仗，是想自取其辱，自取其死吗？自古以来，哪个少年不想云游天下，立不世之功。但想与做是两回事，你若不改变自己的想法，只知好高骛远，不能脚踏实地，必将一事无成。你出游一月，就以为对局势全部掌握了？不说别的，单说军中骑射之术，阵前格杀之法，你能胜得了哪个？"

听到父亲训斥，我心中本来颇有些不服气，但听到最后不禁脸红发热起来。

"你还想直接上书天子，请求出战。若你有盖世之武功，满腹之兵法，出奇之战略，不用你上书，我都可以内举不避亲，为你上书。但若上述资质皆无，如此上书，只能让当今圣上鄙弃，让满朝文武百官耻笑。你若真有为国为民之心，当先充实自己，让自己成为不世之才，成为国家所需之精英，方有资格再谈此事。"父亲语气渐渐平静下来，但字字句句反而更让我自责。

"父亲，我知道错了。我定当好好读书，充实自己以报效国家。"我惭愧地说道。

"好，"父亲站起身，拍了拍我的肩膀："云儿，希望你能先正己再济人，好好读书，国家无时不在求贤。我相信你有可以成才，有天可以自己上表给天子，为民效力，为国靖难。"

阳明成婚

早在南宋洪迈的《容斋随笔·四笔·卷八·得意失意诗》中便说到人生有四大欢喜事："久旱逢甘雨，他乡遇故知。洞房花烛夜，金榜题名时。"人生进入青年阶段，大事无非就是后两件。父亲也盼着我能娶上一位贤良淑德又能勤俭持家的女子，若还能管住我这放荡不羁的秉性，那便最好不过了。

近日，父亲总说我年纪不小了，该想想成婚一事，这算得上是人生大事，便为我盘算着。我再三推脱，说现在不急不急，可父亲大人早已相中了江西布政司参议诸养和的女儿诸芸玉，还说早已为我定下了这门亲事。诸氏是一位知书达理的贤德女子，况且父亲与诸养和早已相识，虽算不上知己，对他来说，却也是个不错的亲家。我就算再不情愿，可父亲的话如此笃定，恐怕也没有反驳的余地，也就只好答应了。

余姚定亲

如若说起成婚一事，那还得从几年前说起。自古以来，便有门当户对一说，而且必须父母之命，媒妁之言。

在我很小的时候，父亲还在余姚老家读书备考。我有一个在南昌任职的舅舅名为诸养和，他回到家乡余姚探亲，顺便也来探望妹妹和妹夫。不过，我的这个舅舅不是亲舅舅，我的母亲姓郑，而这个舅舅姓诸，只是个表舅。当然表舅也是舅，作为外甥的我也少不得出来拜见一下这位远道而来的舅舅。

次日清晨，我便随着父亲一起去迎接远方舅舅的到来。初见，我这位舅舅确是生着一副好面相，不觉给人一种随和的亲切感。

父亲看见表舅，便急忙上前，笑脸相迎："兄长，远道而来，舟车劳顿，不如先进中堂，稍作休息。"

诸养和摆了摆手，道："我这身板，这点路还是撑得住的，不打紧，不打紧。"

我在一旁，连连附和："表舅，日行千里，身板再硬朗也定然有些疲惫，还请到家中品一品芥茶。"

诸养和大笑道："好呀！好呀！想必这就令郎了，如此清秀伶俐，待人接物也颇有分寸，落落大方，是个好孩儿啊！"

听了表舅的夸奖，我忍不住笑了起来，挠了挠头，脸也瞬间红了。父亲在一旁对着我说："如此沉不住气，你表舅夸你一下，就如此得意。"转脸又对表舅说："守仁还小，说话行事不妥的地方，还请兄长多多包涵啊！"

舅舅与父亲二人边走边聊，来到了中堂。

三人于堂内落座之后，表舅又询问我："守仁小小年纪，可有读过什么书？"

父亲在一旁道："他天天不务正业，不是下象棋，就是舞枪弄棒的。"父亲又对我说："守仁，你自己跟表舅说说都读过哪些书?"

我赶紧站起来回答:"还不曾读过太多书,'四书五经'只是略懂皮毛。"

表舅又连问了好几个问题,我也算是对答如流,表舅喜欢得不得了,对我连连称赞。

后来,我听表舅对父亲说道:"我看啊,守仁实属不错,今日一见,我甚是喜欢他。不如我们两家提早给孩子们定个亲,我也就放心了。"

父亲一听,便赶紧说道:"我看这事成!令爱乃大家闺秀,在整个南昌都是数一数二的。若有幸你我两家结为亲家,那可是再好不过的了!"说着,两人就会心地大笑起来。

父亲认为,一来他既是诸养和的妹夫,又是至交;二来诸氏也是越中一带的名门望族,门人辈出,乃是书香门第。余姚籍诸观,成化年间进士,历官数郡,清廉耿介。钱塘籍诸大观,曾是状元出身。况且诸养和是江西的主官之一,级别不低,与王家更是门当户对。别的不说,就凭诸芸玉的才气,那也是百里挑一的。

只听父亲又道:"只是这件事还由不得我做主,请诸兄许我一段时日,待我向家父家母禀报,也不迟。"

诸养和郑重其事地点了点头:"此事不急,你我二人都需要向父母二人禀报商议才是。"

南昌求婚

不论是官宦世家,还是文人墨客,甚至是在路边的小商小贩,都以信为本。正所谓"君子一言,驷马难追",既然当年定下了这门亲事，不管怎样，我都要硬着头皮听命于父母的安排。这门从小就约定的亲事，在我们两家父母的撮合下，就彻底定下来了。

明孝宗弘治元年（1488），我从京师回到了家乡余姚，准备迎亲事宜，并于同年七月动身前去南昌迎娶我的未婚妻。

按理说男婚女嫁，我无须去南昌完婚。理应我的这位未婚妻来余姚或京师完婚，为何要让我孤身前去她家中呢？再者，父亲那样坚持原则且守旧之人，照顾两家的情面不说，本就会遵循"男婚女嫁"的礼节。

我百思不得其解，于是便去请教继母。继母看我如此匆忙地赶来，已猜出了几分我的来意，笑而不语。

"母亲，孩儿有一事不明白，还请您指教。"

继母道："有什么事情就直说吧，不必藏着掖着的。"

我赶忙道："父亲与您为我说定了婚事，如今孩儿就要去南昌完婚了，可思来想去，为何我要在南昌完婚，而不是在余姚或京师完婚呢？还请母亲明示。"

"守仁长大了，果然与小时不同了，考虑事情也周详了很多。成婚一事，我与你父亲也曾商议过。你父亲现如今也不同以前了，他是京官，天子手下的人，忙于公务抽不开身。京官必须要听命于吏部的一切指令，不得擅自行动。再说若是在京城操办婚事，不免有些太闹腾了，这偌大的京城毕竟是在皇帝的眼皮子底下；你父亲讲原则、讲礼仪，为人更是低调，虽然中了状元，可在京城这么个地方，务必是要小心谨慎。守仁，你的终身大事，你父亲肯定是十分在意，在京师办婚礼办大了，影响不好；办小了，又是你一辈子的大事。"

我连连点头道："母亲说的是，在南昌完婚既不影响父亲在京城做官，也不会让父母二人对我的终身大事有所愧疚。"

继母又道："你能明白我们的心意就好。如果放在余姚老家办你的婚事，你父亲就得请假。他新官上任不久，就要兴师动众，人尽皆知，这也不是你父亲的做事风格。你放心，在南昌结婚实属不错，你未来的岳父大人与你父亲是挚友，如今马上就要成亲家了。他在江西算得上是最高长官之一了，由他操办婚事，再合适不过了。不论他怎么操办婚事，江西算山高皇帝远，定无大碍。此次前去，你尽管放心，不必再多想了。"

在仆人王升的陪同之下，我带上了一些简单的行李，从余姚启程，经绍兴、钱塘、萧山、诸暨、金华、衢州，进入江西境内，又过玉山、上饶、横峰、铅山、弋阳、贵溪，到达江西省会南昌。

这是我生平第一次踏上江西的土地，当然，我对这里的风俗民情一概不知。可这里带给我的竟没有一丝孤独和陌生感，大街小巷到处都是一片热闹繁荣的景象。

古称豫章、洪都的南昌，民间流传着的"七门九洲十八坡，三湖九津通赣鄱"俗语，这是当年南昌城的真实写照。朱元璋在攻下南昌城后，重新疏通了东、南、北三条护城河，改建了西城墙，仅留进贤、惠民、广润、章江、德胜、永和、顺化等七座城门。光阴荏苒，从太祖皇帝新修七门至弘治年间，一百多年过去，"古城七门"百姓中逐渐形成有了驮笼挂袋进贤门、挑粮卖菜惠民门、商贾云集广润门、接官送府章江门、杀人放火德胜门、冷坊社庙永和门、跑马射箭顺化门的俗语。

我到达的那一日，诸府在我岳父大人的操办之下张灯结彩。只见诸府的门头匾额两侧连带着房梁上都已挂上了帷幕，梁角的大红灯笼更是高高挂起。四处望去，那些灯笼的样式也各不相同。梁角挂的是全红的圆灯笼，再往两侧看去，还有上下底红，中间泛米白的灯笼，米色之上有"福"字点缀，更是让人眼花缭乱。

在这里，令眼花缭乱的可不仅仅是灯笼。府上的家丁、年长的老妈子，手中抱着一个又一个红黑相间的礼盒。虽不知那些礼盒中装了些什么，但看那几个老妈子一个劲地往返于拿放东西的路途中。年轻的丫鬟、奴婢都来回招呼着，一会安排这个人去西房把箱子搬出来重新布置，一会又安排那个人去东房把初夏新来的上好茶叶放置正堂。年轻壮家丁更是一刻都停不得了，他们最急切的就是想要分身之术了。一个人脚踩扶梯，拉着杆子布置府外高墙处的帷幕，另一个人在扶梯下，稳稳地抓住扶梯，一会一声"歪了，往左些"，一会又一声"不行，再往右边去些"。就这样，我还没进府，光是站在府外这半晌工夫，就已能瞧见这许多热闹光景了。

现下是日中，太阳正是火辣辣的时候，我初来诸府，府上上上下下都洋溢着一片喜悦之气，我愣是被这气派给镇住了。忍不住环顾四周，又定眼望着那梁角的全红的大圆灯笼许久。太阳熠熠闪烁的光芒使我睁不开双眼，忍不住用衣袖遮挡住刺眼的阳光。

王升在我身旁，见此情景忙道："公子可别在这府外就愣住了，还是赶紧进府拜见诸老爷吧。"

他的这一席话，使我回过神来，整理整理衣衫，随后便领着王升进了诸府。

在诸府管事的引领下我们来到前厅，管事的对我们说："二位请稍作等待，且先吃一盏茶，待我向老爷禀报。"言毕，又吩咐下人要将我们二人照顾周到，随后便去禀报诸老爷了。

不久，诸老爷便从中堂快步赶到了前厅。我看见了诸老爷，赶忙放下手中的茶，站起身子，行了揖礼，道："晚辈王守仁拜见诸大人。"

舅父见到我行如此大礼，嘴角的笑意是藏不住的，笑逐颜开地说到："我早就盼着你来了，如今你到了南昌，我就放心了。赶紧的，快坐啊！你别太拘束，你就把这当作你自己的家。"

我忙道："多谢老爷，承蒙老爷挂念，晚辈这一路非常顺利。"

舅父站起来念道："顺利就好，这一路来，你也累坏了。这两日你先好好歇着，大婚的时间我请老道士算了一卦，道士说后天就是黄道吉日，你来时已经看到府上各项事物都操办得差不多了，婚期定在后天是最好不过了。有什么想吃的、想玩的，就向我说。"

我本就对婚事全然不上心，父母又将婚事全权交与诸老爷定夺，听他这样一说，我便赶紧说："一切都听老爷安排。"

舅父诸养和是个性情中人，听我一口一个大人、老爷地叫，很不自在，便走到我的身旁，拍了拍我的肩膀道："你这称呼未免也太见外了吧。如今，婚事临近，也就算是一家人了，不如现在就改口叫吧，省得我听起来不自在。"

舅父既然已经开口了，我也不好推脱，只好说："是，是。"

婚礼之事本就是诸老爷一手操办，在我看来，与我真的没有太大关系，我虽是新郎官，却没有具体事做，索性在四处闲逛。

我与王升把行李放置在客房内，在府内四处走动。路旁铺撒着数不尽的玫瑰花，微风卷着花香。目光所及，全是耀眼夺目的红，诸府上下以大红的锦绸与纱幔妆点，从客房的屋门外，铺到了院外。房檐廊角、梅枝桂树上都高挂着用红绸裁剪的花。树上系着无数条红绸带，绿树蔚然，相互交错着枝蔓，阳光透过错落的树叶间洒下金辉漫漫，光束点点照应在地面上，仿若漫天的星辰都落入凡间。那棵棵树上披着胭脂红色的纱幔，十步一系，胭脂红的纱幔几米长，无风时静静垂落，沿着树梢往上一直看去，就像嫣红的云团，衬着阳光洒下的金光，仿若世外仙境。待到微风轻抚，树叶飒飒晃动，胭脂红的纱幔飘扬舞动，又给这"世外仙境"增添了几分生趣。而一地的金色光芒亦如闪烁着金光的小浪花在舞动着，梦幻地让人觉得眼前的景色美的不真实。

来到正堂。门柱两侧挂了一副对联，上联为"连理枝喜结大地"，下联为"比翼鸟欢翔长天"。跨入正门，迎面红底黄字的福字是那么绚烂耀眼，两旁不仅有两尊硕大的龙凤宝烛的烁烁火焰相映衬，还有一副与"福"字同样色彩的对联挂在雕花红木墙上，上联为"蓬门且喜来珠履"，下联为"侣伴从今到白头"，横批"百年好合"。与梁柱上的对联相比，此联又有不同。梁柱上的对联字大醒目，而堂内的对联字稍微小些，却更应景。环顾四周，迎面的喜桌，旁边的两把椅子，连同两边各设的四把椅子上都系上了红锦缎……红绸、红锦、纱幔、帷幕都布置在了这间房内，但每一处的布置都显得是那么井然有序，恰到好处。

这青黄不接的初秋时节，在明媚清光的日子里，满片的红让人心醉。

次日的早晨还有些雾色，太阳还没升起，我便早早地打理好，对王升说："今日虽是大婚之日，可如今时日还早，我且到街上转上一转，你就留在府上，有什么事再通知我也不迟。"

王升听了我的话，点了点头道："公子转转就好啊，务必得在今日黄昏之前赶回来。"

还没等王升的话说完，我就已经先一步走了。若换作别的新郎官，恐怕这时一定不会像我这样荒诞不经，竟还有心思上街闲逛。但我实在难忍好奇心，南昌的风俗民情令我如痴如醉。我爱这里的人，淳朴、可敬可亲；我爱这里的景，依山傍水，草木丰茂……我在大婚之日出门闲逛，想着自己还是有把握能在规定的时间内回诸府成亲，可就怪我偏偏不是那种循规蹈矩的人，我居然在这种情况下忘了大婚的时间。我这番举动，引起了不少没有必要的骚动。

要说起婚礼前后发生的大大小小的事情，那还是王升见我回来之后一一告诉我的。

婚礼风波

婚礼时发生的众多事，我都是听王升说的。由于他叙述的详尽生动，所以关于那天的盛况，我虽不在场，却也像是亲身经历了一般。

王升不停地念佛道："少爷，大婚当日，路旁皆是维持秩序的士兵，涌动的人群络绎不绝，摩肩接踵，个个都想一睹这百年难见的婚礼。

门外，诸府的管家组织着人群，我的个天爷爷，少爷，你是没有看到，那场面放铳，放炮仗，大红灯笼开路，沿途一路吹吹打打，多少家南昌尊贵的大户人家，手上拿着诸府发放给他们的婚礼请帖，兴高采烈地到诸府来道喜。还有很多人为没有请帖而垂头丧气呢。你是不知道，我那天可是等你等急了，就站在诸府的大门外，张望着。"

听王升此言一出，我很不好意思："此事是我考虑不周，连累你了。"

王升并没有理我，继续道："我站在那门房的管事旁边，我都替他累。当日宾客众多，他一人站在门外，不停地查看那各路来的客人手中的请帖，还要不停地高声通报。我记得，最先来的是莫府的莫珏，紧随其后来的是齐府的齐元……我见你半日不归，心中焦急不安，想去寻你，又怕路上错过，觉得还是按兵不动为好。诸府上上下下可是忙得不可开交，诸老爷一个劲地请宾客就座；管事的妈妈们手中端着各式各样的小吃，摆放在桌上，供宾客们享用。府内的男丁早已被诸老爷安排好了，由几个强壮的男丁分别守着东西两侧的门，其余人协助后厨或管理院内秩序。

　　我看着院内已是宾客盈门，该到的宾客也差不多都到齐了，想来你也应该知晓时间，可就是不见你的踪影。那时，我可急坏了。

　　此时，笙歌悠悠，喜气洋洋。宽敞的屋内珠翠装点，描金绘彩，礼生向诸老爷点头示意，觉得差不多能开始了，诸老爷便三步并两步上前，对着诸位来宾，笑脸相迎道：'感谢各位在百忙之中拨冗参加贤侄王守仁与小女的婚礼，我在此表示衷心的感谢。'话音刚落，只听得见周边的掌声响彻。

　　只听拜堂之始，燃烛，焚香，鸣爆竹，奏乐。乐此，礼生诵道：'香烟缥缈，灯烛辉煌，两姓联姻，一堂缔约，良缘永结，匹配同称。看此日桃花灼灼，宜室宜家，卜他年瓜瓞绵绵，尔昌尔炽。谨以白头之约，书向鸿笺，好将红叶之盟，载明鸳谱。此证。喜今日嘉礼初成，良缘遂缔。诗咏关雎，雅歌麟趾。瑞叶五世其昌，祥开二南之化。同心同德，宜室宜家。相敬如宾，永谐鱼水之欢。互助精诚，共盟鸳鸯之誓。此证。新郎新娘齐登花堂。请新娘入登花堂。'

　　耳边响起震耳的鼓乐和喜炮，地上铺着的长长的喜毯，一直通往新娘屋内。众宾目光一致，显然都在等待着新娘子的到来。

　　黄昏遣嫁，新娘房的雕花小门半开着，莹亮的月光融融入室，远处，依稀的笑闹声、行酒令，隐然已能听见由房内穿行而过的脚步声。

那前行的女子脚踏喜毯，缓缓走来，站在两旁的仕女在队伍经过的地方，撒下漫天的花瓣。花香浸润在空气中，散发出迷人的香味。新娘穿缠枝莲暗地、翔凤云肩通袖织金膝襕圆领袍，下着官绿八宝奔兔织金裙斓马裙，那一身绯红喜服，金绣繁丽，极致尊贵优雅。流光溢彩的嫁衣绣鸳鸯石榴图案，胸前以一颗赤金嵌红宝石领扣扣住。外罩一件品红双孔雀绣云金缨珞霞帔，那开屏孔雀有婉转温顺之态，每根羽毛都是鲜艳的色泽。桃红缎彩绣成双花鸟纹腰封，垂下云鹤销金描银十二幅留仙裙，裙上绣出百子百福花样，尾裙长摆拖曳及地。边缘滚寸长的金丝缀，镶五色米珠，行走时簌簌有声。发髻正中戴着联纹珠荷花鸳鸯满池娇分心，两侧各一株盛放的并蒂荷花，垂下绞成两股的珍珠珊瑚流苏和碧玺坠角，折射在上面的光线，耀出不同的光线，像是披了一件宝石拉丝缝制的衣裳，让人无法移开视线。镶嵌了东海明珠的凤冠闪着微光，华丽雍容，如同明月升起在墨云之上。

随即礼生念道：'关关雎鸠，在河之洲，窈窕淑女，君子好逑。有请新娘。'耳边喧嚣的贺喜声不绝，新娘子在侍女引领之下，来到了中堂。礼生又道：'请新郎。'

众人左顾右盼，都在想这公子好福气，能娶到这样的妻子，到要看看他是什么样的人物。可礼生喊了半晌，都不见你来。这时礼生看了看诸老爷，皱了皱眉，又道：'请新郎。'这时，少爷，你都不知道，院内安静得很，唯独不见你的踪影。我这才反应过来，你一定是忘了时间。

在场的人开始议论纷纷，有的对诸家指指点点，有的说是夫婿家看不上诸家，还有的说……总之场面一度混乱，诸老爷如此气定神闲之人也是急了，不住地说：'赶紧动员所有人力，把新郎官找到请来。'然后又笑对着宾客们说：'婚礼出了一点乱子，还希望诸多见谅。大家先吃着喝着，不急不急啊！'当时我王升都能听得出诸老爷的怒气，更何况那些高门宾客呢？"

听到王升说到这，我算是明白了，当日确实是自己闯下了乱子，自己当天不过是在……

铁柱论道

发现我失踪后，人们议论纷纷，有的说我看不上诸家小姐，也有人推测我被人劫持了。其实，我只是在婚礼之前闲得没事干，偷偷跑到南昌的大街上去了。因为这里的口音非常奇怪，而且有许多好玩的，我的好奇心被激发了。南昌的泥人样式多，而这正好有一

个捏泥人的民间高手——"泥人王"。

"请问您这儿有什么招牌泥人呀?"

"要说招牌泥人,必须是《水浒传》里的'黑旋风'李逵了。说到李逵,我就想到了《水浒传》第五十三回,那是一个伸手不见五指的夜晚……"我压根就没听他讲话,付过钱后,拿着泥人就走:"哎,卖个泥人,废话真多。"走着走着,我看见一个好高的道冠,名叫"铁柱宫"。里面坐着一个老道士,旁边还有一个道童,那个老道士好像感觉到了我的存在,睁了一下眼,问我:"你有病在身吧?"

"对,我的肺不好。"我回道

道士缓缓说道:"才多大呀,就有肺疾了,真可惜呀。"

我好奇地说:"您在此宫中每天干什么呢?"

老道微微一笑:"我是个道士,不是你们想象中抓魔鬼的道士。我们的职责就是修炼与度已度人、普化众生、布道传教。我们认为万物就是一物,就如道家的先秦祖师老子说的'道生一,一生二,二生三,三生万物……'道教与儒教和佛教共称三教。"

"请问您高龄?"

"惭愧,惭愧,才九十六。"

我奇道:"真是看不出啊!大师,您有什么养生秘诀吗?"

道士回道:"当然有,我们还有十二段锦呢,仔细听:

第一段锦:闭目冥心坐,握固静思神。

第二段锦:叩齿三十六,两手抱昆仑。

第三段锦:左右鸣天鼓,二十四度闻。

第四段锦:微摆摇天柱。

第五段锦:赤龙搅水津,鼓漱三十六,神水满口匀。一口分三咽，龙行虎自奔。

第六段锦：闭气搓手热，背摩后精门。

第七段锦：尽此一口气，想火烧脐轮。

第八段锦：左右辘轳转。

第九段锦：两脚放舒伸，叉手双虚托。

第十段锦：低头攀足顿。

第十一段锦：以候神水至，再漱再吞津。如此三度毕。神水九次吞，咽下汩汩响，百脉自调匀。

第十二段锦：河车搬运毕，想发火烧身。金块十二段，子后午前行。勤行无间断，万疾化为尘。"

听起来很有道理，但我没有完全记下来。道士说："要是听不懂的话，我这里还有一个浅显易记的：

吃米带糠，吃菜带帮；

男不离韭，女不离藕；

青红萝卜，生克熟补；

食不过饱，饱不急卧；

养身在动，养心在静；

心不清净，思虑妄生；

心神安宁，病从何生；

闭目养神，静心益智；

药补食补，莫忘心补；

以财为草，以身为宝；

烟熏火燎，不吃为好；

油炸腌泡，少吃为妙。"

"那道教和儒教关系好，还是道教和佛教关系好？"我又一次把三教联系在了一起。

"应该道教和佛教关系比较好一点吧。"老道士也做出了解答，"道教是诸多神明的多神教的原生宗教，佛教则是依照悉达多所悟的修行方法，发现生命和宇宙的真相，最终超越生死和痛苦，断尽一切烦恼，得到最终解脱。而佛教也有相信神明的部分，所以他们相似。他们不相似的地方就在道教相信静心养性就能达到无人能敌的境界，佛教却认为只有活到生命的尽头，才能到达'极乐世界'"。

"哦，我懂了，和道教最近的是佛教，和它最远的也是佛教。"我恳求道。"我可不可以再问一个问题？"

"没问题，只要你愿意，我讲到明天早上都行。说吧，什么问题。"老道士爽快地答应了。

"道家哪些人最出名呢？"我说出心里的疑问。

"第二个是'通玄真人'，我们通常叫他文子，《文子》这本书与《老子》《列子》《庄子》并列。第三位是列子，他著有《列子》，创立了先秦哲学学派贵虚学派，继承了老子的基因。第四位就是庄子，他著有《庄子》一书，其中的名篇有《逍遥游》《齐物论》等，庄子是继老子之后，道家学派的主要代表人物之一，后世将其与老子并列，尊称二人为老庄。第一位最厉害是老子，老子存世作品有《道德经》。"

旁边的小道童早已睡着，老道士笑了笑，问我："对了，我还不知道你长大后要干什么呢？"

他的这句话，让我想到了小时候，老师也问过我这个问题，于是我便大声用当年回答老师的原话来回答老道士："读书做圣贤！"

我这一喊，整个铁柱宫都在晃，老道士也很惊讶。但他回过神来后，却没像老师一样说我是胡闹，对我说："哈哈，好啊，有这种想法的人不多，我相信孔老夫子当年能当上圣贤，一定也有着这个抱负的吧。"

听了他这句话，我的这个愿望变得更强烈了，因为我相信，只要我坚持，再难的事物都阻挠不了我。"如果我们的世界没了道教、儒教和佛教的话，会变成什么样呢？"我又问了一个难题。

"如果这样的话，人们心中就会缺乏所要追求的东西，和所谓的行尸走肉没有区别了。儒教、佛教和道教这三教缺一不可。如果儒教没了，那么就不会有'四书五经'，科举考试就没有可考的内容了；如果佛教没了，人们就不会再对死后的世界有猜测，这样所有人都会怕死；如果道教没了，巫术就会狂妄起来，到时候大街上全是算命的，巫术就会自成一派，肯定也不行。"老道士缓缓地说。

我又好奇地问："这样说的话，三教为什么不能合为一体呢？"

老道士笑道："你想想，儒教就是克己复礼，以入世之心求天下大同。佛教则是行善积德，以出世之心求超脱尘世。道教求真空妙有，关注人与天地之同一。你想想如果这三教在一起的话，没过了几天，就会闹出事来。正是三者各有不同，才能互为依存，共生于世。"

时间不早了，我想我应该回家了，于是想起身告辞。

老道士见了忙叫住我："怎么，如果你想听更多你不知道的事，你就要再多留一会。"

反正时间还早呢，干脆就再听一会儿吧。

"你知道，道教是怎么在一系列的灾难中存续下来的吗？"这时轮到老道士问我话了。

"可能是道教幸运吧。"我随意说了一个答案。

"大错特错，我们道教能存续下来，全是因为用实力征服了皇上。你看看，信道的皇帝有哪些？宋徽宗赵佶、唐玄宗李隆基……我们靠道教让皇帝们相信我们。唐玄宗在位时，虽然出现了安史之乱，但他却留下了一些道教的遗产，让今天的道教变得更完美。所以我们的道教是和皇帝有着渊源的。"老道士的这番话，好像提醒了我什么，让我觉得日后我能用上这些话，于是我也越来越喜欢和老道士聊天了。

"哎，对了，你是哪儿人啊？"老道士突然问我是哪里人，我回答道："我是浙江绍兴府余姚县的人，现在住在京都。"

"哈哈，余姚是个好地方，离宫廷较远，人又不多，景色优美，是一个人间天堂呀！"老道士高兴地笑道，"孩子，你知道在我们年轻的那个年代，无忧无虑，除了朝廷里的人，大家都笑哈哈的。不像现在，贪官太多。"是呀，拿南昌和余姚相比，我肯定选余姚，何况那里是我的家乡啊。我又想起了我的祖父，不知他现在身体好不好，我父亲在京城怎么样……

"孩子，孩子，你怎么了？叫了半天你怎么不答应我呀。"老道士的呼唤拉回了我的思绪。

"我想家了。"我告诉老道士。

"是呀，怎么可能会有人不想家呢？"等等，我离家是为了干啥来的？对了，成亲！我得赶紧走，我想到这就站了起来。

"小伙子，怎么了，又要走啊？"道士聊得兴起，很想挽留我。

"我，我有急事，得先走。"我冒了一身冷汗。

"小伙子，你看看才几时，此时谁会有事呀，可否再多聊聊？"哎呀，我只能再陪他聊一会了。

"啊，说起道教，你知道老子吗？"道士问我。

"知道，您讲了半天，有一半都是在讲他。"我的注意力又回到了对话上。

老道士捋着长须说："对，我最崇拜的人就是他。他专注地把自己的心放在道上，只有这样才能像他一样成为道教大师。"

"可是我根本不想学道呀？"我心道。

老道士说道："你还不知道什么是道吧，让我给你普及一下。道教，发源于春秋时期的方仙道，方仙道崇敬神仙，他们的主要宗旨是长生不死、得道成仙、济世救人，后来形成了一些团体。老子在道教里可以说赫赫有名，他被道士们称为太上老君。后来唐代时，信众尊称老子为大道元阙圣祖太上玄元皇帝。老子把宇宙本体、万物生长、时空规律全都规划成了道。道教的盛期于唐朝，唐高祖规定'道大佛小，先老后释'。唐太宗李世民重申'朕之本系，起自柱下'，搜集晋魏时期隐流、秘传的道书，普传大道。唐高宗李治尊奉老子为太上玄元皇帝。后来，唐玄宗李隆基为了让道家更辉煌，剔除所有巫师迷信内容。道家就逐渐发展成了现在的样子。"

"我懂了，对了，这道观叫什么名字来着？"刚进来一会儿，我就把道观的名字忘了。

道士被我逗乐了："哈哈，这你都能忘。铁柱宫，又名万寿宫，也是我们道教先人许逊修筑的。许逊也被称为许真君，他生活的时代距今已近一千多年了。当时许真君还在观旁修筑了一口井，那口井好像叫锁龙井。传说许真君修筑这么多东西，就是为了防御龙恶。"听老道士说了许多，我还是有一个疑问：这里为什么要叫"铁柱宫"呢？我把心中的疑惑说了出来。

老道士眯了一下眼睛："哈哈，你算问对人了，南昌城中知道这个答案的人还真不多。'铁柱宫'这个名字的由来很简单，只因为这里有个池，池中有许多石柱，后人便称此宫为'铁柱宫'。"

"原来如此。"我叹道，"老道士，您可否多讲一些养生秘诀呀。"我真的想知道有没有更深奥的秘诀。

"看在你这么热诚的份上，我就把我的终极秘诀告诉你吧。"老道士开口了，"我的秘诀就是静。"

"什么！这也叫秘诀？"我以为他在骗我。

"别急呀，我跟你说呀，这静，老子也是同等看重，他认为养生最重要的就是静。"道士说道，"静，只要静了，就不会被外界干扰，但是如果不到静的程度，就会控制不了自己而走火入魔。"这个老道士和说书一样说着。

这时，外面的钟响了。"只有发生了一些事才会敲钟，一定发生了什么事情。"说到了出事情，我打了一个冷战："我不是要去结婚的吗？"我说完后，用手使劲捏了自己的脸，感觉到痛方知不是梦，内心开始慌乱起来。"不可能，不可能。"

老道士吃惊地望着我："结婚？你不会就是诸养和女儿的新郎官吧？"

"正是。对不起，很高兴认识您，但是我现在要赶回去了。如果以后还有机会，我还想向您请教。"我真诚地说道。

"哈哈！不用很久，二十年后我们还能相遇的。"老道士呵呵笑道。一开始，我以为是慌忙赶路，所以才听错的，后来又觉得自己没听错。但是仔细想想，又觉得不对劲。二十年后，他不是已经是116岁的长寿老人了吗？我不能再想这么多了，我得去"补婚"。刚出门我就和一个又高又壮的男人撞上了。他说"先生，老爷请你回府。"

我还在想他是谁呢，就被壮汉使劲往一辆马车上推。这人行动虽然鲁莽，但也还算有礼貌，边推边讲："失礼了。"

我本想挣脱他的"拥抱"，谁知道我越挣扎，他就越用力。

我突然看见诸府旁边的布店高掌柜，他赶着一辆马车，刚刚进货回来："呦，这不是诸家的新婚丈夫吗？今天不是公子大喜的日子吗，怎么不在诸府当新郎官，反而在这里啊？"

本想讲自己在与老道士聊天，忘记了时间。但怎么能说出口啊，我脸上显出尴尬的表情。

推我上车的壮汉悄悄对我道："公子不必担心，只要有我在，您就能安全到诸家。"仔细一看，才发现原来是诸家的守卫。

"高掌柜，晚生还有急事，回聊啊。"我一拱手，主动上了马车。

马车飞快地向诸府驶去，我的心里却如十五个吊桶：我到诸家该怎么解释，不能和他们说我因为一个道士，而耽误了结婚吧。想着想着，我就到了诸家。暴风雨要来临了。

"诸……诸老爷在哪儿？"我面对着守卫越来越紧张。

"老爷早已在大堂等您，请您速速赶去。"不会吧，老爷都到大堂了，我的心情更忐忑了。

"入门右转就到了。"热心的守卫和我说。我怀着不安的心情往正厅走去，现在我开始有些害怕了，心里不禁想：这门亲事会不会变卦，那可成了天下的笑话了。

那守卫也看出了我的紧张，安慰我说："少爷，别着急。谨慎回答老爷的话，他就不会生您的气了。"

正厅之上，岳父端坐在椅上，半天才开腔："守仁，说说看怎么回事吧。"

"孩儿因在铁柱宫与一道士聊天，忘记了时间。铸成大错，我应受惩罚。"我跪在地回道。

"情有可原，礼又不可恕。"舅父道："时光不可再回，但成婚是人生之大事，必须要有章法，今天我再为你们办一次婚礼。守仁下次也要注意做事的章法了。"

我从地上站起来，一揖到地行礼道："多谢岳父大人。"

舅父的脸上露出了欣慰的笑容。

补行婚礼之时，高掌柜看到我后哈哈大笑："公子，我真是要好好谢谢你，要不是你昨天在铁柱宫与老道士论道忘记时间，我哪能在今天喝上公子的喜酒啊。"

我感觉脸上又是一阵发烧，也许是因为喝了喜酒，或是听了高掌柜的玩笑话而不好意思，忙举杯笑道："高掌柜，我敬您。既然是喜酒，您一定要喝尽兴。"

拜高堂时只有诸家父母，我们家根本没来人，让我有点不开心。但是我的妻子诸芸玉却挺不错，人不仅好看，还知书达理。

我与妻子年龄相仿，在一起共同话题也很多。

妻子最感兴趣的莫过于成婚当天，我在铁柱宫中彻夜不归之事。婚后大家都熟悉了一些，妻子笑问我道："当日你是如何想得，居然忘记成婚之事？"

想想前日之事，心中倒有些不好意思："那日也是听道士讲养生之法，十分感兴趣，不觉忘记了时间。"说完，我便双手向妻子行礼，口称莫怪。

妻子扑哧一声笑出声来："哪个怪你了，若真怪，便不提了。倒是觉得你有趣，读儒家诗书，却向道士求教。"

言及此，我倒来了兴致，与妻子聊起我与道士真是极有渊源。接着我便细细向妻子讲起家中离奇的旧事……

原来早在大明立国之时，太祖朱元璋对道教就采取了既限制又扶植的策略，至代宗皇帝道教才开始大兴于世。我的六世祖王纲生活于元末明初之世，他本来对于道教辟谷养生之说不相信，生逢元末乱世，六世祖王纲与母亲在五泄山避乱。一日夜晚，有一道士来到家中借宿。王纲见其相貌不凡，就问其姓名。那道士名叫赵缘督。六世祖王纲与赵缘督很是投缘，两人彻夜长谈。赵缘督教授六世祖占卜的方法，同时为他算了一卦，称以后家中必定会有扬名于天下的人出现，并劝王纲与他一起修道。但六世祖王纲因家中尚有老母，并未同去。相传赵缘督曾经赠予我家一本卜算之书，尔后王家一直隐居不出，我的四世祖王与准甚至为了逃避朝廷征召而故意坠崖，摔伤脚后自号遁石翁。相传王与准研习了家中所传占卜之书，为当地居民卜卦非常准确，以远近乡民都来找他算卦。后来很多官员都来找四世祖王与准来算卦，王与准当着县令使者的面将书烧毁，并称"我不能天天在公门之中为人看相，谈论祸福"，尔后逃入山中。

正是因为家中与道教有如此紧密的联系，我也一直对道家很感兴趣，所以在南昌铁柱宫才会因与道士谈论，以至于忘记了时间。

妻子听到此，点头道："说起道家，《汉书·艺文志》曾有记，言道家之流皆出自于古代记载历史之官，因记载成败存亡祸福古今之道，这类人中豁然悟出其中之理者，知秉要执本，清虚以自守，卑弱以自持。所以修道之人，一定无为而守柔，遵黄帝之时说。然而要经世致用，倒真还是要归于儒学。"

"娘子所言极是。"我沉思片刻方言，"有机会，我一定要向当世大儒请教学问之说。"

对话一斋

在成婚时，与妻芸玉并无言语沟通，两人互相了解是从婚后开始，妻子性情极为谦和温顺，事上以敬，处下以和，待我以礼。我与妻子相处日久，感情也日深。我处事急，妻遇事静，一急一缓，反能互补。诸家人见我与妻子和睦相处，极为欣慰，一再劝我于妻家多住些时日。在南昌的时光，也成为我与妻子共同的美好回忆。

南昌时光

初至南昌之时，我对辣椒本不习惯，芸玉便会亲自为我做南昌糕点，其中我最喜欢的是白糖糕。这白糖糕用糯米研磨成粉，混以白糖制成，形色若羊脂，入口绵软，甜而不腻。芸玉常于晚间做好白糖糕，第二日早起之时，沏上一壶婺源茗眉或庐山云雾，端一盘白糖糕置于我书桌之上。二人坐于桌边，秋时推窗见院内桂花盛开，清香扑鼻；冬时雪映红梅，暗香浮动。我们便一起品茗食糕，十分惬意。随着居于南昌时日渐久，我居然喜欢上辛辣的食物，对桂鱼煮粉、如意冬笋、土椒烧鱼等是无一不爱，吃南昌拌粉也要多加辣，芸玉便笑我是近朱者赤，我则边吃边笑道："我这是反把南昌当故乡。"芸玉每听此便吃吃笑个不住。

某一秋日，我与妻子同游南昌东北鄱阳湖，饭时曾尝藜蒿炒腊肉。芸玉告诉我藜蒿是鄱阳湖生长的普通水草，鄱阳湖上泛舟打民的渔民，湖岸往来之时，便以这藜蒿与腊肉混炒，金黄的腊肉配翠绿的藜蒿，将水草的清香与腊肉的浓香融为一体，食之脆嫩爽口，倒成就了一道色香味俱佳之菜。

妻子在闺中之时喜读诗书，善书法。我也喜欢书法，每日必临帖，从北魏《张猛龙碑》、褚遂良《雁塔圣教序》、欧阳询《九成宫醴铭》到虞世南、颜真卿、柳公权之楷，再到二王、黄庭坚《松风阁诗》、米芾《蜀素帖》皆尝试过。我每日临帖时，芸玉若有闲暇，也与我一同临摹，互相交流心得体会。

妻子道："守仁，临帖有多法，如仅仅以形为主，则只能学得字形，这字终究还是止有形而无意。汉时扬雄曾有言，言，心声也；书，心画也，声画形，君子小人见矣。"

我回道："芸玉所言不错，诚如此，然若考究扬雄之言，书除书法之外，文章倒为正解。若论书，那蔡京倒一度也充之为宋四家，那书法端的是好，却与人品有云泥之别。要说书法名家之中，褚遂良之书法，有人比之为绝色美女，其书法之形若姑射真人，吴带当风，然其品性却是忠言谠论，刚正不阿，与其书法绝不相同。"

妻子若有所思，微微点头："确是如此，以书观人，正如观相，以相取人，虽可十中八九，但也实有反相之人。我也听爹爹说，他有一贴身侍卫，其面如金刚，却是一个见到猫犬有伤都会流泪之人。"

我突然想到书中一理，笑道："由书鉴人，正像由果寻因。譬如某人品性不好终为人发觉，若其书法柔若似水，便可道，你看此人书诚如软骨，其品也如此。若其书刚如刀锋，便可说此人诚如刀，心存害人。"

一日练习书法时，我与妻子又聊起书法的心得。宋时大儒程明道论书法，曾说写字要心诚，不是要写的字好，而只是重在学。说到底练习书法，重在练心，所以书写时轻易不要落纸，而应该凝思静虑，如何起笔、如何布局，何处收、何处放皆想明白之后，才能落笔于纸，而心才能真正明白如何书写，才能掌握书法要领，这与明道先生所说心诚是一个道理。

妻子笑道："有理，有理。"

居住南昌期间我每月都寄书信至祖父与父亲处，祖父与父亲也会定时回信。信中除要求我要尊敬诸家长辈，事之如事己父外，必千叮万嘱务必以读书为要，日日坚持，不应有丝毫懈怠。

岳父诸养和对于我的读书之事也是极为重视。一日在园中散步，时值春夏之交，院中草木茂盛，尤其是花园墙边的一丛紫竹，亭亭直立，竹叶苍翠，岳父与我都十分喜爱。岳父散步时，与我谈及读书之法："守仁，你家在余姚是世代书香之家，世代读书，尔父又是进士及第的状元，想来竹轩公与你父亲也常常教汝读书之法。想我当年年少读书时，也曾精读四书五经，今日细想，总觉四书之《大学》虽然看似最易懂，但却最为难深，读书之时，务要真真切切地领悟《大学》之道。"

我道："岳父说的极是，要说《大学》内容，祖父竹轩公与我居于余姚时，就已经教我熟背，对于其中内容，每过几年便有新的感悟。就比如说格物、致知、诚意、正心之说，为何是由物推至人，由外在关联至内心，直到现在我还是不明白。"

　　"是啊，'八目'之说要记住是很容易的，但要悟出道理却很难。就像这竹、这石，大千世界成物一样，如何格物而致知？"岳父一边指着墙根的紫竹一边笑道："《大学》一文经东汉的经学大师郑玄注解，认为'以其记博学可以为政也'，郑玄所注解的《大学》文风简明，打破学派限制。到唐之后，由于汉唐之间年代久远，语言文意都有了非常大的差异，唐人再读郑玄之注又产生了困难，很多唐人无法理解郑玄对大学所注的含义，唐人孔颖达对郑玄之注做了疏解。郑玄对《大学》进行分句编排注释，孔颖达则以《大学》内在之理为牵引，将《大学》文本分为两段，进而认为《大学》一书的主旨在于'本明德所由，先从诚意为始'。"

　　我接道："小婿近日也在重读《大学》，并试图穷究文中的要义，但总觉得正如辛弃疾的《丑奴儿》一词所述：少年不识愁滋味，爱上层楼，爱上层楼，为赋新词强说愁。"

　　岳父像是突然想到什么似的道："贤婿，你倒真是提醒了我，要论对于四书之了解，咱们江西倒有一位大儒上饶娄谅①。此人满腹诗书，其曾师从吴与弼，经多年潜心致学，已经进入'心身之学'的佳境，但却无意于功名。他在家乡上饶府邸后山建了一座芸阁，专心讲学。娄谅曾在前朝英宗天顺年间中了乙榜，被授成都府学训导，他便带了一部《朱子语录》去上任，道'吾道尽在此矣。'他在成都府仅仅两个月便称病请辞，自称'病夫'。这一斋乃是有真学问的老者，算来已过花甲之年，今年六十又七，等你携芸儿回余姚时，可去拜访一下，听一斋一席话，当胜读数年书。"

　　"岳父大人说的是，到时我必当登门求教于一斋先生。"

---

① 娄谅（1422—1491），字克贞，别号一斋，江西广信上饶人，明代著名理学家。

踏雪寻梅

彭泽秋日泛舟、梦山登高望月的闲适的时光总是过得特别快，转眼已经到了结婚第二年的深秋。南昌城在秋风中再次满城金色，我便与妻子商量先回故乡余姚，等到来年春天再北上到京师拜见祖父。

孝宗弘治二年（1489）冬，我与妻子从南昌乘舟回故乡余姚，我将在南昌与岳父对话，以及要拜访上饶一斋先生的事告知于芸玉。妻子芸玉对一斋先生也是极为崇敬，想要与我一同前去拜访。此次乘舟路线是经鄱阳湖转至信河，然后在上饶拜访一斋，再经陆路至江山，换乘水路沿衢江转至钱塘江至杭州，再至余姚。

此次同舟共济，与八年之前与祖父北上至京师不同。那时孩童心性，只知一路游玩。八年之后，新婚燕尔乘舟回故乡，与妻同立船头，看冬日长江烟波浩渺，言及天地之大，人生于其间，倏忽百年，必当要成立一番事业，方不枉此生，但必要先读书明理，才不至于迷失方向，陷入邪僻。

不日舟至广信的，说来也巧，傍晚时分一场雪开始纷纷扬扬飘落，不一会儿下得越来越紧，风搅着雪在舟中翻飞。妻子芸玉极为欢喜，兴奋地告诉我南方冬日下雪极少有如此之大的。我笑回道，北方冬日落雪倒是极为常见，但在这江水之上，小舟之中，看大雪纷飞却是头一遭，也更有一番情趣。

我与妻子温了一壶酒，看长江两岸很快被白雪覆盖，天色渐渐黑下来，我便与妻子商量停留一天，拜访一斋先生，同时也请船家歇息一天，采购舟中日常所用物资。

清晨舟靠码头，上得岸来。我与妻子进入上饶城中，询问一斋先生所居之所。城中人人皆知道一斋先生居处——水南街。经过一场大雪，上饶城中也是一片洁白，妻子突然笑问道："相公，我问你，为何人人都喜欢雪？"

我道："洁白无瑕。"

"对，雪让天地都变得干净了。"芸玉道，"唐人高骈有首诗《对雪》：六出飞花入户时，坐看青竹变琼枝。如今好上高楼望，盖尽人间恶路歧。"

谈笑之间，我们来到了水南街尽头一斋之居所，门前的道路上铺着厚厚一层雪，似在告诉我是今日第一个拜访一斋先生之人。敲门之后，有一童子开门后行揖礼："请问你们二位有何事？"

我向童子行揖礼后道："敝人王守仁，这是拙荆，此次从南昌府来，冒昧拜见一斋先生，想向先生求教。"

童子让我与妻子稍候，进去通报。尔后将我们迎至客室，却见有一须发尽白、慈眉善目的老人笑呵呵地立在客室门前，这便是一代大儒一斋先生了。

娄谅此时是六十八岁的老者，我却仅是一十八岁的后生。

我与芸玉展臂拢手，向一斋行二拜之礼："晚生王守仁携拙荆拜见先生。"

一斋先生双手扶起我，哈哈大笑："二位快快请起，老夫也仅仅是先闻道之万一，便以此来教后生。"

我与一斋先生相对而坐，童子看茶毕。

一斋先生端坐挺拔的身姿和智慧的眼神，突然让我想起山海雄关处的长城，想到沿信江而来的舟中渔火。

我直截了当地问道："晚生心中有个疑问，想求教于先生。天地之理，是否可知？"

一斋沉默良久，道："理，乃是天地万物形成的本源，万物因理而成。天地之间若无理，这场雪也不会降下来；天地之理若不可知，你也不会来到我的面前。"

外面雪花漫天，院中梅花树干已经覆上厚厚一层雪，灰枝白雪映红梅，如在画中。我笑道："先生说得是，前段时间再读四书，想到二程与朱熹的一本之理与分殊之理说，即天下有大道使万物生、四时行，同时万事万物又各有规律为小道，大道为一本之理，小道为分殊之理。我想问一本之理与分殊之理有何关系？"

一斋笑道："好问题。守仁，请你看坐在你面前的是谁？"

我躬身回道："是一斋先生。"

一斋又笑道："你看到的是我整个人，即是一本；而我又是由眼、耳、口、鼻、四肢及发肤所组成，其形与用皆各不相同，这又是分殊。一本之理与分殊之理的关系不就如此吗?"

我问道:"先生所说,我似乎明白了一些。又引出一个疑问,《大学》讲格物致知,那我能否以分殊之理达到一本之理,晚生想通过深入研究某一具体事物而求得理之所在,这样可以吗?"

一斋沉吟片刻:"守仁,你这个问题当年二程的学生也曾问过,我与二程的观点相同,想通过格一物而求得一本之理,可能圣人也很难办得到啊。但格完一物,以此类推,积习既久,通过分殊之理不断地还原,一本之理就可以达到,这就是即物而穷理。"

我又追问:"圣人何以为圣人?"

一斋先生曰:"圣人必可学而至。"

"如何来学?"

一斋笑道:"见之于《大学》,格物致知,求至善。"

"如何读书?"

一斋道:"以静达到学与思的化境,以敬来穷理。我自号'病夫'。一生归去来兮,惟感读书为最高,天地之大,不过一'芸阁'。"

"先生所言极是。"

对话完毕,我才开始真正心慕圣学,潜心于学问之道。[①]

正对话之时,突见一小女童跑到院中来。这小丫头三四岁的样子,模样乖巧可爱,一路跑来,扎进娄谅怀里,喊道:"祖父。"

一斋先生笑呵呵抱起小丫头,向我与芸玉介绍:"这是我的小孙女,名唤素珍。这小丫头聪明伶俐,深得我的喜爱。平时我也教

---

① 黄宗羲认为阳明心学最初萌芽于他与一斋对话,其在《明儒学案》中记载:"姚江之学(阳明心学),娄谅为发端也。

她一些诗书，现今她已经可以背得百余首古诗了。"

"这个女娃天资聪慧，又能得您的教诲，必有所成。"我道。

待出得先生家门，只见一斋先生立于院门之前，一手牵着红袄小素珍之手，身着白衣的一斋面露微笑，白须随风而动。身边女童天真烂漫，立于院门前雪中，宛如迎风雪绽放一朵小梅花。哪知人生变幻，许多年后我在平定宁王叛乱时，已是宁王正妃的娄素珍最终投鄱阳湖自尽殉节，令人感叹不已，此是后话。

我对着一斋长揖作别："今日能够与先生对话，受益匪浅，先生之风，山高水长，晚生拜谢。"

行至小巷尽头，再回首时，两人仍在门前挥手作别。日后这一幕常常出现在我的脑海中，挥之不去。

格竹致病

人生真像是一条河流，有时风平浪静，有时乌云密布，风雨突至。

竹轩驾鹤

年难留，时易损。就在我南昌娶妻，对话一斋，觉得生活无限美好之际，十九岁的我迎来了人生中的一件大悲之事——祖父竹轩公撒手人寰，从此与我阴阳两隔。人世之中，我又少了一个至亲致敬之人，再也不会有一个人牵着我的手，带我在夕阳西下的时候吟诗赋诵。

接到父亲的信时，我刚刚与妻子从南昌返回余姚家中。当我在信中读到祖父病逝的消息时，无法相信这是真的。这个消息也冲去了我心中的所有喜悦，我不禁悲伤得无法自制，终日郁郁寡欢。

妻子知道我与祖父感情深厚，她虽未见过祖父，却经常听我讲我与祖父的往事，知道祖父雅歌豪吟，胸次洒落，对祖父的人品修为也是极为敬重。妻子本打算在余姚暂作停留，便可到北京拜见祖父，哪知却收此噩耗。最初一段时间她也陪我哭泣流泪，过了几天之后，妻子便与我进行了一番长谈。

"相公，祖父去世，我理解你心中肯定伤心至极，在瑞云楼前携你手，金山月夜时与你笑谈，在你生母离世时为拭泪的疼你爱你的祖父再也不在了。"妻子说着说着眼圈也红了："我记得《孝经·丧亲》曾云'孝子之丧亲也，哭不偯，礼无容，言不文，服美不安，闻乐不乐，食旨不甘，此哀戚之情也。三日而食，教民无以死伤生。毁不灭性，此圣人之政也。丧不过三年，示民有终也。'亲人离世一定要有哀戚之情，但也同时要言、服、闻、食皆有礼，同时夫子还说不能无穷尽地悲痛，以死伤生。"

我心中虽是一片迷糊，但也明白妻子劝慰之意，不过眼泪还是止不住地流下来。

妻子接着道："祖父去世，父亲现在护着祖父的棺椁，服丧丁忧，晓苦枕砖。相公，既然我们已经身在余姚，就应当在父亲回家前先准备好祖父来家后的一切事宜，如此也是我们为祖父在尽孝啊！"

真是一语惊醒梦中人，妻子心思极细，想到了我所未想到之事。我只顾日夜伤心，妻子却已经想到我作为一个已经成家立业之人，应当完成之事。

在父亲与祖父归乡的路上，我开始为祖父挑选墓地。连续奔走多日并请示族中年长之辈，最终在余姚城东穴湖山为祖父择得墓地，并开始准备父亲丁忧的茅庐。

我与父亲分别是为了去南昌成婚，而没想到这次见面却会是在这样痛心的日子里。我抬眼环顾四周，正值微风萧飒之际，心中悲凉凄楚之意油然而生。

父亲见到我，只是轻轻地抚了抚我的肩膀，强忍眼眶中不停打转的泪花道："守仁啊，我的好孩儿！"

在那声久违的话语中，霎时间，我好像一下子长大了。

世人都说，路旁的野草即使被一把熊熊大火烧掉，来年仍然春风吹又生；不知名的野花即使经不住风吹雨淋，可只要种子深深埋在土壤中，有泥土的庇护，来年依旧会生根、发芽、开花，哪怕不结出果实，却会绽放它五彩斑斓的一面。

正所谓"花有重开日，人无再少年"，就连夫子都感叹过："逝者如斯夫，不舍昼夜"。时光总是催促着人们老去，岁月终究会留下伤痕。我终于明白，时间从不轻易善待某一个人，只有努力过的人生，才能不后悔，才算是圆满。

遥想当年，祖父还健在，身体硬朗，父亲陪同在侧，一家人共享天伦之乐。那时我从来不知道珍惜，更不知为何要珍惜，每天总是贪玩享乐。父亲提醒鞭策我，想让我努力上进读书，我总是与他唱反调。祖父呢，不用说，每次在我们中间做老好人，调和着我们父子间的关系，但他更希望我能朝着自己的梦想去努力奋斗。就这样一家人，日子过得其乐融融，有欢声笑语，也有哭闹争吵。

如今，那些散落的记忆、曾经不被我珍惜的许多美好都烟消云散，留下的只有一声声叹息，还有屋内奔丧时女人们的哭天喊地、男人们的悲伤叹息。此情此景，令我黯然神伤。

现在，我站在父亲的面前，从未如此近距离地观察过父亲的面容。"光景不待人，须臾发成丝"，父亲的鬓角已经微微发白，慢慢地变老，只是我从未发现罢了。

他与祖父看着我长大，见证了我一生中最快乐的时光，可他们终究不能永远陪伴着我，剩下的路必须我独自一人披荆斩棘。既已如此，我更不能让他们失望。

"圣人不贵尺之璧，而重寸之阴，时难得而易失也。"既想做圣人，何不珍惜当下的光阴，努力读书呢？

立此志，我郑重其事地对父亲说："孩儿今后定不负您的期望，不会再让您为我劳神费心了。祖父在天有灵，也能得以安息。"

"你能有如此想法，相信你的祖父也一定会很欣慰的。"父亲徐徐回答道。

父亲回乡丁忧，我便与父亲一起居住于余姚，为祖父守孝。同时我也开始为弘治五年（1492）的乡试认真做准备。

乡试中举

宋真宗赵恒曾写过一首《劝学诗》："富家不用买良田，书中自有千钟粟。安居不用架高堂，书中自有黄金屋。出门莫恨无人随，书中车马多如簇。娶妻莫恨无良媒，书中自有颜如玉。男儿若遂平生志，六经勤向窗前读。"

余姚备考乡试时，起初书中的新鲜知识让我耳目一新。可好景不长，在每天高强度的苦读之下，我实在坚持不下去了。书里的内容渐渐让我觉得无趣。可是我现在面对的是科举考试，什么圣人的理想都是不灵的。面对科举，只有应试教育被证明是有效的。它才不管你的理想正不正确，它只管你考试的答案符不符合要求，不符合要求的马上走人。一考定终身，到时候我连哭都没地方哭。父亲是状元，我总不能给我家这书香门第丢了颜面。

那读书的目的到底是什么呢？为此，我曾经与父亲进行过探讨。

我问父亲："最近有个问题一直困扰着我，烦请您为儿子解惑。"

父亲笑道："父子之间能够坐而论道，是人生快事。你有什么疑问？"

我将自己的困惑道出："在准备乡试时，我一直在想求做圣人与求取功名两者是不是不可兼得？我曾深思熟虑过很久，但依旧没有一个十分明确的答案。天下读书人都想像父亲一样，在科考的仕途中成为状元郎。可您知道，我小时候，最大的理想是成为像孔夫子那样的圣人，不惜为此与自己的老师争论'何为人生第一等事'。但是现在，我却不知道这圣人之道与科考到底哪一条路对我来说是捷径。"

父亲深思了一会儿，笑道："守仁，你本着你的初心，好好考虑一下，最初你的志向是什么？"

我立刻答道："当然是做圣人啊！"

父亲又道："凭你的才干和谋略，在读书做圣贤的道路上，只要愿意克服重重困难，定能完成你的梦想。可当今处在科举的时代，读书人是不可回避科考的，大多读书人的目的都是很明确的，那便是参加科考，凭借此做官。那么你呢？"

听着父亲的话，我陷入了深思。

良久，父亲才缓缓地道："圣人之学和科举之道，这两样并不相悖，倒不如将这两样结合在一起。榜上有名不是人生终极目的，只是你求圣贤的人生开始。"

一语点醒了梦中人，父亲的话为我指明了方向，也让我更好地认识了科举的意义。

看来读书是好的，就看有没有志向。在有志于圣学的基础上，再来修习举业，或许这样的科考才是有意义的。并非为了科考而参加科考，更不是为了高官厚禄而参加科考。

始于隋的科举之制，为的就是截断高官子弟不凭真才实学就能做官之路。读书人参加科考，得益最大的是国家，因为可以选拔更多有真本事的人才参与对国家和社会的管理。读书人为科考读书本就无可厚非，他们是凭真才实学换取国家的任命，从而实现自己的理想。

"言必行，行必果"，既然已经立志科考，当下最重要的大事就是奋起直追，刻苦读书。

第一步要参加乡试，只有通过乡试，取得了举人资格，才能参加明年的会试。乡试每三年举行一次，如果今年通不过，我就又再苦等三年。年复一年，我怎能虚度得起呢？

祖父您在天显灵，一定要眷顾孙儿，我一定会化伤痛为奋斗的力量，您在天上监督我，一旦看我偷懒，就要提醒我呀！

读书并不是一件轻松之事。遥想当年，东晋人车胤年少时好学不倦，勤奋刻苦。他白天帮大人干活，夜晚便捧书苦读。可是由于家境贫寒，常常没钱买灯油，书也读不成，他为此十分苦恼。一个夏夜的晚上，车胤坐在院子里默默回忆着书上的内容，忽然发现院子里有许多萤火虫一闪一闪地在空中飞舞。他忽然心中一动，要是把这些萤火虫聚集在一起，借它们的光不就可以读书吗？于是，他捉了十几只萤火虫，把它们装在白纱布缝制的口袋里，挂在案头。从此，他每天借着萤光苦读。

远有车胤，近有家父。

父亲小时候，我的曾祖父经常抱着他学习诗歌。每次刚一听完，父亲就能够背出来，后来他年龄稍长了些，读过的书便能过目不忘。一天，恰逢迎春佳日，王家几口人扶老携幼，一同赏春。同行的几个孩童都在外面游玩，唯独年少的父亲在家读书不辍。

我的祖母便好奇地问道："你为什么不出去与同伴们一同玩耍，欣赏大好春光呢？"

父亲放下手中的书，慢慢抬起头来对我的祖母说："是观赏美丽的春景好，还是观书好呢？"

祖母一听，欣慰地笑了起来，她拍了拍父亲的肩膀道："吾言差矣，还是我的好孩儿想得周全啊！"

不难看出，父亲自幼就喜爱苦读诗书，因为他坚信书中自有颜如玉，书中自有黄金屋。

夜深人静时，我孤身一人搜寻经史子集，夜以继日地攻读。我深知，现在所做的一切不仅仅是为了科考成功或成为一代圣贤，而是不负祖父、父亲和母亲对我多年的期盼。

一个深呼吸，微热的气流轻轻抚过微黄的纸张，继而笔在上面留下了乌黑的印迹。笔尖在纸上轻轻划过，"沙沙"的笔触声被夜的寂静一点一点地放大了，此时在我的耳中却是如此动听。

带着文房四宝，我自信满满地走进了贡院，参加了我人生第一场大考——弘治五年（1492）的浙江布政使司的乡试。艰苦的环境，冷漠的主考官，陌生的同学……哎，这就是我要直面的惨淡人生。接下来的几天，在一盏孤灯的陪伴下，在无尽的孤寂里，我怀揣着报国的理想，怀揣着对圣人的渴望，用我的生花妙笔写出长篇大论。

数天后，放榜了，如我所愿，顺利通过。

我顺利地中举，家人都为我高兴。我和妻子随父亲来到祖父坟前，一是告慰竹祖父在天之灵，孙儿已经乡试中举；二是告别祖父，我们即将随完成丁忧的父亲返回京师。

很多年后我才知道，和我同时顺利通过这场乡试中举的还有孙燧和胡世宁。这两位老乡将在今后的岁月里，陪伴我完成一件重大的使命。胡世宁披露了宁王的阴谋，孙燧则为国捐躯，而我则是这场叛乱的平定者。

格竹求知

回到京师后，我便开始思考当年与一斋先生的对话。翻开《大学》，边看边思考着什么叫"格物致知"。

妻子见我对着《大学》发呆，便问我："你在干什么？"

我看着妻子，反问道："你还记得三年前我们去拜访的一斋先生吗？"

芸玉有些诧异："怎么了？"

"他不是告诉我圣人必可学而致吗，最近我重读《大学》想起了与一斋先生的对话，对格物致知却越想越疑惑。"我用手挠了挠头。

芸玉问："相公疑惑什么？"

窗外鸟声啾啾，平时听来很是悦耳，但今天却不能吸引我。我向妻子解释："我疑惑在朱熹先生《补格物致知传》所说，'所谓致知在格物者，言欲致吾之知，在即物而穷其理也。盖人心之灵，莫不有知，而天下之物，莫不有理。惟于理有未穷，故其知有不尽也。是以《大学》始教，必使学者即凡天下之物，莫不因其已知之理而益穷之，以求至乎其极。至于用力之久，而一旦豁然贯通焉，则众物之表里精粗无不到，而吾心之全体大用无不明矣。此谓物格，此谓知之至也。'照此之说，要想理解万物本质的话，就要从格物开始。"

妻子若有所思地点点头，指着院中的一片竹林说："用这竹子来格，岂不好？"

我拍手笑道："妙啊，白乐天有文章云'竹似贤，何哉？竹本固，固以树德，君子见其本，则思善建不拔者。竹性直，直以立身；君子见其性，则思中立不倚者。竹心空，空以体道；君子见其心，则思应用虚受者。竹节贞，贞以立志；君子见其节，则思砥砺名行，夷险一致者。夫如是，故君子多树之，为庭实焉。'"早在唐代，大诗人白居易就说过竹子有着君子的品性。既然格物可以致知，那我就格竹吧！

于是第二天一大早，我就跑到了竹林里去坐着，聚精会神地看着竹子，一边看还一边背《补格物致知传》，可是看了许久都没有茅塞顿开的感觉。于是我就换了一种方法，从人来看竹子，君子就像竹子一样，有着坚韧不拔的品质，竹子有"未出土时已有节，及凌云处尚虚心"的精神，而君子也有着这种品质，所以君子似竹。于是我便一直盯着竹子看，然后在心里想一些关于竹子的品质。

可是一直到了晚上，我也没有格出什么。这天晚上我还做了一个关于竹子的梦：我来到了一片大竹林，怎么跑也跑不到头，然后我看见了一位神仙对我笑了笑就消失了，于是我在这个奇怪的竹林里找了半天这位神仙，可是怎么找也找不到。突然，有一棵竹子向我迎面而来，我慌忙地逃走，但是四面八方的竹子全都挤过来了。就在我被竹子挤得喘不过气来时，我醒了。已经是早上了，我边洗漱边想，这真是一个奇怪的梦呀。

吃早饭时，我一直在想，昨天为什么没有格出道理？

这时，妻子问我："相公，昨晚刮了一夜大风，你听没听见？"

可能是我睡得太香了，压根就没有听见刮大风的声音。

吃完饭后，我又跑到竹林前坐着，但是这次明显和昨天不一样，因为我有经验了，我决定再换一种有效的方法来格竹子。我决定这次在心里格竹，于是闭上眼睛，聆听那竹林里的鸟鸣虫吟，以及竹叶在微风中轻摇慢晃的"沙沙"声，不知不觉中昏昏睡去了。当我醒来时，太阳早已从东边跑到了西边。我见天色也不早了，就回去吃完饭。吃完饭，我来到小院子里思考明天该怎么格竹。这时，突然有人用手拍了拍我的肩膀。

我打了一个冷战，问道："你……你……是谁？"

"我是谁你都不知道了？"

不会是鬼吧，我撒腿就跑，谁知却被人牢牢地抓住了袖子，我回头一看，原来是妻子。

"你怎么来了？"

"我想问你格竹格得怎么样了？"妻子问道。

我道："哦，还行，即使这两天没有什么成果，但是我相信再过几天我就会格出道理的！"

妻子看我有些累，劝道："你不要太累了，明天就不要再格了吧。"

我还想坚持下去："不行，如果我明天不格的话，那我之前的努力就功亏一篑了呀。"

"哎，那便随你，但是一定要注意适当休息啊。"

我回道："没问题，你去休息吧，我马上也回去了。"

这两天的确有点累，但是为了胜利，我一定要坚持到最后。今天夜里，我一直思考到深夜才睡觉。

一大早，我就觉得不对劲了，这屋子和晚上一样，原来今天是个阴天。我觉得这个天气就像我现在的心情一样，已经没有第一天那么兴奋了，再加上昨晚没睡好，我的精神已经撑不住了。刚醒时，我想到的第一样东西就是竹子。吃饭时，父亲问我格竹怎么样时，我差点把他看成竹子。我无精打采地来到竹林旁，只见竹叶在"哗哗"地响着，似乎在嘲笑我。我只好挺直了腰背，格起竹来。可是时间就像被神仙停止了一样，好不容易才到了中午。我大口大口地吃着午饭，似乎以前从来没有吃过这么好吃的饭。一到下午，我又开始像行尸走肉一样了。我已经没了任何思绪，但是为了格出万物的理论，我拼命坚持着。

突然，打了一个响雷，我以为一个响雷会让人茅塞顿开呢，谁知不但没有，反而被它吓到了。过了一小会，开始下雨了，我只好提前结束。

唉，今天连花园也去不了了。我晚上就在想：为什么我格竹格不成功呢？是因为我不用心吗？是因为我不努力吗？我觉得都不是，而是我的方法不对。正确的道理一定会有正确的方法，更何况我已经格了三天了，我相信正确的方法一定离我不远了。明天，我一定要找出那个方法！

很快又过了两天，今天已经是格竹的第五天了，但是我却没有任何开窍的感觉。雨还在下着，看样子比昨天更大了。北风吹在窗户上发出奇怪的声音，我打了一把伞，轻轻地打开了门，雨点地打在我的脸上，直到这时我才感觉到头晕目眩。吃完饭后，我拿了一个小板凳来到了竹林，竹林里的泥土很泥泞，于是我只能在竹林外格竹。今天我的精力远远比不上前几天了，我什么都不愿意想，更别说要悟出什么大道理。早知就该听妻子的，不应该这么晚睡觉。

想着想着，握在手里的伞被大风吹走了，倾盆大雨淋在我的头上，接着是身体和四肢。全身无处不被淋的，我急忙起身去找伞，当我找到时，我已经成了落汤鸡。

把凳子擦干净之后，我又开始格竹。这时我的心里开始想：难道朱熹先生说的不对？但是这个想法很快就被我否定了，一定是我没有找到正确的方法。今天又没有格竹格成功，我只好起身，将伞举起来，带着凳子回到我的小屋。

"阿嚏！"我似乎被雨淋的感染了风寒。

晚上吃饭时，妻子问我怎么没有精神了。

我为了不让她担心，说："可能是晚上着凉了吧。"

她用怀疑的眼光看着我："你是不是又去格竹子了？"

"没有，哪有的事。"

她问我："那你怎么感冒了？"

我只好承认："今天我的确去格竹了。"

"你怎么又去格竹了？也好，看你下次还长不长记性。"

"我再也不敢了。"

"你说你呀，我都和你说了，要是累了就别去格了，可是你要去还格……"就这样我被训了大半个时辰，我也知道她是为了我好。

回屋之后，我躺在床上想着既然要格物致知，就要先了解这个东西吧。于是我来到了书房，花了很长时间才找出关于竹的所有书。先从晋朝人戴凯的《竹谱》开始看起，但是这本书似乎不是介绍竹的书，而是关于如何画竹的书。于是我又找了一本，可是找了半天都没有我想要的书，我想，应该是要让我自己从实际上来了解竹吧。

风寒的症状好像加重了，我只好先回屋子里休息，等待天明。

第六天很快就来了，我望了望窗外，雨还是没有变小，我开始发烧，病情加重了。一起来，我就迷迷糊糊的，好不容易走到竹林。

今天的雨下得可真大，好几次我的伞都被大风刮得到处乱跑。回到家时，我已经是满头大汗了。

虽然大家都劝我不要再格竹了，但是为了格出道理，格出希望，格出美好的生活，我还是要继续坚持下去。

奈何致病？

到了第七天，雨过天晴，再次面对竹林时，我感觉身体已经极度虚弱了。暖暖的阳光照在身上，身上却是一阵寒意，如在冰窖中一般。眼前竹林晃动，一阵清风吹到我的身上，让我觉得如万千小针刺在肌肤上一般。

而就在身体疲倦之际，头脑却觉得更加清醒，一个个问题不断地在脑海中浮现：

上下四方曰宇，往来古今曰宙，这宇宙是无边无际，千万年一成而不变的吗？

刚刚是风吹竹，还是竹动生风吹到我的身上？

人生在世的目的是什么，求取功名？

人生在世应当力求当圣人，那孔子之前的世界，人人又是以何来约束自己？

科举的"四书五经"与理有何关系？

朱熹讲理与气，理与气到底是什么关系？

　　如果万事万物皆有理在，真能格物致知，那我连格七天竹子，为何格不出理？

　　如若真的格竹格出了理，那这个"理"到底是在竹中？还是就在我的心里？

　　即便理在竹中让我格出来了，那与诚意正心又有何关系呢？

　　每一个问题我都无法回答，我的心中也愈加烦闷，气也喘不上来。忽然又是一阵风来，竹林不停晃动，片片竹叶像一大群蝗虫向我袭来。我眼前一黑，栽倒在地上。

　　再次醒来，我已经躺在了床上，妻子守在床前，说："相公，你终于醒了。你已经整整昏睡一天了。"

　　我想撑着坐起来，全身一点力气也没有。

　　"不是讲知在物中吗？为什么我从物中格不出知呢？"即使躺在

床上，发着高烧，在迷迷糊糊之中，我的心里也一直被这个问题困扰着。

在妻子的悉心照料下，我的身体渐渐恢复。大病初愈，能下床看书时。我笑着对妻子道："这七天格竹，知未致，病却致了。通过此事，我对朱熹之说心中有了怀疑，但又说不出他错在哪里。看来这圣人是做不得的，我格一件事便格出病来了，要是把天下之物全都格清楚，探寻到理，那岂不累死了。我现在倒想通了，有些事情急不来，倒不如先放一放。功到自然成，现在我就要好好下功夫，准备来年的会试了。"

妻子听我这样讲，非常高兴："这就对了，你这段时间不停格竹，又生了一场大病，在别人看来就像一个笑话。我却是非常担心你，担心你的身体受不了，更担心你读书陷入死胡同，进入异端了。"

自此以后，我便在家中每日读书，经常苦读到三更夜半仍无睡意。

屡试不中

　　前文说到，我想要成为像孔圣人一样的一位圣人，能"为天地立心，为生民立命，为往圣继绝学，为万世开太平"。而唯有科考能改变我的命运，实现我的理想。中国的考试取士古已有之，汉代考对策，唐代考诗赋，宋代考策论。我朝提倡尊孔崇儒，改为考经义。严格规定了考试的题目必须来自"四书""五经"。作为考生，对题目的解释，也必须是以朱熹的《四书集注》为标准，不得自己随意发挥。而科举对考试答卷的文体格式、段落划分，都有严格的规定，要求答卷由八个部分组成，其中后四个部分为主体，每部分要有两股对仗的文字，因此称为"八股文"。

　　而我生活的时代，八股文已经非常完备了。我若想出仕，就必须学习八股文，参加科举考试。

　　想成为圣人，就必须先掌握天理；要掌握天理，就必须先穷尽世间万物的道理；要穷尽世间万物的道理，就只能今日格一物，明日格一物，慢慢积累到豁然贯通的那一天。我也曾潜心于朱熹理学，但在朱熹先生指引的光辉道路上，撞得鼻青脸肿。不仅没有格出一些道理，反而雪上加霜——最后还生了一场大病。

我不得不承认此"圣贤"，并非是心中朝朝暮暮期盼成为的"圣贤"。我终于想通了，决定还是先练好自己的文笔。毕竟我满怀希望来到京城的目的，是为了参加科举考试。一手漂亮的好文章才能帮我实现目标，于是我乖乖地和大家一起写诗、做文章，随俗就世开始应对起科举考试。

回到京师后，经过大半年的寒窗苦读，整个人如脱胎换骨一般。父亲看我读书如此用功，心中既喜又忧。喜的是我如此用功读书，心无旁骛。便悄悄地告诉家人，不要在我房中放蜡烛，以便让我可以晚上早点休息。忧的是会试在即，如果说乡试中举是鱼跃龙门，已是极难之事，那会试高中便是难如登天，父亲担忧我不能考中。

父亲的担忧不无道理，很快便被验证了。

首战失利

本以为自己少年读书，天资聪颖，参加乡试顺利中举，而且又苦读了半年，会试高中是大有希望的。可事实证明了一个道理——书到用时方恨少，事非经过不知难。会试，天下读书的精英毕至，高手如云。自信满满的第一次会试，我出人意料地落榜了。

唐代大诗人孟郊昔年屡考不中，他在《落第》中写道："谁言春物荣，独见叶上霜……弃置复弃置，情如刀剑伤。"他还在另一首《再下第》写道："一夕九起嗟，梦短不到家。两度长安陌，空将泪见花。"

孟郊的命运岂不是比我更加悲惨吗？有一次，落第后，他甚至萌生了轻生之念。他在诗中写道："试逐伯鸾去，还作灵均行。江篱伴我泣，海月投人惊。失意容貌改，畏途性命轻……"

想想一切都是自己咎由自取呀，所以我每天都在碎碎念："故天将降大任于斯人也，必先苦其心志，劳其筋骨，饿其体肤，空乏其身……"

科考落榜本就让我感到寒意，想来全国的考生寒窗苦读数十年，为的就是今朝放榜时，那张名单上能用黑色的墨汁勾勒出自己的名字。不论是达官贵族还是平民百姓的孩子，只要是科举中榜，哪家不是大红灯笼高高挂起，一大家子在一起欢天喜地、喜气洋洋的。

父亲年纪轻轻就高中状元公，可我呢，心高气盛，不但没有刻苦读书，反而自信满满地去参加考试。现在想来，和别人口中所说的"恬不知耻"是不是有点相似？想到这，我不禁长长地叹了一口气。

同行之人及身边的好友都纷纷来安慰我，就连当朝文武百官中也有不少人听说了我落榜的消息，前来慰问。一时间，我倒显得有点手足无措。

当然，其中有人是秉着一颗真诚之心，真正来安慰我的。可也有一部分高门子弟及一些文武大臣们不过是来看笑话的。若是以往，我当然会天真地认为所有人皆是对我友好之人，是真正能够在别人危难时刻雪中送炭的人。

时至今日，我才明白，此一时非彼一时，有些人花言巧语，不过是披着羊皮的狼罢了。他们中的大多数人对我不过是"谀言顺意而易悦"，现在的我不是从前那只不谙世事的小羊羔了，我已经慢慢长大了，没有别人心中那么容易"易悦"的了。

当朝有名的宰相李东阳上来二话不说，便向我打趣道："你小子别灰心啊！你今年考不上，下次来考一定考上状元，还不赶快给我们作一首'来科状元赋'。"说着便仰天大笑了起来。

一听此话，我岂能甘心就此示弱，于是我随即答道："李大人如此看重晚辈，既让晚辈作赋，晚辈岂敢推脱，这个面子晚辈还是要给的。至于文章的好坏，那就请大人另当别论了。"话音刚落，就瞧见李东阳右手一挥，随即下人便把事先备好的笔墨纸砚端了上来。

我环顾四周，见周围已经围了一群人。什么样的人都有，看热闹的，恭维李东阳，还有与我同行来的，仍旧摸不着头脑呢……我嘴角微微上扬，上扬的弧度是旁人轻易察觉不到的。我冷冷地瞥了一眼那些口中说着只言碎语的市井之人，用脚趾头都能想出来是巴结李东阳的人，我狠狠地瞪了一眼他们。那些人好像是发现了什么，不由得也打了个冷战。我再把目光投到李东阳的身上，只见李东阳上下打量了我一番，然后伸手向我一挥，一脸看笑话的语气道："王守仁，请吧。"

我毫不犹豫，郑重其事地走向了那张摆好纸笔的桌子前，动笔之时，我真正地感觉到知识带给我的力量，正如朱熹在《答吕子约》中所说"大抵学问只有两途，致知力行而已"。想到这，我顿时文思如泉，笔走如飞，没有半分的耽搁，一挥而就。

文章一出，甚至有人拍案叫绝，我心中暗念，此人莫不是与我同道中人？顷刻之间，众人皆叹服，纷纷发出惊叹："天才！天才！"

李东阳万万没有想到，我会在如此短的时间内做出一篇好文章，赞叹道："果真是有真才实学的人啊！望你来年登科。我还有要务在身，先行一步。"说着，袖子一挥，便转身走人了。应和李东阳的一帮人在一旁叽叽喳喳的嘀咕道："没想到，王华他儿子还真有点才气啊！不过，这小子没中状元就如此了得，这要是中了，眼里那还能容得下我们啊？"说着又抬眼望了望我，我倒是没在意，但也替他们心酸，这些人在官场中也是身不由己。偌大的官场，本就是胜者为王，败者为寇，这跟错了人、站错了队，现在却想巴结李东阳，还不知李东阳愿不愿意搭理你们呢，这官场啊⋯⋯

再次落榜

第一次会试的失败，打消了我的气焰。回到了老家余姚，我不再胡思乱想，而是心无旁骛，潜心修学。我一定要一雪前耻，不管怎样，不能让王家蒙羞，不争馒头，也总得争口气吧。上次已经和官场的那些老狐狸结下了梁子，这一次，万不能再让那些老狐狸得意，料他们还能把尾巴翘上天去不成？

我总结了上一次的失败教训，把心中"圣人"的远大理想暂且放一放，专心致志的应对科考，要做到胜不骄，败不馁，我要在哪里跌倒，就从哪里爬起来。

就这样，我三年如一日地攻读科考书籍，不断积累、准备，我坚信凭借自己努力的汗水，会换来鲜花与掌声。不论如何，现在自己已经成功地蜕变，不再是三年前那个只靠侥幸心理、临时抱佛脚的嘻嘻哈哈的少年了，而真正变成了一个满腹经纶的世家公子。

就这样，我带着自信再次奔赴京城。时隔三年，这里更加繁华了。想当年，我是那么的懵懵懂懂，如今再次踏进贡院，不由得触景生情。

这次科考，我已然尽了全力，剩下的也只有听天命，不论考中与否，我都毫无遗憾了。放榜的那一天，当我再一次在榜上没有寻找到自己的名字时，内心竟然很平静。

与我同一个考场的友人也落榜了，他十分怅然对我说："守仁贤弟，愚兄我苦读二十余载，不知经历了多少风风雨雨，到头来还是竹篮打水一场空，几次会试都不曾中第，此乃平生之耻辱啊！"

我听罢，无所谓地摇了摇头，淡然道："兄台不必挂怀。世人皆以不中进士为耻，而小弟我却以不中进士而动心为耻。如不动心，自不会觉得有所遗憾，又何来耻辱之说呢？"

友人听了，恍然大悟道："哈哈哈，是我的格层太低了，今日不中第，来年再战。可谓'屡败屡战'啊！"

我一听连连道："我王守仁如今逢上了知音，不如我们小聚一次，谈天论地如何？"

随即，我和友人便来到了一个小酒馆，我和他点了几个家常菜，再让店小二给我们每人来一碗新酿的女儿红，我与他畅饮畅聊，不禁感叹道："爽啊！"

友人问道："守仁兄，我看你才气不凡，就算中不了状元，这探花郎你应是稳拿啊？"

我连忙止住他的话："唉，此话不中听！世上有才气的人那么多，哪能数的上我啊，不过是技不如人罢了！"

友人道："我可不这么觉得，我曾听人说起过，三年前，宰相李东阳一群人前来安慰你，可不知为何结果却不尽如人意，最后闹得不欢而散，可有此事？"

我道："却有此事。当年，李东阳前来安慰我，最后却引起一阵风波。"

友人话锋一转："那你可知当年的主考官是何许人也？"

还不等我发话，友人便神情凝重地说："正是东阳。"

我顿时语塞，友人接着说："今年李东阳成了殿试读卷官，但是主考官依旧是他的人。当年，你不会真的以为李东阳是来安慰你的吧？你仔细想想，他一个宰相，那么多人巴结他还来不及，他凭什么来安慰你一个初出茅庐的年轻人啊？他不过是走个形式，可没想到你当时如此有才气，一气呵成写下了如此精彩的文章，你的才气使他有所忌惮，甚至令他嫉妒你了。你所有的才气，是他这辈子换不来的，所以他希望有更多巴结他的人与你为敌。"

我不敢细想，这些事情我从未真正放在过心上过，现在想想真是细思极恐。

友人看我的样子，又说："李东阳如今已是位高权重，只要他说会试谁通过，那主考官肯定就让谁通过，那不都是一句话的事。还有一种可能就是巴结李东阳的人，认为李东阳欣赏你，以你的才气，一旦考中了进士，定能得到朝廷的重用，这样他们就会多了一个官场上的障碍，不如切断你的仕途。那些人十分嫉妒你，他们的嫉妒心在从中作梗，让你会试失利。守仁，这些事有的是我听来的，有的是我与其他人的猜测，但也不是完全没有道理。但是你切记，防人之心不可无，今后遇到类似的事情，可不能草草了之了。"

这一次，我真的把友人的话听进去了，十分感激地向他点了点头。我们又聊了很久，并相约三年后，我们一定要在会试考场中再见。等到酒馆打烊时，我们才依依惜别。

友人的话算是给我敲响了一记警钟。可现在的我已经丝毫不在意了，对于一切的失败，我抱有的是一种"淡然处之，自己亦是风景"的信念，明白了人须在事上磨，方能立得住；方能静亦定，动亦定。

鬻题奇案

时光如白驹过隙，转眼间到了弘治十二年（1499），三年一度的会试又将举行。

此时的我已经 28 岁了，对于事物看法更加淡然。经过前两次失败，此次春闱我完全以平常心去对待，根本不在意会试的结果了。让人开心的是，三年前相识的许多好友，如伍文定、朱应登、宗玺、杭淮等人也都来应试了。一别三年，大家再相见自是相谈甚欢。

此次会试的主考仍有李东阳。同考官十四人，这十四名同考官分配至《易》《春秋》《礼记》各两房、《尚书》《诗经》各四房共十四个考房中。

弘治十二年（1499）的会试主考李东阳与程敏政，两人年少时都被称为"神童"。

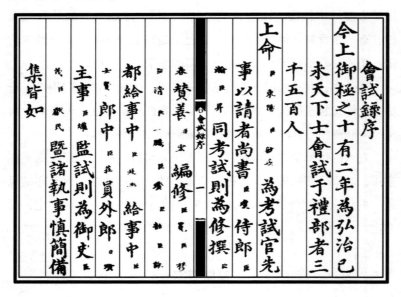

李东阳三岁时就可以用毛笔书写尺大之字，这事传到前朝景泰皇帝耳中，皇帝下诏亲见。据传李东阳拜见景泰皇帝时，因年纪太小迈不过门槛。景泰帝见状，大笑道"神童脚短"，李东阳马上接了一句"天子门高"，足可见其聪慧。景泰皇帝对其甚为喜爱，并在他五岁与六岁时，两次召见他来讲读《尚书》。

程敏政年少时被侍郎罗绮以"神童"之名推荐给朝廷，大学士李贤以瑞雪诗与经义对他进行考察。程敏政从容应对，被李贤等人所器重并加以培养。程敏政十九岁中乡试第一名，二十三岁考中一甲第二名榜眼，是成化二年（1466）三百余名进士中年纪最小的。

两位少年成名的神童主考，令众学子纷纷猜测，今年的题目估计又不好答。

会试前，我与众好友曾一起参加宴会，席上经人介绍认识了吴县人都穆。都穆其人颇为友善，席间大家都在议论此次参加会试共3500人，不知会有哪300人成为贡生，更有人猜测谁会成为未来的新科状元。有人认为慈溪才子姚汀，有人认为是广东才子伦文叙。

都穆道："去年应天府乡诗的第一名唐伯虎，与我为吴县同乡，我们关系很好。家乡人都在传唐解元此次会试定会有好成绩。"

提起江南才子唐伯虎，大家都有所耳闻。

席中另一人道："说到这唐伯虎，我前两日还在住处见过他。听说他是与另一考生徐经同船抵京的。这徐经家境殷实，现在身边仅书童就好几个。两人在京师中名气也是了不得，在外面请他们吃饭的人都排到长街上去了。他们出行前呼后拥，围观者把街道堵塞得水泄不通。"

年长的考生叹道："天子脚下，行事如此张扬，终是少年心性啊。还是沉稳收敛些好，否则祸事可能就来了。"

哪知一语成谶，一场会试灾祸真的降临到唐伯虎与徐经的身上，改变了他们一生的轨迹。本来一切风平浪静。三场会试，第一场为《四书》与经义；第二场为试论一道、判语五条；第三场为试策五道。

大明科举史上著名的"鬻题"案，要从会试第三场的五道试策中的一题说起。此题正是主考程敏政所出，这道题的原文：学者于前贤之所造诣，非问之审、辨之明，则无所据以得师而归宿之地矣。试举其大者言之：有讲道于西，与程子相望而兴者，或谓其似伯夷；有载道而南，得程子相传之的者，或谓其似展季；有致力于存心养性，专师孟子，或疑其出于禅；有从事于《小学》《大学》，私淑朱子者，或疑其出于老。夫此四公，皆所谓豪杰之士，旷世而见者。其造道之地乃不一如此，后学亦徒因古人之成说，谓其尔然。真知其似伯夷、似展季，疑于禅、疑于老者，果何在耶？请极论之，以观平日之所当究心者。

此题可苦了我们这些参加会试的学子们。为何这样说？因为这实在是不折不扣的一道难度极高的偏题，该题选自刘静修的《退斋记》。此书士子们多不知晓，对于如何策对也是一头雾水。

会试结束，大家在一起谈论最多的也是这道偏题。当大家都在感叹程主考的策论题太难，无法作答时，却有人在到处流说唐伯虎与徐经二人喜形于色，讲这道策论题二人提前正好准备过，所以并不觉得难。又过了几日，在学子中到处流传，唐伯虎与徐经二人是买通了主考程敏政，所以才会知道题目。

听到这个消息，莫说参加考试的唐徐二人，就是我也觉得此事怕是麻烦大了。

原来会试结束后，大家只等放榜，并无其他事情，所以也经常在一起宴饮。这一日，都穆和给事中华昶一起在马侍郎家中宴饮。这都穆与唐伯虎本是同乡好友，在江南也很有名气。三人酒吃了一半，突然有一官员拜谒马侍郎。也是无巧不成书，马侍郎与那官员聊到了会试考卷。都穆听到那官员对马侍郎讲了一句："唐伯虎又是第一名了。"心中大是不满，这榜还未放，怎么名次已经出来了？

等到那官员走后，马侍郎回到酒桌后，聊起会试也是喜形于色，道："唐解元果真是个才子，这次恐怕又是第一了。"

都穆端起酒杯一饮而尽，气恼道："侍郎大人，如果会试存在考官提前卖题，那对三千学子可是太不公平了。"

马侍郎与给事中华昶俱是一惊："你何出此言？"

都穆气道："我听说唐伯虎与徐经二人通过程敏政的家奴提前知道考题，会试那道难题二人早在考前就预先作文。考试完毕之后，二人甚是张扬，预告作文一说早在考生中流传开了。你们若不信，随便找个考生来问就知真假。"

听闻此言，给事中华昶一巴掌拍在桌上："我为给事中，就是要监察百官，向圣上谏言。这事简直闻所未闻，我定要上表为天下学子讨个说法。"

果然，第二天华昶就上报参劾会试考官程敏政，此事成为朝野与天下读书人关注的焦点，也将程敏政、唐伯虎与徐经三人推上了风口浪尖。

华昶上表道："国家求贤，以科目为重，公道所在赖此一途。今年会试，臣闻士大夫公议于朝、私议于巷，翰林学士程敏政假手文场，甘心市井。士子初场未入，而《论语》题已传诵于外；三场未入，而策之第三、四问又传诵于外。江阴县举人徐经、苏州府举人唐寅等狂童孺子，天夺其魄，或先以此事骄于众，或先以此题问于人。此岂科目所宜有、盛世所宜容？臣待罪言职，有些风闻，不敢不奏。愿陛下特敕礼部，场中朱卷凡经程敏政看者，许主考大学士李东阳与五经同考官重加翻阅，公为去取，俾天下士就试于京师者咸知有司之公。"

弘治帝也是大为震惊，下诏令礼部议处。礼部考虑后回复："必有所闻，故陈此奏。但恐风闻之事犹或未真，况未经开榜，不知所指实之人曾取中否？乞如所奏，行令李东阳会同五经同考官将场中朱卷凡经程敏政看者重加翻阅，从公去取，以息物议。"

对于礼部奏请李东阳等人复核程敏政的阅卷，弘治帝也同意了。

李东阳奉旨与五经同考官一起查阅程敏政所批弥封答卷，发现程敏政所批考卷并未取中唐伯虎、徐经二人。

所以李东阳向皇帝奏报："日者给事中华劾学士程敏政私漏题目于徐经、唐寅，礼部移文，臣等重加翻阅去取。其时考校已定，按弥封号籍，二卷俱不在取中正榜之数，有同考官批语可验。臣复会同五经诸同考连日再阅，定取正榜三百卷，会外帘比号拆名。今事已竣，谨具以闻，幸下礼部看详。"

言下之意，唐伯虎与徐经并未录上正榜，所以程敏政卖题的嫌疑也可以洗脱了。

然而朝中言官及一些大臣却对李东阳的奏报不认可，提出了中间必定可疑。面对质疑，弘治帝派出锦衣卫将唐伯虎、徐经及华昶送镇抚司，务必查清，不许徇私。

唐伯虎与徐经两位书生哪能受得了锦衣卫的手段，面对如虎的卒吏，二人是"身贯三木，举头抢地，夷泗横集"，除了用头撞墙也是别无他法了。徐经在严刑拷打之下，被迫承认程敏政的亲随收了他送的金币，并将考题透露给他。而工科都给事中林廷玉为同考官，也称程敏政可能将题卖给六名考生，并奏称："臣于敏政非无一日之雅，但朝廷公道所在，既知之，不敢不言。且谏官得风闻言事，言虽不当，不为身家计也。今所劾之官晏然如故，而身先就狱；后若有事，谁肯复言之者？莫若将言官、举人释而不问，敏政罢归田里。如此处之，似为包荒，但业已举行，又难中止。若曰朋比回护，颠倒是非，则圣明之世，理所必无也。"

同时，给事中尚衡、监察御史王绥也向皇帝上表，称锦衣卫应当逮捕程敏政而释放华昶。程敏政下狱后，皇帝命他与唐伯虎、徐经三人在午门前置对。经三人当面置对着问话，方知考前徐经确是送钱给程敏政，却并非买考题，只是仰慕程敏政的学问，想向他学习，而考题事先知道只是巧合。

此案真相大白之后，弘治帝以考官程敏政"临财苟得，不避嫌疑，不玷文衡"将其罢官，而唐伯虎与徐经二人拉拢朝臣，有"夤缘求进之罪"，革除举人功名，"黜充吏役"。

弘治十二年（1499）的"鬻题"案，改变了三位才子的人生。

从牢狱中走出来的程敏政，倍受打击，仅四天就离世了。

而唐伯虎深以为小吏为耻，从此放弃追求功名，世间也少了一个唐进士，却多了一个摘取桃花换酒钱的风流才子唐伯虎。是幸还是不幸，实在是难以下结论。

徐经回乡后，仍闭门努力读书，并作《贲感集》以表明自己的志向，希望能够再通过考试洗刷所受冤屈。也是造化弄人，七八年后想赴京师重新再考的徐经，却走投无路客死他乡，年仅三十五岁。而其整个家族也因此由盛转衰，实是不幸之极。

我心不动

会试放榜，我在三百名中举之人中排名第二。十年会试路，最终看到这个成绩时，我为自己能够镇定不狂喜而欣慰。再想到"鬻题"案中唐徐二位的命运，又不免心生同情，更加无法开心。

殿试之时，我对"志士仁人，无求生以害仁，有杀身以成仁"的考题深思之后，以"心"为破题之法进行论述：

"圣人于心之有主者，而决其心德之能全焉。（破题）

夫志士仁人皆有心定主而不惑于私者也，以是人而当死生之际，吾惟见其求无惭于心焉耳，而于吾身何临乎？此夫子为天下之

无志而不仁者慨也。故言此而示之。（承题）

中式举人三百名

名次	姓名	籍贯	经
第一名	伦文叙	广东南海县人监生	易
第二名	王守仁	浙江余姚县人监生	易
第三名	王艮	直隶震城县人监生	書
第四名	姚汀	浙江慈谿县人监生	詩
第五名	林庭㭿	福建闽县人监生	春秋
第六名	杨廷仪	四川新都县人监生	易
第七名	张天相	山西太原左衛人监生	詩
第八名	罗钦忠	江西春和县儒士	書
第九名	秦礼	浙江临海县人廪生	春秋
第十名	宗玺	直隶建平县人廪生	詩
第十一名	邊億	直隸任丘縣人監生	書
第十二名	畢昭	山東新城縣人監生	禮記
第十三名	張文淵	浙江上虞縣人監生	易
第十四名	涂禎	江西新淦縣人監生	詩
第十五名	王顯高	四川錦州人監生	書
第十六名	朱良	順天府宛平縣人監生	詩

（会式 十四）

若曰：天下之事变无常，而生死之所系甚大。固有临难苟免，而求生以害仁者焉；亦有见危授命，而杀身以成仁者焉，此正是非之所由决，而恒情之所易惑者也。吾其有取于志士仁人乎？（起讲）

夫所谓志士者，以身负纲常之重，而志虑之高洁，每思有以植天下之大闲；所谓仁人者，以身会天德之全，而心体之光明，必欲有以贞天下之大节。（起二股）

是二人者，固皆事变之所不能惊，而利害之所不能夺，其死与生，有不足累者也。（过接）

是以其祸患之方殷，固有可避难而求全者矣，然临难自免则能安其身，而不能安其心，是偷生者之为，而被有所不屑也；

变故之偶值，固有可以侥幸而图存者矣，然存非顺事则吾生以

全，而吾仁以丧，是悖德之事，而彼有所不为也。（中二股）

彼之所为者，惟以理欲无并立之机，而致命遂志，以安天下之贞者，虽至死而靡憾。

心迹无两全之势，而捐躯赴难，以善天下之道者，虽灭身而无悔。（后二股）

当国家倾覆之余，则致身以驯过涉之患者，其仁也！而彼即趋之而不避，甘之而不辞焉。盖苟可以存吾心之公，将效死以为之，而存亡由之不计矣。

值颠沛流离之余，则舍身以贻没宁之休者，其仁也！而彼即当之而不慑，视之而如归焉。盖苟可以全吾心之仁，将委身以从之，而死生由之勿恤矣。（束二股）

是其以吾心为重，而以吾身为轻，其慷慨激烈以为成仁之计者，固志士之勇为，而亦仁人之优为也。视诸逡巡畏缩，而苟全于一时者，诚何如哉？以存心为生，而以存身为累，其从容就义以明分义之公者，固仁人之所安，而亦志士之所决也，视诸回护隐伏，而觊觎于不死者，又何如哉？是知观志士之所为，而天下之无志者可以愧矣；观仁人之所为，而天下之不仁者可以思矣。”

答完卷后，对于取于第几甲，我也再不放在心上。

放榜的那一日，有人"春风得意马蹄疾"，也有人"空将泪见花"，悲伤欲绝，号啕大哭。

唯独我无动于衷，镇静地在榜上寻找自己的名字。心中早已做好了再次落榜的准备。就在这时友人激动地朝我招手："守仁兄，你的名字在这，你可是二甲第七名啊！恭喜你！"

樂者敦和率神而從天禮者別宜居鬼而
從地故聖人作樂以應天制禮以配地

貢籍師大 二八 王守仁

同考試官都給事中林 批 走時豐生軍以
此禮樂為造化自然發但云禮樂歷步制作工
說不然則敦和別宣造化宜自敦工別鄉此作
是也

同考試官修撰劉 批 作此題者多體認欠
明使務教赤诗兄可厭其時習之弊也是卷找
理措辭精深典樂而其氣充然直拘拘事做之
士哉

　　此时，我已经毫不在意了，面对今日如此成绩，我也只是淡淡的一笑。中榜、落第，现在在我看来不过都是心外之物，心中激不起一丝一毫的涟漪。

　　不以物喜，不以己悲——这才是修心的最高境界。

　　屈原曾说过"路漫漫其修远兮"，漫漫人生路，如果纠结于一点，是永远都看不到希望，走不到尽头的，在这其中定会有桩桩件件令人惋惜痛心之事。若总将细枝末节挂于心间，此心何堪重负？

　　康庄大道固然易走，可独木桥不是更能挑战自己的心性吗？寻常人往往于困顿时慌乱焦躁，唯有修养深厚者能泰然处之。

　　文天祥也说"时穷节乃见"。修心至此，实属难得。

　　世人皆应以平和的心态对待万物，不因一时失利而挫败，也不因一时得势而忘形。

风云变幻，我心不动，此乃修心的境界。

进士只是人生的第一步，快意少年游的日子结束了。人生漫长，虽然前方还有很多未知的险途，仍要勇往直前……

（第一部　完）

第二部

合知行

• • • • • • • • • • • •

引　言

移居胜果寺

王守仁

江上但知山色好，峰回始见寺门开。
半空虚阁有云住，六月深松无暑来。
病肺正思移枕簟，洗心兼得远尘埃。
富春只尺烟涛外，时倚层霞望钓台。

　　至乐莫如读书，通过读书，我知天地不易之理，常读《大学》，也存百思不得解之惑。比如，格物致知，到底是物格而后知至，还是万物之理已经存于每个人的心中？少年读书的时光总是短暂的，花有重开日，人无再少年。而今，我就要走入乱象众生的大千世界，阅无字之书，尝人间百味，在狂风激流中保持我心不变，在龙场之风雨绝境中悟得圣人之道，在滁州之山水绝佳处得人生短暂欢娱，且听我一一道来。

初入宦海

光阴易逝，韶华难追。两年过去了，转眼到了弘治十四年（1501），两年前会试高中的情景，想起来好像发生在昨天一样。

我们这些进士在正式获得朝廷职位之前，每位进士都要被派往六部九卿诸衙门进行观政。观政就是观摩朝廷各部门日常运行程序，处理事务的规章与方法。观政期满后，优秀的便会被授翰林院修撰、编修等职，次之也有被留职于承敕监、六部、都察院、通政司、大理寺庙等近侍衙门，也被称为庶吉士。与我同榜的朋友们，有的留在京师各部任职，也有的外放至地方历练。

被派往工部观政三个月后，我于会试翌年六月被授刑部云南清吏司主事。刑部主管天下律法、判决、定罪及囚犯管理等事务，因事务繁多，刑部的机构也很庞大，内设十三清吏司，分别为河南、山东、山西、陕西、浙江、江西、湖广、广东、广西、四川、福建、云南、贵州清吏司。十三清吏司集中于刑部堂署办公，我所在的云南清吏司位于堂署西侧，前接江西清吏司，后靠四川清吏司，由一个两进院落组成。云南清吏司如其他清吏司一样，设置正五品郎中一人，从五品员外郎一人，正六品主事两人。至部门报到的第一天，员外郎带我至各清吏司拜会，并讲解每日所需处理之事，领取文官牙牌。上任的第一个月，我一直在熟悉刑部各项规章制度，所接触的任何东西都是新鲜的。

这一个月内，令我印象最深的莫过于参加朔望朝。六月十五日那天，我作为刑部主事参加在皇城奉天殿举办的朔望朝会，这一天只是在京文武百官向弘治帝朝贺，并不讨论政事。丑时刚过，刑部尚书、侍郎、郎中到主事各依官职在午门外指定位置，参加京官列队。午门的五凤楼上设立钟鼓，鼓响三通时，午门的左右掖门便会打开，禁内官军依制排列仪仗队。天刚刚破晓时，文武官静听钟鼓之音，当听到鸣钟时便分别从午门左右掖门进入皇城。众官员来到金水桥前，按品级站队，当听到鸣鞭之声响起，便依次序过桥，在奉天门台阶前左右对立，等候弘治帝到来。弘治帝进入奉天殿内，坐于金台之上。我只听得一队乐起，又听到鸣鞭之响。此时听到鸿胪寺高唱"入班"，百官便进入奉天殿，向皇帝行一拜三叩礼。刚刚见皇帝时，想此奉天殿内便是大明王朝的枢纽，万千百姓的命运。江山社稷的稳固，都在此殿内由皇帝与百官影响与决定着，而自己也要参与其中，内心很是激动，只觉时不我待，应当尽快为国效力。

锋芒毕露

这一日，我依所司之责赴皇城西边的刑部大牢巡查。巡查之前，我并未提前告之司狱司，而是自己一人前往。我到刑部大牢时刚好是午时之前，此时正值大牢午饭时间，我便向刑部司狱提出要到牢中看一下犯人吃午饭。

司狱面有难色道："主事大人，刑部牢房阴暗潮湿，恶气杂出，实在不是一个好去处。我们平时也都很少进入，大人还是到房中喝喝茶，需要勘验之事，由卑职代为完成，如何？"

我笑道："职责所在，本月由我作为主事修葺图圄，严固扃钥，省其酷滥，给其衣粮。审视囚犯起居饮食，乃是本官职责，岂敢由你代劳。讲一句不该讲的话，如我主事应当职责范围内有事，刑部尚书、侍郎诸大人会怪罪到我的头上，而不是你。烦请兄台带路。"我用手指向监牢方向。

司狱脸上泛出一丝尴尬的笑容，无奈之下，带着两名狱卒，引着我一起进入刑部牢中。

刑部大牢内阴暗湿冷，虽是七月盛夏时分，我却觉得阵阵寒意袭来。外面是正午时分，但在前带路的狱卒却要打起灯笼照亮。

我在一个牢房前停下，道："烦请将此犯人中午所用之饭拿与我看。"

司狱示意狱卒取出犯人午饭，半碗发黑的米饭，小半是米，大半是糠，上面居然有绿色的霉苔，发出一股刺鼻的馊味。旁边一团菜，根本看不出是何物。我有些惊异地问："我记得刑部在押囚犯，每日有定口量，为何这午饭如此之差？"

司狱赔着笑，话中却是绵里藏针："王大人，您是新到刑部任职吧？下官在刑部大牢已任司狱十余年，来此勘察的为咱们刑部十三司的各位主事大人，来得次数也是多得数不清楚了。这饭菜一直是这个样子。只因，凡是关押在刑部大牢之人，皆是各地上报死刑罪犯及京中受笞刑的案犯。京中受笞刑之官在另一场所关押，住宿及饮食条件比这里好多了，饭虽然难以下咽，但至少不会霉变。这里所关之人皆为罪大恶极之人，就如这个牢中所关人犯，半夜时翻入他人家中行窃被发现，手刃事主六口，其中包括六十余岁的老者和四岁的幼童。能让他吃上饭，已是天恩浩荡了。"

听完司狱之言，我心道，一个九品司狱敢如此大胆讲话，想必背后有人撑腰，才会如此有恃无恐。看来前段时间在刑部听同僚谈及刑部大牢喂猪都用细粮，是确有其事。我略沉吟道："听说刑部大牢之中还喂养了不少猪，可否带我去看一下？"

司狱面露惊异之色，旋即又恢复平静，也未回答我所问话，而是转身大声地对狱卒道："没听到王大人要去猪舍吗？带路。"

一行人来到大牢所辟猪舍，看管猪舍的狱卒赔着笑行礼："诸位大人安好。"

未等司狱开言，我道："劳烦将喂猪的饲料拿来给我看一下。"

狱卒跑到舍中，拿出饲料，居然是白面与青菜，比狱中犯人的饭要好多了。

我对狱卒笑道："刑部牢中的猪伙食真是极好啊！"

狱卒道："回大人，你看我们这舍里所养之猪，个个长得都极胖，因平时所吃均为细粮……"狱卒还要再讲，听得司狱重咳一声，看其脸色极不好看就不敢再言。

我转身对司狱道："请教几个问题：大牢喂猪之细粮可有定例，还是克扣所押犯人之口粮？这些猪长大之后，去了哪里？"

司狱道："此事司狱司已向刑部备过案，经核准同意后方才决定喂养。当时所报原因是因刑部大牢每日饮食有泔水剩余。如此说来，这些猪的饲料确是犯人的口粮。这些猪长成之后，由下官负责宰杀，每年宰杀的猪肉，交刑部各司分配。"

我淡淡地说："说得好。你可知自我大明洪武十五年（1382）就有定制，关押的囚犯，日供米一升。正统二年（1437）有令给所押囚犯制衣，冬给絮衣一件，夜给灯油，且令有司买药并设惠民药局，以医疗囚犯。虽然狱中关押囚犯多为罪有应得的死囚，但即使对这些人，圣上也是推行仁恕，多加体恤。宣德三年（1428）时，宣宗皇帝曾经对刑部官员道，'古者断狱，必讯于三公九卿，所以合至公，重民命。卿等往同覆审，毋致枉死。'为何各种典章圣谕完备，现在却在狱中出现'猪吃人'的情况？"

司狱脸上红一阵白一阵，半天没有说话。

我一拱手道："你属司狱司，我属云南司。我不能要求你，但此事我会向刑部堂官如实禀报，多有得罪。"说完，我丢下司狱一干人等，径自去了。

第二日，我找到刑部侍郎，将昨日刑部大牢"猪吃人"之事详细报告。侍郎面如止水，淡淡地道："依你之见，此事该当如何处理？"

"下官认为，刑部大牢内'猪吃人'之情况不妥。"我道，"大明开国洪武帝告诫监狱官，应不分囚之轻重，常以善言以妥之，苦寒则置温之，炎暑则置凉之，饮食则节之，病则医之。刑部大牢给犯人吃霉变的食物应当改正，所养之猪，应宰杀后供大牢囚犯食用。"

侍郎沉吟许久，道："言之有理，守仁，你的想法是对的。这样，你回头拟个条陈，着司狱司改正。"

听到侍郎支持我的想法，我十分高兴，又道："侍郎大人，昨日下官在刑部大牢之中，发现有一现象，主事每月到刑部大牢提牢，可是绝大部分为司狱或狱卒进入牢房代劳。下官认为这不合刑部之制，应当予以纠正。"

侍郎听完我的话，笑了出来，笑容之中的含义当时我并未能理解。过了一会，侍郎道："你在条陈中一并提出解决方案。守仁，你是青年才俊，又有改变我刑部各种弊端的干劲，非常好啊。我一定会支持你的，咱们一起努力。如有机会，我也会向尚书、吏部，甚至圣上举荐你。"

我站起身，向侍郎行礼道："感谢您对下官的支持。"

我回到司中，很快拟好了条陈。得到文书答复之后，我又重新来到刑部大牢，请司狱司值班狱吏召集六名司狱及一众狱吏。

我将刑部侍郎所签的条陈转交值班狱吏："请将此条陈誊写，前日我来大牢时，发现囚犯吃糠而猪吃细粮，这种'猪吃人'的情况要予以纠正。以后囚犯要按规吃细粮，同时刑部大牢所养的猪全部宰杀，用以改善囚犯伙食。"

司狱司众司狱及狱吏面面相觑，小声议论起来。但因有刑部堂官所签文件，也不敢再提反对意见。

我端起面前的茶杯，喝了一口水，等众人小声讨论停息后，又道："另有刑部主事到刑部大牢提牢，往往流于形式，主事不去牢房现场检查，而是由狱吏狱卒代替。下官已经向侍郎建议，以后再到刑部大牢提牢，均要由主事在刑部大牢墙上写下自己名字及时间。请大家随我到大牢中，我先写下名字与时间。本月如果刑部大牢出现事故，王某当负其责。"

进入刑部大牢后，我在墙上写下名字，签下时间，又道："以后凡到大牢提牢，均要在此签名。"

处理刑部'猪吃人'之事很快传遍了整个刑部，大家在我面前都称赞我刚正有为。父亲很快也知道了此事，笑对我道："云儿，你初入刑部，能够找到弊端并建议加以改正，这很好。同时，也要慢慢悟观察，尤其要自省。因你刚刚进入官场，有些事我现在不和你讲，需要你慢慢体会，甚至摔完跟头才能感受到。咱们找时间再谈。"

听完父亲的话，我有些明白，又有些没有听太懂。

数十年后，偶尔想到当年刑部处理大牢之事，也常感到毕竟自己是初生牛犊不怕虎，不仅操之过急，甚至自己逾越自己的本职，犯了大忌仍不自知。

而血气方刚的我，那时根本想不到这一层。只是感觉每天有使不完的精力，要尽心为公、尽心办事。即便处理完刑部公事，在家闲暇时，我仍想着要为君建言，想到少年时自己游边经历，深感国不可无军，防敌重在守边。于是我利用点滴时间写出《陈言边务疏》。在疏中我这样写道："臣愚以为今之大患，在于为大臣者外托慎重老成之名，而内为固禄希宠之计；为左右者内挟交蟠蔽壅之资，而外肆招权纳贿之恶。习以成俗，互相为奸。忧世者谓之迂狂；进言者目以浮躁；沮抑正大刚直之气，而养成怯懦因循之风。故其衰耗颓塌，将至于不可支持而不自觉。今幸上天仁爱，适有边陲之患，是忧虑警省，易辕改辙之机也。此在陛下，必宜自有所以痛革弊源、惩艾而振作之者矣。新进小臣，何敢僭闻其事，以干出位之诛？至于军情之利害，事机之得失，苟有所见，是固刍荛之所可进，卒伍之所得言者也，臣亦何为而不可之有？虽其所陈，未必尽合时论，然私心窃以为必宜如此，则又不可以苟避乖剌而遂已于言也。谨陈便宜八事以备采择：一曰蓄材以备急；二曰舍短以用长；三曰简师以省费；四曰屯田以足食；五曰行法以振威；六曰敷恩以激怒；七曰捐小以全大；八曰严守以乘弊。"

我将《陈言边务疏》呈给圣上，本以为很快就会有回复，能让边防漏洞得以改善。哪知却是泥牛入海，再无下文。自己心下疑惑却又不能再问。

夫妻夜话

三十岁前后，我曾读了不少佛教书籍。一日读到唐时新罗国王室宗亲金乔觉渡海来华，在九华山潜心修行七十余载，年九十九而圆寂。金氏逝世前后诸多行为皆应"众生度尽，方证菩提，地狱不空，誓不成佛"之相，与佛经所记载地藏菩萨相符，故众僧尊金氏为地藏菩萨应世，而九华山也成为地藏菩萨之道场。对于"妙有分二气，灵山开九华"的九华山宝地，我早就心向往之。

一日正值夏夜幕降临，一轮弯月挂在西天之上，院中不时有蟋蟀虫鸣之声。我在书房中只觉胸中气短，肺中如有一根细细羽毛拨动，虽想强忍，但时不时总要使劲咳出声来。

妻子芸玉给我端来一碗黄梨汤，担心地道："相公，我看你这几日肺疾又犯了。要不要请郎中来看一下。"

我好半天止住咳嗽，调匀呼吸，喝下半碗汤后，对芸玉笑道："你也知道我的肺疾是自小就有，久病成医，不用问我都知道郎中来时要如何分析病理，开什么样的方子。从十几年前我也是尝试道家养生之术，以求能够调理身体，但是用处不大。"

芸玉轻叹一口气："每次看你咳得如此难受，倒不如这病是长在我身上的也好。好像每年到入夏之时，你的肺就会不舒服?"

我笑道："是的，这也是有原因的。肺为水之上源，主行水。《素问》一书讲天气通于肺，肺如天，天要降雨。需要地气升腾结云为露，降而为雨。既然要如云降雨，最怕的就是热与燥，而喜凉与润。所以我才会每年入夏时就会旧疾复燃。"

芸玉走到我身边，端起碗递给我，示意我把半碗梨汤喝掉："那有没有法子能缓解呢？"

我喝完汤道："天生万物，皆有定理。世间之物也无完美之理，事物达到完美也恐非好事。肺疾与我可能就是一体，有我在就有它在，我不在它自然就消失了。"

芸玉有些生气地啐道："你看你，哪有这样讲自己的道理。"

我边咳边笑道："夫人说得对，我又妄言了。其实我感觉今年的肺疾比前几年更加严重了一些。孔夫子说三十而立，人生三十对于国与家也有了新的认识。在刑部两年劳于公案，里面的规矩门道也渐渐清楚一些。这段时间可能是因为身体的原因，反觉越来越看不清身处何界，人生于世所为何事，所往所处。最近常常想到小时生活的余姚，想到爷爷竹轩公，想到姆妈。真的好想有机会再回余姚，那一方山水才能让我的心静下来。"

窗外，一轮弯月正挂于树梢。我不禁想，这轮弯月也在映照着余姚城。有没有一个十岁的小娃儿，正拉着爷爷的手，仰望弯月，笑谈着古今呢？

录囚江北

　　人生最有意思莫过于未来的不可知，因为幸福往往会不期而至。

　　弘治十四年（1501）秋，我奉上命录囚江北，负责巡察下狱官员所犯之罪，并决定其是否可以减罪免刑。我所负责区域主要为南直隶淮安等府。

　　录囚自汉时起已有此制，《后汉书》曾记东汉明帝车驾自章洛阳狱录囚徒，理出千余人。自魏晋至唐宋皆有录囚之制，且"天子岁自录京师系囚，畿内则遣使"。能代表天子讯察囚犯并决定其是否可以原宥，对于我深感荣光，也倍感责任重大。

　　此次录囚的江北之地为扬州、庐州府及滁州，早在我出发之前，云南司已经派人至提前做好了各项准备，并安排人员于各州协助我完成录囚事宜。

　　出发前，父亲与我进行了一次长谈。父亲告诉我即使是一个囚犯，也是一个人，在父母面前是人子，在妻面前是人夫，在子女面前是人父，他的人性可能还未泯灭。所以如果囚犯所犯之罪可以原谅，那就应该给予其机会。但如果确实罪大恶极，也应当由他自己来承担自己所犯的错误。

带着父亲的嘱托，我前往江北进行录囚。

查　恶

录囚的过程比较顺利，依据朝廷之制，我每到江北一地，都调取狱中犯人的记录详细查阅，找出符合宽宥条件的囚犯，详细询问其在狱中的表现。再与各州协助人员及地方官员交流，拟出具体方案，着各州拟文书上报。同时我对各州上报的情况进行梳理备案。

这一日，有一份陈指挥使杀人案的卷宗吸引了我。据卷宗记载，陈指挥使乃军人世家，其父在土木之变时为瓦剌军所杀，他十几岁入军中服役，累军功升至指挥使，孔武有力但性格暴躁，一言不合即要与人博命。弘治元年（1488）累犯命案达十八起。按大明律法早当问斩，但每次录囚都有上报将其死刑刑期后延，所报原因有二：一为陈指挥使父子三代为国服役，其父战死疆场，其子也在戍边时被流寇所杀，而他本人在军中服役亦有军功；二为陈指挥使之所以累犯命案，缘于年幼时丧父，中年又丧子，人生遭遇大变，伤痛过度致性情大异。

读完陈指挥使的卷宗，看到他又被归入缓刑免死的名单里面，我陷入了沉思。身负十八条命案，却可以中狱中安然度过十余年而没有被问斩，背后有没有隐情？据传陈指挥使家产颇丰，有没有人在处理这件事情的时候徇私枉法？这些失去亲人的家庭又是做何感想？

第二天，我带随从一一走访被陈指挥使所杀苦主家庭，详细了解每位受害人的遭遇。这些受害人大多为奉公守法的良民，原本与陈指挥使并无太多交集，往往因一些琐碎之事便引来杀人之祸。最让我震惊的是一位十五岁少年惨死案。那日陈指挥使骑马到城外游玩，正值草长莺飞之际，陈指挥使纵马踏郊外的田地，正值少年在田中与父母劳作。父母畏于陈指挥使威严不敢言，那少年大胆讲了一句"当官也不能如此欺负百姓"。陈指挥使大怒，在马上搭弓一箭射中少年左臂，在少年惊骇向远处奔跑，陈指挥使又连珠射出三箭，分中少年的右臂与两腿。可怜那少年父母突见巨变，束手无策，只能双双跪在地上大声求饶，仍无济于事，眼睁睁地看着陈指挥使飞驰至四肢中箭的少年身边，纵马将趴在地上的少年活生生地踏死，才引一众随从说笑着继续踏青游览去了。那少年父母见儿子惨死后，老夫妻二人哪里还有生活可言，仅是每日看天续命而已。尤其是母亲，亲见自己儿子惨死，心神俱裂，此后几年眼泪流干，双目已盲。见州府后来虽将陈指挥使收入监牢，但却未法办，无论是心中还是眼前俱是一片黑暗。

手里拿到少年被陈指挥使无端滥杀的卷宗，看着眼前这对老夫妻，我的内心久久不能平静。这陈指挥使犯下十余条人命，竟能凭借两条经不起推敲的理由，安然延命十余年实在是匪夷所思，这背后的隐情我定要找出来。

夜　宴

回到州府衙门，与我一道录囚的巡按御史来到我房中闲谈。巡按御史道："守仁兄，想你在刑部的主事，我为都察院的巡按御史，虽都仅为七品之职，但手中职权与责任却十分重大，录囚事无大小，俱要全心才是啊。"

我道："兄台说的极是，巡按之职乃是代天子巡狩四方，对州府诸官进行考察，举劾尤专，大事奏裁，小事立断。巡按御史每到一处，必先审录罪囚，吊刷案卷，有故出入者理辩之。我所说的没有错吧？"

巡按御史哈哈大笑道："守仁兄说得对，看来你对御史的职责十分了解啊。"

我道："我有一事想请教？"

"请说！"御史道。

"陈指挥使的案子我有不少疑问……"哪知我刚刚开了个头，就被御史打断了。御史拉着我道："看来守仁兄对此案非常关注，怪不得我听身边人讲你这两天一直在询问被杀者的家属。那一定是很辛苦，不如这样，今天我们一块去吃酒，前一段时间我们都很劳累，正好休息一下。"

我打算晚上再好好梳理一下陈指挥使的案子，就拒绝了，但御史却一直相劝，最后道："守仁兄，我实话告诉你吧，今晚的宴请乃是陈指挥使亲戚安排的，专请你我二人。那陈指挥使在本地乃是大户，颇有些势力，且与州府诸官皆有交情。如若咱们不去，拂了人家的面子也不好。且今日是江北地区特有的船宴，你我一定要去体验一下。"

我暗自沉吟，看来这陈指挥使确是手眼通天之人，不然巡按御史也不会来我这里当说客了，去会一会陈指挥使的家人也未必是坏事。想到这里，我便说："既然你如此盛情邀请，我如再推也是无礼了，那就恭敬不如从命。"

我与御史到达来宾楼边的码头时，已经是华灯初上。远远就看见一行人在楼前等候，热情招呼我们进入厅内。一位五十岁左右魁梧的中年男子，一边招呼头戴方巾、身穿紫衫、脚下丝鞋净袜的小二看茶，一边安排我与御史登船。

御史指着男子对我介绍道："守仁兄，这位陈艾乃陈指挥使的弟弟，年轻时曾做过招讨使。听说你我二人来此录囚，也是久仰守仁兄大名，今日特意安排相识。"

我心道，这陈艾看来是为其兄之事而来，且看他如何安排，于是笑着打招呼坐下。

小二端上明前绿茶，道："诸位大人，咱们来宾楼今日新到一批京师黄米酒、济南府的秋白露酒、绍兴的荳酒、高邮的五加皮酒，还有咱们扬州上好的雪酒。今天要不要品尝一下。"

陈艾笑骂店小二道："你这厮别在这里乱叫，这两位大人是从京师来的，什么酒没有喝过？何须你来推荐，酒我早就备下了，快快开船。"

店小二忙不迭地走了，不一会儿，船开始在江面上缓缓行进。不一会，两条沙飞船载着酒食靠近我们所乘大船。七八个小厮鱼贯而入，不一会儿，偌大的饭桌上摆满了腌螃蟹、王瓜拌金虾、肉鲊炖雏鸡、煎鸡、熬鸡、酥鸡、卤烤鸭、火燎羊头、水晶鹅、酿螃蟹、蒸龙肝、炮凤肚、烧芦花猪、糟鹅掌、烩通印子鱼、摊鸡蛋、火熏肉、腊鹅、羊灌肠、馄饨鸡、油炸烧骨、鸡煎汤、蒸羊肉、榛松糖粥、鸳羹等各色菜肴。在陈艾的热情招呼下，酒过三巡。

舱外响起琵琶之声，或如猿鸣空山，或如雨打船舷，有一女声轻声吟唱《浣溪沙》。

陈艾斟满一大碗酒，笑道："今日能有幸邀请到两位大人，实在是在下的荣幸。我与御史大人多年前已经相识，今日有缘经御史介绍，又与主事大人相见，实是陈某天大的面子。这杯酒，在下干了。"说完，他站起身，将一大碗酒一饮而尽。

御史喝声彩，道："毕竟是行伍出身，好酒量！今日你所请的守仁兄，那真是位贵客。其父乃成化十七年（1481）进士，今岁应天府乡试的主持就是其父。"

陈艾起身道："哎，那我真是要沾沾王兄的文气。"说罢又满饮一大碗酒，坐下怅然道："刚才御史大人提到守仁兄与陈某家世，竟是触动我的伤心事。想我陈家几代人在军中服役，远的不说，仅从我父亲起算，我家中已经十余人为国捐躯。我自小只知父亲为国捐躯，却是连父亲的模样都不记得。但若国家有难，陈艾定当重披铠甲为国尽忠，那是一点含糊也没有。"

讲到此处，陈艾长叹一声，面向我道："想必王大人也已经知道，家门不幸。我的哥哥犯下了人命重罪，这许多年来，我们陈家因此事也是官司不断。若说我这哥哥，当年在军中也是一员猛将，治军有方，手下五六千将士受军令赴汤蹈火而不辞。他后来屡犯重罪，也实是因为痛失爱子，心神混乱。二位大人于此录囚，在下斗胆想请看在陈家为国尽忠的面子上，保其性命。"

巡按御史回道："好说，好说。想这陈指挥使虽犯重罪，也是事出有因，再加上以往录囚已有处理之法，我看可以继续羁于狱中。"

我感觉此事如不表明态度，只会越拖越乱，索性快刀斩乱麻。我道："二位，这酒席之上本不宜谈公事，既然已经讲到陈指挥使之事，我便谈及一二。刚刚陈艾兄讲当年陈指挥使治军有方，那他依何治军？军法而已，将士所畏则军法也。军有军规，国有国法。这陈指挥使连杀十八人，若仅以丧子而心乱为由，实在太过牵强，想那命丧黄泉的十八人，哪个不是人子？若说于军中有军功，那更不可行，功过相抵要在法度之内，不能随意枉解。百姓尚知，王子犯法与庶民同罪。"

陈艾听到我的话，脸色慢慢暗淡下来，不自觉地从椅子上站起身来，小声道："主事大人，听你之言，你是要处理我哥哥了？"

我也从椅子上站起，走到陈艾的面前道："不是我要处理，是依录囚之制，加上我复查陈指挥使的卷宗，其中有诸多不妥之处。陈指挥使此次录囚，必定要依法严办，如不办理，将来有人复核问起，我与御史大人皆罪责难逃。"说着，我转向御史道："你说是也不是？"

御史听我话讲到这个地步，已知难以回转，若说包庇陈指挥使，他也是断然不敢，只有用咳嗽掩饰过去。

陈艾突然跪在地上，哭道："救人一命，胜造七级浮屠。求二位大人开恩。"

没有想到陈艾居然跪在地上，我扶起他，道："兄弟情深义重，王某理解。万事都要有一个理字，王某也不敢专断行事，你想我若做得不对，巡史、州府诸官自能弹劾于我，悠悠众口我岂能堵得住。我只是依国之法规行事。"

船仍在江上缓缓行驶，宴会厅里面静得一根针掉在地上都能听到，船舱外女子的歌声显得异常哀婉。

秋雨不期而至，夜晚的江面一片漆黑，只听到雨打江面的"沙沙"声。

法　办

陈指挥使要被斩首的消息像风一样传遍了江北，州府的官员及衙役议论纷纷，街头巷尾的百姓更是轰动。大家都在议论，何以与州府官员关系密切的陈指挥要被问斩，听说问斩的王主事就是法办他的人。

事实上，从查看卷宗到了解相关事实，我并未到狱中去审陈指挥使，但知道他在狱中的生活很是惬意。不去狱中，不愿意面对的并不是他的飞扬跋扈，而是不想听他的苦苦哀求。

问斩当天，天还未亮时刑场已经挤满了人，有遇害者的家人，早早来到刑场，焚香祷告，告慰在天之灵；也有陈指挥使的家人，备好酒菜送亲人最后一程；更多的则是想要目睹这数十年未有之奇事的乡邻。

刀斧手及刑场维持秩序人员早已经就位。辰时时分，陈指挥使由一干狱卒乘露车押到刑场时，还是引起了一阵骚动。围观的人群如潮水一般涌到行刑台，被卫队向后驱赶，又像潮水一样退去。

陈指挥使身材十分高大，虽已经是五十余岁的年纪，但丝毫不见老态，阔步走到行刑台，四顾寻找，突然大声喝道："哪个是把军爷送上黄泉路的王守仁，有种的站出来。"

监斩官喝道："将这厮嘴巴堵上。"

我做个手势制止，走到陈指挥使面前："本官即是负责江北录囚的王守仁。"

陈指挥使面目狰狞，声嘶力竭地道："王守仁，今天你把陈某杀了，说到底你不过是个沽名钓誉之徒，拿我的案子来说事。老子到了阴间化成厉鬼也不会放过你，定要让你生不如死。"

那陈指挥使披头散发大声喊叫，旁边四五个狱卒都无法将其控制住，样子十分吓人。他如同一个巨兽，眼光所及之处，围观之人便不自觉要后退两步。

　　我站在陈指挥使的面前，轻声道："你也是入行伍多年之人，听说你治军有方。大道理王某不用跟你讲，只问你一句，你无故取十八条人命，又想尽办法在人世间苟延残喘数十年，你心中若有一点人性在，请你想一想十余年前，枉死在你弓箭与马蹄下的少年。他们的冤屈何处申诉，可会在你的梦中时时纠缠于你？"

　　陈指挥使恨恨地看着我，口中不言语，不知是生气，还是生命最后一刻的畏惧，脸上的肌肉不停地颤抖。

　　午时已过，监斩官轻道一声"行刑"，刀斧手手起刀落。

　　陈指挥使人头落地，围观的人群中有叫好的，有念佛的，有大哭的。

　　秋天的暖阳照在地上，地面上的血迹迅速被打扫干净，一切又归于宁静。我再次踏上前往其他地方录囚的行程，陈指挥使也再未出现在我的梦里，已经随风而逝了。

九华览胜

寄情山水

一连几十天，我在江北各州之间日夜不停地处理公事，身体渐觉吃不消，肺疾也开始有复发的迹象。录囚之事结束，心下也甚欢喜，所以对于肺疾又起，心中也不以为意。

这一日，我与两位同行相约同游九华山。位于皖南青阳境内的九华山，后临长江，前倚黄山，左接太平，右接池阳。此次上九华山走的是长江水路，即从长江走水路至池州的大通镇。我们三人将大件行李寄存于离长江不远的青阳县衙中，同时雇了一位当地的挑夫，将我们的随身所用行李挑上山。挑夫看上去有四十岁左右的样子，皮肤黝黑，脸上布满皱纹，总是挂着善意的笑。

我站在九华山的山脚下，放眼望去，感觉山变得巍峨起来，只看见重重叠叠的远山次第向天边延伸过去，近处清晰可辨，远处渐渐模糊，消失在遥远的天边。而山与山之间，则有一层层淡淡的薄雾，群山若隐若现。

一行人慢慢上山，随行的柴伟道："这九华山本名九子山，四季烟气氤氲，气吞江河。当年李白曾三游九华山，并在九江遥望九华峰。写下'天河挂绿水，绣出九芙蓉'的名句，后人于是将此山改名九华山。"

时值深秋，远望诸峰层峦叠翠，九峰如天赐九莲。

走了半日，我停下脚步，对大家道："咱们稍微休息一下再上山。"我走到小径边的石头上坐下，"此山真是好，鸟语伴钟鼓，云雾现奇松。怪不得当年王安石夸此山'楚越千万山，雄奇此山兼。'"

待挑夫坐定，我问挑夫姓名及年纪。

那挑夫憨憨地笑道："俺叫刘金贵，家住刘家村，今年二十八岁了。"

我心下惊异，原来挑夫刘金贵只有二十余岁年纪，看来是日夜劳作，所以显得比同龄人老。我问道："家中有何人？"

刘金贵道："父母在家，十年前娶了妻，家中有二子一女。"

我笑道："那真好啊。"

刘金贵道："哪里好啊，吃了上顿没有下顿。我的父亲年轻时也是挑夫，每日挑物上山，赚取一点点钱，家中也是饥一顿饱一顿的度日。这几年他的身体不太好，只能在家。我一个人赚些钱养家。讲出来不怕大人笑话，我家婆娘嫁到家中十年，日子是一天比一天难熬。这十年我未给她做过一件新衣，三个娃娃大的已经七八岁，小的只有两三岁，每天也是到处乱跑，脚上无鞋，身上无衣。乡下孩子不是不知道羞，而是实在买不起布。再加上要交各种税，一到冬天，只有四处借粮才能活过来。"

这难道就是普通老百姓的生活？我不禁陷入了深深的沉思。这些山上的挑夫有的与我年纪相仿，年轻有朝气，对未来有着无限的

渴望；有的已是满头华发，本该是颐养天年的年龄却不得不为生计
而劳碌。艰辛的生活没有给他们更多的学习机会，年复一年，日复
一日，他们只能用自己的劳动去换取微薄的收入，勉强度日。

这真是如古诗中所讲：

> 狗吠何喧喧，有吏来在门。
> 披衣出门应，府记欲得钱。
> 语穷乞请期，吏怒反见尤。
> 旋步顾家中，家中无可为。
> 思往从邻贷，邻人言已匮。
> 钱钱何难得，令我独憔悴。

我取出随身所带一两银子递与刘金贵，告诉他这是另外给他

的，用于给他的父亲及妻儿买些布及吃的。那刘金贵千恩万谢，方才收下。

我深知这只能解其一时之急，恐怕他的日子还要一直这样穷下去，又如何能改变呢？自己心中也没有答案。

傍晚时分，我们到达山脚下，闻听此在有一秀才柯乔，颇有些才气。我们便到他家中拜访，与柯乔相谈甚欢。交谈中，得知附近有一座无相寺，可以晚间投宿。便由柯乔带我们到寺中。路上柯乔介绍了这无相寺之来历，原来这无相寺原为唐代进士王季文的书堂，王季文辞官隐居于此。据传王季之后来修道成仙，临终时舍宅为寺。到了宋朝时，朝廷赐额名无相寺。这寺旁有一金沙泉，泉水尤为甘冽。我笑道，今晚就去饮金沙泉之水。

听了柯秀才的介绍，我脑中出现了"访王生于邃谷，陶金沙之清潦"之语，便决心要抽时间写一篇《九华山赋》。

这一晚，我写下了《将游九华移舟宿寺山》：

> 维舟谷口傍烟霏，共说前冈石径微。
> 竹杖穿云寻寺去，藤匡采药带花归。
> 诸生晚佩联芳杜，野老春霞缀衲衣。
> 风咏不须沂水上，碧山明月更清辉。

第二日，我们一行人沿石阶上山。先后经过半宵亭、望江亭，又观龙池瀑布，最后到达太白祠和化城寺。由于突降大雨，且又转为连日阴雨天气，于是我便在化城寺留居十日。这化城寺是历史悠久的地藏菩萨道场之一，坐落在九华街上。九华街两旁屋舍鳞次栉比，多是两层小楼，而街巷东西横贯，溪水在街下流过，淙淙有声，如隔岸弦鸣，一副世外桃源的恬静景象。顺着九华街很快就来到化城寺，我和一个小和尚说明来意，小和尚便领着我穿过化城寺的大雄宝殿来到了藏经楼，在这里，我看见一位大师。只见他身穿一身如青玉般的僧衣，风度翩翩，气宇轩昂，仙风道骨。想必他就是实庵大师。

我弹了弹身上的浮灰，上前一步，双手合十向大师深鞠一躬说："久仰大师大名。我姓王，名守仁，浙江余姚人士。此番专程前来向大师请教养生之法，望大师能普度众生，指教一二。"

只见实庵大师满面慈祥，双手合十向我回礼说："这位朋友过奖。其实贫僧只是徒有虚名，本无什么心法，只是有一些修身修心的心得和方法罢了……"

我和实庵和尚一见如故，交谈甚欢。夜听窗外雨淅沥，内心澄静而安宁。我与实庵大师彻夜长谈，相见恨晚，彼此深入交流，令我再次感受佛法所带来的心灵震撼。而实庵和尚不仅学富五车，满腹经纶，就连诗书礼乐也样样精通。我们俩越谈越投机，竟手舞足蹈起来。大师也教了我一些养生秘诀，经过大师的指导，我感觉神清气爽。此后几日，我便由实庵和尚陪同，在九华山附近四处游览，好不快活。

这一日，云开雾散，天已放晴。我与石庵拜别，我大笑道："我有《石庵和尚像赞》一诗送与你：从来不知光闪闪气象，也不知圆坨坨模样。翠竹黄花，说甚么蓬莱方丈。看那九华山里金地藏好儿孙，又生个实庵和尚。噫，那些儿妙处，丹青莫状。"

石庵闻言会意，大笑不止。

离开化城寺很远，回头时，还能看到石庵立于寺前在，目送我们远走。

此后数日，我们先后游览了钵盂峰、莲花峰、云门峰、天柱峰、列仙峰、翠盖峰、绮霞峰、天姥峰、翠微峰、九子岩、玉甑峰、少微峰、覆瓯峰、滴翠峰、安禅峰。自此下山，观双泉，逾西洪岭，并于黄石涧休息。接着游石船涧、云峰、嘉鱼池、齐云岭、东阳涧、西历，于此吃九华特产九节蒲草。然后，过七布瀑布，回望莲花峰巨石"灵龟探海"，过石屋、文殊峰、螺髻峰、凤凰岭、滕子京故居、赵知微修炼处碧桃岩，并观碧桃瀑布，看五钗松，折龙须草，观钵囊花。拜白云寺，宿南台庵，后又至中峰怅望。此游令我感慨颇多，所到之处，都作诗以记，并有"九华之矫矫兮，吾将于此巢兮"的卜居之心。

下山后，我又游齐山，作《游齐山赋》和《寄隐岩》，写下了"每逢山水地，便有卜居心"之语。

寻道访僧

九华山确实是个好地方，这里不仅有好山好水好寺庙，更有得道高僧奇隐士。

有一天，我在九华山上，看到了两个道士模样的人，一胖一瘦。

"唉，你有没有听蔡蓬头道长的讲学？"只听胖道士问瘦道士。

"听了，听了，讲得可好了呢。"瘦道士回答。

"就是，听了他的讲学后，我感觉悟出了不少道理呢。听说九子岩有一地藏洞，那里有一僧人居石洞中修行，也是个得道高僧。"胖道士一脸虔诚地点头说。

听了这两位道士的对话，我不禁来了兴致，心想：这位蔡蓬头道长是谁，若真是像他们所说，我定要拜访这位蔡蓬头道士。

　　第二天清早，我便迈着轻快的脚步，带了两个随从，开始往东崖拜访蔡蓬头道长的旅程。"蓬头"二字只是一个绰号，因为修道之人淡泊无为，所以自己叫什么都没有关系。据说他的道行很高，所以我才会专程拜访他。找了很久，不知不觉，来到山中一处，像极了他们形容的蔡蓬头道长的住处。

　　这地方真的非常简陋，来到这里，我不禁想起唐代诗圣杜甫写的《茅屋为秋风所破歌》："布衾多年冷似铁，娇儿恶卧踏里裂；床头屋漏无干处，雨脚如麻未断绝。"只见得宽大的院中只有几间茅屋，屋前种了不少竹子，院子中央栽有一些盆景，像极了宋代王安石在《书湖阴先生壁》中描绘的"茅檐长扫净无苔，花木成畦手自栽。"宅院虽然简陋，但却别有一番乡村田园的独特韵味。好了，不多说了，咱们回归正题。那位传说中的蔡蓬头道长哪儿去了呢？我先敲了敲竹门，没人应门，于是我慢慢推开了虚掩的门。只见有一位道长正在里面打坐，我不敢打扰他，便站在门外等候道长打完坐。期间我四下观察，发现院外的石桌前有一幅笔墨尚未干透的白色宣纸，宣纸上的落款正是蔡蓬头。想必这里就是蔡蓬头道长的居所了。但这位蔡蓬头道长好像并不待见我，他打坐完，起了身，我立刻毕恭毕敬地向他施礼，准备请教几个问题，结果他却目不斜视，拂袖而去，直接到里屋去了。我赶快上前急走几步，随他进入内室。

　　我心想，这定是一个奇人。所以他又拂袖而去，我也不以为意。我跟着他出了屋门，随蔡蓬头道长走向后亭，来到了一个小池塘边。池塘里面有好几条彩色的锦鲤，正快活地游来游去。

　　我又一揖到地行礼道："我乃浙江余姚王守仁，此番前来拜访，特意向大师请教如何修道，如何超然出世。"

蔡蓬头道长回过头来看看我，把我扶了起来，对我说："你呀，后堂后亭礼虽隆，终不忘官相。你身虽然要出世，但心却想入世。你说我们谈什么神仙啊。"说完便回屋里不再与我说话了。

等了半晌，终是不再出来，我只好怏怏而归。

过了两日，我决定再去拜访地藏洞僧。这地藏洞僧，在九华山已经无人知道其名，只知他居地藏洞中，不食人间烟火，坐卧于松毛之中，独自修行。这正像当年金乔觉来九华山的苦行风范，我心下十分钦佩，故不辞艰险而前去拜访。

地藏洞确实是位于人迹罕至之地，登上山之巅，瞬间有种"一览众山小"的感觉。阵阵微风拂面，恍惚间，有种飘飘欲仙的感觉，还是山上的环境好。找寻半天看到一团绿色的庞然大物。走近一看，原来是许多绿色的藤蔓组成的。我用手摸了一下，里面是硬硬的。咦？拨开来看看，原来是一块大石头，不，准确地说应该是一个山洞。走入山洞之中，看到一僧从正在熟睡，想这便是传说中的地藏洞僧了。

我便坐在他身边等待，现在已是深秋时节，山上冷风更是刺骨。而地藏洞僧双足仅有草鞋，且脚上有一处划破伤口，上面结着血痂。我便悄悄取出一棉垫，放在其脚上。

不久，地藏洞僧醒来，很吃惊地说："我这里道路极险，你怎么能够到这里？"

我讲明来意。地藏洞僧很高兴地与我攀谈，我们两个席地而坐，经过一番交谈，我发现这位老和尚不仅精通养生之道，对儒家思想也颇有研究。

地藏僧道："周濂溪、程明道是儒者两个好秀才。朱考亭是个讲师，只未到最上一乘。"

在这一点上，竟然和我的想法不谋而合，真让我有相见恨晚之感，无奈天色将暗，我还得下山，虽然心中带着一丝遗憾和留恋，但我还是满载而归。

第二天一早，我又上山了，想继续与老和尚彻夜长谈。好不容易到达了山洞，石门还是虚掩着的，移开石门后却发现老和尚已搬走了，洞内空空如也，我不免失落到极点。失落之余，我在洞里的石壁上发现了两行清秀、整齐的字——"高谈已散人何处，古洞荒凉散冷烟"。洞外的风呼呼地刮着，好像也在感叹着这位老和尚的离去。唉，天下没有不散的筵席，老和尚终归还是走了。有诗为证："路人岩头别有天，松毛一片自安眠。高谈已散人何处，古洞荒凉散冷烟。"

九华山之旅结束后，我在山下写出了《九华山赋》：

循长江而南下，指青阳以幽讨。启鸿濛之神秀，发九华之天巧。非效灵于坤轴，孰构奇于玄造！涉五溪而径入，宿无相之窈窕。访王生于邃谷，掏金沙之清潦。凌风雨乎半霄，登望江而远眺。步千仞之苍壁，俯龙池于深窅。吊谪仙之遗迹，跻化城之缥缈。钦钵盂之朝露，见莲花之孤标。扣云门而望天柱，列仙舞于晴昊。俨双椒之辟门，真人驾阳云而独蹻。翠盖平临乎石照，绮霞掩映乎天姥。二神升于翠微，九子邻于积稻。炎熇起于玉甑，烂石碑之文藻。回澄秋于枕月，建少微之星旒。覆瓯承滴翠之余沥，展旗立云外之旌纛。下安禅而步逍遥，览双泉于松杪。逾西洪而憩黄石，悬百丈之灏灏。

濑流艒而萦纡，遗石船于涧道。呼白鹤于云峰，钓嘉鱼于龙沼。倚透碧之岹峣，谢尘寰之纷扰。攀齐云之巉削，鉴琉璃之浩潓。沿东阳而西历，殯九节之蒲草。樵人导余以冥探，排碧云之瑶岛。群峦翳其缪蔼，失阴阳之昏晓。垂七布之沈沈，灵龟隐而复佻。履高僧而厌招贤，开白日之杲杲。试明茗于春阳，汲垂云之渊湫。凌绣壁而据石屋，何文殊螺髻之蟠纠？梯拱辰而盼，隳遗光于拾宝。缁裳逛于黄匏，休圆寂之幽俏。鸟呼春于丛篁，和云韶之鸎鸎。唤起促余之晨兴，落星河于檐橑。护山嘎其惊飞，怪游人之太早。揽卉木之如濯，被晨辉而争姣。静镵声之剥啄，幽人剧参蕨于冥杳。碧鸡哕于青林，鹧翻云而失皓。隐捣药以校萝，挟提壶饼焦而翔绕。凤凰承孟冠以相遗，饮沇濴之仙醪。羞竹实以嬉翱，集梧枝之袅袅。岚欲雨而霏霏，鸣湿湿于姜葆。躐三游而转青，峭拂天香于茫渺。席泓潭以濯缨，浮桃泻而扬缟。淙渐渐而落荫，饮猿猱之捷狡。睨斧柯而升大还，望会仙于云表。悯子京之故宅，款知微之碧桃。倏金光之闪映，睫累景于穹坳。弄玄珠于赤水，舞千尺之潜蛟。并花塘而峻极，散香林之回飙。抚浮屠之突兀，泛五钗之翠涛。袭珍芳于绝巘，袅金步之摇摇。莎罗踯躅芬敷而灿耀，幢玉女之妖娇。搴龙须于灵宝，堕钵囊之飘摇。开仙掌于嵌嵌，散青馨之迢迢。披白云而蹴崇寿，见参错之僧寮。日既夕而山冥，挂星辰于窿嵍。宿南台之明月，虎夜啸而罴嗥。鹿麋群游于左右，若将侣幽人之岑寂。迥高寒其无寐，闻冰壑之洞箫。

溪女厉晴泷而曝术，杂精苓之春苗。邀予觞以玉液，饭玉粒之琼瑶。溘辞予而远去，飒霞裾之飘飘。复中峰而怅望，或仙踪之可招。乃下见阳陵之蜿蜒，忽有感于子明之宿要。逝予将遗世而独立，采石芝于层霄。虽长处于穷僻，乃永离乎隩嚻。彼苍黎之缉缉，固吾生之同胞。苟颠连之能济，吾岂靳于一毛！矧狂胡之越豮，王师局而奔劳。吾宁不欲请长缨于阙下，快平生之郁陶？顾力微而任重，惧覆败于或遭。又出位以图远，将无诮于鹪鹩。嗟有生之迫隘，等灭没于风泡。亦富贵其奚为？犹荣蕣之一朝。旷百世而兴感，蔽雄杰于蓬蒿。吾诚不能同草木而腐朽，又何避乎群喙之呶呶！

已矣乎！吾其鞭风霆而骑日月，被九霞之翠袍。抟鹏翼于北溟，钓三山之巨鳌。道昆仑而息驾，听王母之云璈。呼浮丘于子晋，招句曲之三茅。长遨游于碧落，共太虚而逍遥。

乱曰：蓬壶之巍巍兮，列仙之所逃兮。九华之矫矫兮，吾将于此巢兮。匪尘心之足搅兮，念鞠育之劬劳兮。苟初心之可绍兮，永矢弗挠兮！

父子对谈

录囚返回京师，已是弘治十五年（1502）春，我即着手准备将录囚完成情况报刑部备案并同时上表圣上。在家时，我也经常与芸玉交流九华山游览的心得。虽然肺疾仍让人不适，但因完成了圣上所派之事，又去了九华山，心中很舒适。但父亲三天前就差人告诉我晚间要见我，又让我的心中有了一丝忐忑。

夜幕降临后，我与父亲坐在茶桌前。父亲端起茶壶，为我面前的杯子倒入茶，道："这是余姚仙茗。"

我站起身，接过父亲手中的茶壶，为父亲斟上茶，喜道："咱们家乡的瀑布茶。"

父亲端起杯品了一口，笑道："你倒知道瀑布茶，你可知道此名的来历？"

"这个我还真了解过。"我道："据传晋时咱们余姚有一人名唤虞洪，遇到一个道人牵着三头青羊。道人是仙人丹丘子，将虞洪引到瀑布岭上，告诉虞洪此山中有好茶树，并要求虞洪好酒好肉招待，才会将山中茶树告知。那虞洪对丹丘子以礼相待，并在瀑布岭上设立茶祠，四时祭祀。后来虞洪在山中找到了有数百年树龄、大如斗的大茶树。自此咱们余姚便有了瀑布茶，也有了仙茗的称谓了。宋人孙因曾在《越茶赋》中有'若余姚之瀑布兮，尤茶经之所夸'句。"

父亲笑着点点头："嗯，说得不错。余姚仙茗苗秀而扁，色泽绿润，香浓味鲜，汤色明净，叶底成朵。仙茗茶体态纤细，在诸名茶中别具风格，独树一帜。"一手指着我面前的茶杯说，"喝茶！"

父亲的脸色变得严肃而凝重："茶味道如何？"

"稍有些凉了，味道欠一些。"我照实回道。

父亲轻叹一声："说的是啊，品茶要温度，煮茶要看火候。做人做事何尝不是如此啊。"

我知道父亲有话要点拨，端坐静听。

"云儿，你已经三十岁了，读书中进士，大的道理我就不用跟你讲了。现在你入刑部为国效力，须知公门之中，举轻若重。一片羽毛都能化为泰山，压得人粉身碎骨。"父亲道，"想你去年在刑部大牢处理'猪吃人'之事，按规矩你的做法没有错。但你已经得罪了不少人，其中有些人还是你的上级。这些人在此事上不会说什么，但可能心中对你已经生芥蒂。你如勤勤恳恳，取得各种成绩，可能不会有人说什么。若一旦在主事之位出现任何失职，便会有人小题大做，四处散布。"

我陷入了沉思。

父亲停了一会儿，又慢慢道来："此次你在江北录囚，将杀死十余人的陈指挥使正法之事，早在三个月前已经传至京师。"

我的心中一惊，没想到我在录囚时处理陈指挥使之事，居然我还没有回来京师就已经传到皇城了，奇道："真是如此，消息会这么早就传回了？"

父亲道："是啊，我听到关系不错的同僚告诉我此事时，也觉得非常惊讶。那时你正在处理此事，我也不能过问，只是在背地为你捏了一把汗。为官为政，真是处处如履薄冰，如临深渊。虽然同僚谈及此事，一直在称赞你青年才俊，行事果断，将来会大有作为。但我却是另有一种担忧啊。"

我给父亲再添上茶，问道："父亲为何担忧？前几日我还听吏部有司主事道，已经拟得父亲大人升翰林学士并兼詹事府右春坊右谕道，讲圣上对父亲特别器重，讲父亲才学出重，气度不凡，还命赐金带与四品官服。"

父亲道："我担心的是锋芒毕露，对你绝非好事。因我是你的父亲，咱们二人一同在朝为官，所以传到我耳中之言自是一百句过滤的只留一句好话了。你在录囚所处理之事，说你做得好的自然有，说你做得不好的也会有。有的说你是为了投机钻营，利用处理陈指挥使一事博取名声；有的你是年少轻狂，再加上与父亲同朝为官，才有恃无恐；更有甚者会悄悄散布诛心之论，讲你是心狠手辣之人，难堪大用。但这些话语，如不是咱们父子相谈，一句也传不到你这里。你返回京师，到刑部见到同僚及上级，有没有人与你提到录囚之事？"

夜已深，凉如水。父亲的一番话让我后背生出冷汗："儿子实未想到会如此复杂。返回刑部后，确实无一人与我谈过此事。"

父亲道："表面越平静，下面的风浪就会越大。我要猜得不错，此事怕已传至天子耳中了，圣上自不会对此事置评。为父自然知道你是一颗公心为圣上分忧，那个陈指挥使也是咎由自取。从你观政到授刑部主事，再到此次录囚。你身上有冲劲，看到不好的地方就想改变，看到恶人就想除掉。此心是好的，就比如你上疏所呈边防八政，都很好。但有没有想过为什么会石沉大海？另外，你有没有想过，你所看到的这些边防的缺点与不足，兵部主事者难道看不到吗？为什么没有人提，没有人改？"

炉上煮的茶开了，腾起一团水雾，让我眼前有些模糊。父亲所说的这些问题，我都没有想过。如何为官处世，看来我需要历练的地方还是太多了。

"父亲，那我现在应该怎么办？"

"不可一味往前冲，要知进退，必要之时要避其锋芒，学会避让。云儿，这半年你也很辛苦了，另外我也见你肺病一直未好。我建议你把录囚之事按程序上报完毕之后。可以上疏回乡养病，人生的道路很长。有些事不能急，要慢慢来。这两年你有了一些在朝廷任职的经历，但还欠缺很多。回到家乡，调养身子的同时，自己也可以好好想一想。"父亲道。

我沉吟片刻，点头道："好的，我明白了。"

处理完刑部我负责的事后，我于八月拟制并上报了《乞养病疏》：臣原籍浙江绍兴府余姚县人，由弘治十二年二甲进士，弘治十三年六月除授前职，弘治十四年八月奉命前往直隶、淮安等府会同各该巡按、御史审决重囚，已行遵奉奏报外，切缘臣自去岁三月，忽患虚弱咳嗽之疾，剂灸交攻，入秋稍愈。遽欲谢去药石，医师不可，以为病根既植，当复萌芽。勉强服饮，颇亦臻效；及奉命南行，渐益平复。遂以为无复他虑，竟废医言，捐弃药饵；冲冒风寒，恬无顾忌，内耗外侵，旧患仍作。及事竣北上，行至扬州，转增烦热，迁延三月，尪羸日甚。心虽恋阙，势不能前；追诵医言，则既晚矣。先民有云："忠言逆耳利于行，良药苦口利于病。"臣之致此，则是不信医者逆耳之言，而畏难苦口之药之过也。今虽悔之，其可能乎！

　　臣自惟田野竖儒，粗通章句；遭遇圣明，窃录部署。未效答于涓埃，惧遂填于沟壑。蝼蚁之私，期得暂离职任，投养幽闲，苟全余生，庶申初志。伏望圣恩垂悯，乞敕吏部容臣暂归原籍就医调治。病瘥之日，仍赴前项衙门办事，以图补报。臣不胜迫切愿望之至！

　　吏部掌印官核实完我的病情后不久，圣上批准了我回家乡养病的请求。吏部批文是准予回乡养病三年。回到家，我将消息告诉父亲与妻子芸玉。大家都很高兴，尤其是妻子芸玉，为了终于有时间可以歇息而开心。因为近三个月以来，只要有闲暇时间，便有好友或读书人来拜访，大家在一起总会讨论诗文，也是十分耗费精力。我曾对芸玉论及人之精力实在有限，无法全身心于诗文之中。妻子芸玉一直盼我能有时间休养身体，得到可以归乡的消息后，她开心得像个孩子一样。

　　弘治十五年（1502）中秋，我与妻子芸玉辞别父亲，沿京杭运河归乡。遥想二十年前，我与爷爷竹轩公泛舟北上，情景历历在目。而今乘船南下，芸玉在伴。多少年过去，不变的只有滔滔的江水，平静地流向远方。

　　一日船行到滕州境内，正值傍晚时分，一轮红日挂在西天，远处村庄笼罩在炊烟之中，岸上犬吠之声隐隐传来。我携妻子之手坐于船头，看红日一点点落下。

　　"人生百年真如清晨朝露，转瞬即逝。"妻子叹道："守仁，你还记不记得十余年前，咱们新婚时，乘舟去拜访娄谅。当时正值大雪纷飞，娄先生之神采就如在眼前一样。"

　　妻子芸玉似乎很激动，转身抬头望着我，眼眶有些湿润："守仁，娄老先生离世已经十年了。相公你也从一个翩翩少年变成了长须中年人。"

　　妻子的手有些凉，我用双手将她的手捂在心，缓缓地搓着，道："是啊，你还记得在娄素珍吗？当年对话一斋之时，她还是一个天真烂漫的小姑娘。听江西同僚告诉我，前几年她因容貌秀丽、极有才情，被洪武帝第十六子宁王朱权的五世孙朱宸濠相中，这宁王朱宸濠亲自到广信下聘将素珍迎娶入门为妻。"

　　妻子一下笑靥如花，开心地道："真的啊？我对那个小丫头印象也极深刻，当年一看就知道长大是个聪慧美丽的女子。"

　　我笑道："听说宁王对妻子极为宠爱，知道娄妃喜诗词绘画，便在南昌府南湖为她盖了一座楼，取名杏花楼，专供其读书。南昌人也盛传娄妃性情贤明，通晓大义。"

妻子道："宁王娶此贤妻，也是极大的福分。"

我对妻子道："我王守仁娶此贤妻，也是极大的福分。"

夜幕降临，我们所乘之舟泊于码头，艄公一行人已经到货船去歇息。我与妻子坐于船头，头顶星空绚烂，脚下江水潺潺。妻子将头靠在我的肩上，抬头望天，忽然轻声道："相公，这许多年来你对我照顾有加，我心中一直觉得亏欠于你。"

我转头道："芸玉，你为何如此说？"

"因为你我成亲这么多年来，我还没有给你生下一个孩子。"黑暗中，我感觉一滴泪水滴到我的手上。妻子的手按在我的手上，拂去泪水，幽幽地说道："相公，我知道你一直待我很好。你虽从来未提及过此事，但我的心里面却一直很难过。刚刚你讲到十岁时陪爷爷北上京师，我就想到要是咱们像其他人一样，成亲后有了自己的孩子。那也差不多有十岁了。如果咱们有自己的孩子，这次你回余姚养病，孩子与咱们一起。你想是何等快乐之事啊。"

妻子说着说着，已经是情不能自已，呜呜地抽泣起来。我的心中大惊，这么多年，没有想到妻子的压力竟然如此之大。想想觉得十分惭愧，这十余年来。饮食起居均是靠妻子悉心照顾，而我三次会试求取功名，近两年又忙于公干。一直以为妻子陪我在京师，我都还能照顾得了，只是担心其思乡情切，所以我与妻子都时常写信至南昌岳父家中，让其知道家中一切安好。但却忘记了关心妻子所思所想，想今天若不是自己因病归乡休养，与妻子二人单独待于舟中，妻子内心深处所想，恐怕不知到何时才能知晓。

我将妻子揽入怀中，轻声道："芸玉，还记得我们南昌结婚时的时光吗？那时我是一个顽劣不堪的小子，大婚当天，我居然人影全无。后来看你第一眼时，你我二人立于家中厅堂之上，红烛摇曳，一切如在梦中。当时的新婚对联直到今天我还记得真真切切：女儿出阁红颜少柳风吹度十里亭，孝悌忠义莫轻忘老少惹人多怜爱。从那一刻起，我就认定你是我这一生之中要怜惜、照顾、疼爱之人。南昌新婚后的相处时光，我知道你是一个知书达理，温婉贤淑之人，更加坚定了我的信念，要一生一世待你好。人生就像这滔滔江水，不知道明天将要流向何方。但我知道，不管我是什么样的人，你都将会对我不离不弃，视我如高山可依靠。所以，从今日起你要记得，即使我们今生无孩子，也不要枉自寻烦恼。一切自有天意，我们就过好自己的日子就行。"

妻子止住了抽泣，抬头看着我。一轮弯月将舟中与江面笼上一层白纱，妻子的脸色有点苍白，脸上露出一丝笑容："相公，我也不知道今天怎么突然聊起此事，以后我们不要聊这些不开心的事情了。"

我将妻子脸上的泪拭去，道："芸玉，我不是安慰你。我所讲是自己心中所想，想从上古至今，多少年过去，多少人曾在这个世上活过。你我二人于千万年之中，同生于弘治之世，又千里姻缘牵于一线，我定当会好好珍惜。烟火相传，自有天命，我们不要在意。"

妻子轻声道："相公，如果咱们一直都没有孩子？你不会后悔吗？"

我看着妻子道："佛教《大正新修大藏经》曾讲六道轮回有八苦，分别是生、老、病、死、怨憎会、爱别离、求不得、五蕴炽盛。人生一世，俯仰无愧天地，读书入世无愧于人，与心爱之人相伴终生，何来后悔之事？"

远远江心，一条鱼一下跃出水面，静夜中水声极大，层层水波摇碎了月光，向四面八方铺散开去。

妻子依偎在我身边，轻声道："这一生一世，我不愿与你分离。

唯愿天可怜见，即使减去我二十年阳寿，只要相公能有自己的孩子，我也愿意。不，即使让我现在就是死了，我也愿意。"

我止住妻子再说下去："以后这种傻话，永远也不要再讲了。人生哪有一帆风顺，就是当今天子弘治帝也曾历经种种苦难。天子生母纪氏出身低微，于成化六年（1470）七月三日在宫中极偏僻的安乐堂生下当今皇帝，在宦官张敏、怀恩及宫女，以及废后吴皇后的保护下才得以苟且偷生。五年后，成化皇帝早起感叹'吾发白矣，乃无子'，为其梳头的宦官张敏才告诉皇上有子。成化帝于是到安乐堂接 6 岁的儿子，几个月后将其立为太子。母亲纪氏不久便在宫中自缢身亡，而张敏也吞金自杀。成化皇帝将儿子交给母亲周氏抚养，并让博学的大臣程敏政、彭华等人于东宫讲学。太子也十分好学，读书用功且性格沉静，据说每日连笔砚都极有规律的由自己摆放。虽贵为天子，却天性诚笃，简言慎动，涵养充实，而从不自耀，如渊莫测。"

妻子被我所讲的当今天子的往事所吸引，叹道："原来贵为天子，人生也有如此波折。想他的生母纪氏也是一个可怜的人。"

我继续道："当今天子弘治帝最难能可贵的是待妻子情深义重。想他贵为天子，从古至今，哪一个不是三宫六院，妃嫔环绕。而弘治帝却只有张皇后一人，再无任何嫔妃。从古至今，可以说绝无仅有。这张皇后乃是都督同知张峦之女，成化二十三年（1487）被册立为太子妃，弘治帝即位后（1488）不久便被封为皇后。天子与张皇后感情十分好，据说两人每天同时起床，天子若无政事便与张皇后一同读诗作画，谈古论今。天子尚且能够情只钟一人，难道我王守仁不能情只钟诸芸云一人吗？"

妻子默默注视着我，许久，笑着点了点头。

阳明洞天

唐人白居易有一首《和微之春日投简阳明洞天五十韵》诗：

青阳行已半，白日坐将徂。越国强仍大，稽城高且孤。

利饶盐煮海，名胜水澄湖。牛斗天垂象，台明地展图。

瑰奇填市井，佳丽溢闉阇。勾践遗风霸，西施旧俗姝。

船头龙天矫，桥脚兽睢盱。乡味珍蟛蜞，时鲜贵鹧鸪。

语言诸夏异，衣服一方殊。捣练娥眉婢，鸣榔蛙角奴。

江清敌伊洛，山翠胜荆巫。华表双栖鹤，联樯几点乌。

烟波分渡口，云树接城隅。涧远松如画，洲平水似铺。

绿科秧早稻，紫笋折新芦。暖蹋泥中藕，香寻石上蒲。

雨来萌尽达，雷后蛰全苏。柳眼黄丝颣，花房绛蜡珠。

林风新竹折，野烧老桑枯。带靽长枝蕙，钱穿短贯榆。

暄和生野菜，卑湿长街芜。女浣纱相伴，儿烹鲤一呼。

山魈啼稚子，林狖挂山都。产业论蚕蚁，孳生计鸭雏。

泉岩雪飘洒，苔壁锦漫糊。堰限舟航路，堤通车马途。

耶溪岸回合，禹庙径盘纡。洞穴何因凿，星槎谁与刳。

石凹仙药臼，峰峭佛香炉。去为投金简，来因挈玉壶。
贵仍招客宿，健未要人扶。闻望贤丞相，仪形美丈夫。
前驱驻旌旆，偏坐列笙竽。刺史旗翻隼，尚书履曳凫。
学禅超后有，观妙造虚无。髻里传僧宝，环中得道枢。
登楼诗八咏，置砚赋三都。捧拥罗将绮，趋跄紫与朱。
庙谟藏稷契，兵略贮孙吴。令下三军整，风高四海趋。
千家得慈母，六郡事严姑。重士过三哺，轻财抵一铢。
送觞歌宛转，嘲妓笑卢胡。佐饮时炮鳖，蠲醒数鲙鲈。
醉乡虽咫尺，乐事亦须臾。若不中贤圣，何由外智愚。
伊予一生志，我尔百年躯。江上三千里，城中十二衢。
出多无伴侣，归只对妻孥。白首青山约，抽身去得无？

　　白乐天的这首诗，我年轻时尤为喜爱。诗中所描写的阳明洞天就在离我家乡不远的会稽山，此地风景秀丽，千年之前曾经留下千古绝唱《兰亭序》。

　　与妻子芸云乘舟返乡，祭扫完祖父与母亲的墓之后。我便于距余姚百里之外的绍兴会稽山若耶溪畔寻得一清静之所在，筑草屋数间，于此休养。若耶溪据传是《山海经》所记载"又东五百星，曰会稽之山，四方，其上多金、玉，其下多砆石，勺水出焉，而南流注于湨"的勺水。若耶溪与浣沙溪、剡溪并称越中三大名溪。会稽山与若耶溪环山叠翠、山水相映，南朝诗人谢灵运常来此流连。更重要的是该地在道教七十二福地中排名第十七，因为我受肺疾所扰，十余岁时也曾经学习过道教的导引之术，所以便想在此处构建草屋以休养。

　　休养时，我身边只留一书童照顾日常起居，我则专心研习导引之法，即从抱圆守一、疏筋活脉、调理气血、清神益筋、护膝扶伤开始，慢慢练到脉气运行、强心润肺、健胃壮肾、阴阳调节之法，以达到身体百邪难侵的目的。

筑庐之地山清水秀，只有自然之声，每日在屋内静修导引，渐渐能够摒除一切杂念，进入物我两忘的境地。一月之后，自感身体好了许多。加上天气渐寒，我便进入草庐不远处的阳明洞天。想这大自然鬼斧神工的阳明洞天与我实在有缘，就自号阳明。从此，我便以"古越阳明子"自称。

阳明洞天距离绍兴很近。绍兴也是家父十分钟爱的地方，认为这里人杰地灵。父亲在成化辛丑年（1481）高中状元之后，把家从绍兴府余姚迁至绍兴府城西迎恩门内的光相坊。虽不久我与爷爷竹轩公北上到京师，但自南昌成亲及三次会试间隙，也有数次机会回到光相坊旧居，在这里也结识了许多有才情的读书人。我曾与枫桥骆蕴良有忘年之交，骆蕴良年长我二十岁，其于弘治九年（1496）任潮州太守时，我专门作诗送骆蕴良。我在绍兴不少朋友听说我在阳明洞天静修，也会时常来看望我。

这一日清晨，我对正在打扫的书童道："你今日一早赶到五云门处，提前买些菜蔬酒水回来。将会有四位相公来阳明洞天相访于我。"

小书童听罢，一脸疑惑地看着我："先生，万一我在那里等不到人怎么办？"

我笑道："去吧，自会有人来。"

书童将信将疑地赶到五云门，不久果见王文辕、许璋等四位前来，看到书童在此等候惊问为何在此。

书童行礼道："先生今日一早便遣我在此等候四位，讲四位相

213

公今天要到阳明洞天相访。"

四人刚开始怀疑是他们中有人先派人传信至阳明洞天，发现谁也没有相告时，都觉十分惊异。

赶到阳明洞天后，许璋急不可耐地问道："阳明先生，今日书童在五云门等我们，讲你算出我们要来，我们四人一路百思不得其解。敢问先生怎么知道今天我们要来？"

我笑着回答说："只是心清。"

自此以后，来访的朋友多向我求吉凶之事。刚开始，我还讲一讲，也都能切中。到后来，我对挚友讲道："每每回答此类问题，自己都觉得精神十分疲惫，我恐怕这不是正觉。"

从此以后，对于预言之事，我便绝口再不言，只求内心宁静。在宁静的山水之间，时常感觉自己又回到了无忧无虑的小时候，慈爱的祖父母、疼爱我的母亲总让我的内心充满思念。又想到为何儒学正统对于佛道二教不接纳，而我读儒家之书，却对佛道也极感兴趣。思维繁乱中突然顿悟到："孝悌一念，生于孩提。此孝悌之念除去，断灭种姓矣。"

想想佛经常说人生之世，万念皆是空，要不着相，不为形所迷。但细细想最有意思的事却是：佛说要了世、看淡，却实际上却是未看淡，迷于表相之中。若说为何？佛怕了父子相累，便遁入空门，却逃了父子；怕君臣相累，便远离世事，却逃了君臣；怕夫妇累，便断绝尘想，却逃了夫妻。说到底，还是为父子、君臣、夫妻之相所迷。若是真识了其中之相，何需逃避？说到儒家，有父子，便还他以仁；有君臣，便还他以义；有夫妇，便还他以别。如此，实在是不为相所迷惑。而佛表面脱离父子、君臣、夫妻之相，实是困在相之中不能得到解脱。

思虑到此处之时，便对佛经所说不着于相之说有了否定。

又想到在除去思虑，内心空空静静，这是儒、是佛，还是道呢？说到动静之心，其实只是同一个心而已。至夜半三更之时，心中空空静静，心中所存只是天理。人要处理各种繁杂的事务，即应接事务的心，也是在遵循于天理。如果是遵循天理，和夜半三更的空静之心，就是同一个心，两者是分不开的，便是动静合一。想到这里，我便觉得佛教在细微之处，存在很多不能自圆其说的矛盾。

又想到任何人所不能看破的生死。实在觉得要是懂得白天与黑夜，也就知道生死了。想所有人都知道白天劳作，晚上休息。但如果每天只是懵懵懂懂的起来，到吃饭的时间看别人吃饭，自己也去吃饭。每天实践的时候不知道依据天道，学习时不知道思考，一天到晚只是昏昏度日，这就是白日做梦。只有在休息的时候可以涵养自己，在清醒的时候可以思考，并能够内心清澈明白道理，天理在心中无一刻间断，这样才是真正地知道白天，这才是知天德，才能够知白天与黑夜的道理，才能够悟及生与死。

弘治十六年（1503）夏，我从阳明洞天移居钱塘西湖。这钱塘位于东南形胜、三吴都会之地，西湖又以风景之秀丽甲于天下。若说西湖之景重以眼观，而我独爱西湖南面屏障之处的晚钟。南屏晚钟之景集眼景景耳闻心会于一体，意味独厚。我常常在净慈寺内，于暮色苍茫之中，万籁俱寂之时，听响入云霄的钟声。

这日在虎跑寺内听说有一禅僧已经坐关三年，这三年来不语不视。大家觉得十分奇异，认为这一定是个得道高僧。我便来到禅僧坐关之处，旁边已经围了不少人。当中不少善男信女极是虔诚，有双手合十默祷者，更有跪地叩首者。众人都知这禅僧已经三年不说话、不睁眼，所以围观者虽多，却十分安静，生怕打扰了禅僧的清修。

夕阳将最后一点余晖洒在西湖上，虎跑寺粗大的香樟树上蝉儿开始轻声歌唱。围观禅师的众人也已经散去，小沙弥在园中点上了灯。我走近禅房，禅师仍在闭目修行。

等了许久，我长叹一声，道："这和尚终日口巴巴地说什么？终日眼睁睁地看什么？"

禅师听到我的话后，大惊，从蒲团上站起。睁开眼睛，定定地看着我，开口道："施主刚刚说什么？"

我稍稍提高声音："我说这和尚终日口巴巴地说什么？终日眼睁睁地看什么？"

禅师愣了半晌，双手合什道："南无阿弥陀佛。贫僧闭口闭目已过千日。别人只道我不言不看，却不知我心中每日无数念头言语，眼中浮现须弥芥子众相。今日突然听到你的这句话，真如醍醐灌顶。"

我笑道："关上口、闭上眼，未必就不能言不能看。敢问尊驾母亲尚安在否？"

禅师看着我，缓缓道："母亲安在家中。"

我又问："可会时时思念母亲？"

窗外一阵风吹进来，屋内灯烛摇曳，映出禅师眼中的泪花："每日无不起念思念家母。"

"思母之情乃人之本性。无论贵为天子，还是生在布衣之家。想天下何人不爱自己的母亲？"我看着禅师道，"千余年前，孟子即曰恻隐、羞恶、是非、辞让之心，人皆有之。我们尚且日日思念母亲，想母亲每日思念我们之心远超我们千百倍。我为孩童之时，母亲即离世，直到今日我仍每日会思亲心伤。想你的母亲安在家中，

乃人生之幸事。既然思念母亲，为何要强压心中之善念？为何三年
来只是在此端坐，不归乡去看家母？"

　　我还没有说还，禅师已经流出两行清泪，向我躬身致谢。我也
无心再打扰，道声讨扰离寺而去。

　　第二日傍晚，我复又于傍晚时分散步至虎跑寺，已经听得禅师
离寺回乡探望母亲去了。看着高大的香樟树，听着晚钟再响，想到
禅师与母亲相见的情景，我的脸上也露出了开心的笑容。

阉瑾当道

弘治十七年（1504）我从阳明洞天返回京师，虽然只是短短两年时间，京师还是离开时的样子，但好像一切又不一样了。

弘治十八年（1505）春夏之交的五月初七，年仅三十六岁孝宗朱祐樘崩于乾清宫，孝宗长子朱厚照即位，天下改元正德，史称明武宗。

正德帝朱厚照即位时只有十四岁，尚是一个未长大的孩子。他在当太子时，就尤为信任身边伺候的太监刘瑾，年纪轻轻坐上皇帝宝座，千斤重担压在身上，武宗的内心对于刘瑾就更加依赖。而刘瑾、马永成、高凤、罗祥、魏彬、丘聚、谷大用与张永等八名太监被称为"八虎"。以刘瑾为首的"八虎"在武宗即位后不久，便掌握内廷之权，以为可以放开手脚大干一番了。却没有想到少年天子刚刚继位，很多事情还没有理出头绪，手脚还未舒展之时，户部尚书韩文上书请诛八虎，宦官与朝臣之间的斗争出人意料地展开了……

谋诛"八虎"

正德元年（1506），初冬十月。

武英殿华灯初上，谢迁立于殿外，初冬的风让他觉得寒意阵阵，但让他忧心的还是韩文上书请诛宦官之事。此表一上，一场宫斗的序幕拉开，要是搞不好，不知道又有多少人有牢狱之灾，甚至人头不保。

平心而论，谢迁赞同韩文的观点，宦官不能干政。太祖建立大明朝之时，鉴于前朝常有宦官干政以致乱国，便对宦官严加管理，曾经置铁牌于宫门之前，上刻："内臣不得干预政事，预者斩。"但等到皇位传至建文帝后，朱棣举兵南下，夺取江山，其中很多消息是由宦官传递而来。自此，宦官干预政事便愈演愈烈。一会儿见到皇上，如果直接建议诛杀宦官，假如与皇上意见不合或皇上最后未决断，势必得罪整个内廷，如此一来后患无穷。谢迁想起孝宗弘治时期，自己与刘健、李东阳同以大学士身份入内阁辅政，被称为"天下三贤相"，时人相传"李公谋，刘公断，谢公尤侃侃"，自己一双巧舌如簧，但今日却是任何一字都觉得在心中如千斤巨石。而今皇帝刚刚继承大统，年纪尚轻，如果有一帮心存歹念的宦官日日在左右影响，假如皇帝就此沉溺于享乐，不理政事，那可如何是好？

今日皇帝召见，必是问对韩文上书诛八虎之事的有看法，大是大非面前，那必须要表明一个明确的态度，纵然身败名裂，也是天意如此。想到此，谢迁内心觉得平静下来。入殿内，跪在皇帝面前朗声道："臣谢迁叩见圣上。"

"起来吧，韩文上表的事你怎么看？你是不是也觉得朕身边有'八虎'？他们是不是该杀？"

"韩文上表，兹事体大……"谢迁话还未说完，朱厚照已经打断了他的话。

"朕今日屏退左右，与你密谈，也是觉得这件事情干系重大，你务必直言。"

谢迁道："八虎当诛！"

"为什么？"朱厚照似乎有些吃惊，谢迁短短四个字，三个问题的答案都在里面了。

谢迁躬身回道："自秦汉以来，宦官皆会误国误君，韩文上表写的清楚：'人主辨奸为明，人臣犯颜为忠。况群小作朋，逼近君侧，安危治乱胥此焉关。臣等伏睹近岁朝政日非，号令失当。自入秋来，视朝渐晚。仰窥圣容，日渐清削。皆言太监马永成、谷大用、张永、罗祥、魏彬、丘聚、刘瑾、高凤等造作巧伪，淫荡上心。击球走马，放鹰逐犬，俳优杂剧，错陈于前。至导万乘与外人交易，狎昵媟亵，无复礼体。日游不足，夜以继之，劳耗精神，亏损志德。遂使天道失序，地气靡宁。雷异星变，桃李秋华。考厥占候，咸非吉征。此辈细人，惟知蛊惑君上以便己私，而不思赫赫天命……今永成等罪恶既著，若纵不治，将来益无忌惮，必患在社稷。伏望陛下奋乾刚，割私爱，上告两宫，下谕百僚，明正典刑，以回天地之变，泄神人之愤，潜削祸乱之阶，永保灵长之业。'所以，请皇帝亲贤臣、远小人，驱逐'八虎'。"

谢迁果真是侃侃而谈，其言语之中似有一种无形的力量，字字句句压得朱厚照难以喘息。朱厚照听到最后，不觉流下泪来："我难道真像是古之无能昏君一样？韩文上表八人，是自小就伴我身边一起长大。我登基后，诚如韩文所奏，他们是有错，那我把他们送至南京，远离即可。我为他们求个情，不要下狱诛杀他们，行不行？"

谢迁叩头至地："臣惶恐，臣闻钦天监副监说天有异象，尚书张升等几十人的奏表也已经送至内阁，不诛'八虎'，必致变故，请皇上三思。"

"哎——"朱厚照重重叹了一口气，脸上也显出一个十五岁之人不应有的凝重。

苦苦哀求

从古至今，谋往往成于密而败于泄，驱逐"八虎"一事也是如此。就在朝中大臣上下同心劝皇帝除掉'八虎'，武宗朱厚照也已经暗下决心，同意大臣意见，远离宦官。吏部尚书焦芳①却干起了告密的勾当，把皇帝马上就要把"八虎"逐出京的消息告诉了刘瑾。

焦芳的告密改变了很多人的命运，最想不到的是，甚至与这件事毫无干系的王阳明也被卷入其中，人生之路发生重大转变。

刘瑾听到焦芳传来的消息，吓得三魂丢了二魂，连夜召集韩文奏书中所列的一干宦官，一路哭喊来到皇帝面前。

刘瑾等人已经顾不得君臣礼仪，一下扑倒在朱厚照的脚下：

---

① 焦芳（1434—1517），字孟阳，泌阳草店人，明天顺八年（1464）进士，正德元年（1506）十月迁吏部尚书兼文渊阁大学士，加太子太保武英吏部左侍郎大学士，正德四年（1460）晋少师兼太子太师华盖殿大学士。

"皇上，奴才对您是忠心耿耿，您是最知道奴才的，一定要救奴才啊。"

朱厚照看着跪在地上的一群人哭成一片，心也软了下来，长叹一声："哎，你们是怎么得罪了朝中重臣？把你们列成'八虎'，我想救你们也是不能啊。"

刘瑾提高嗓门："皇上啊——"这一声突然喊出的尖尖细细的高呼，把周围的哭泣声一下压了下去。

"朝中有一些人上表列出'八虎'，实是他们看我们几人深得皇上信任，使出离间之计啊。他们口口声声说我们结党营私，皇上明鉴，我们私中何来？想奴才刘瑾，本就是一个无后之人，连奴才的身家性命都是皇上的，还有什么能是自己的呢？实际上他们是受到宫中司礼监太监王岳、李荣等人的挑唆，他们是前朝就已经在宫中的宦官，为何这些朝臣不上表请皇上杀掉他们，而只求诛杀在皇上当太子时就陪在您身边的忠心耿耿的奴才？他们是要借刀杀人，皇上明鉴，为奴才们做主啊！"刘瑾说到最后，哀哀痛哭，声泪俱下。

宦官马永成道："陛下富有四海，天下都是您的，朝中之事本来就日夜操劳，还要完成学业。皇上想一想，我们这几个奴才平时哪里有干政之事？我们只求皇上能够好好休息，这样才能更好地打理政务。要说娱乐花费，想一想咱们大明朝的普通百姓家，是不是也有娱乐，也有花费。更何况您贵为天子。说到底，这实在是王岳在背后说三道四，又有外臣勾结，故意陷害我们几个奴才，实在是冤枉啊。王岳与这些朝中上表要诛杀我们的大臣，在先帝在时就已经交好。如果皇上真的听了他们的话，实在是中了他的计了。这样的话，皇上身边连真心伺候你的奴才都没有了。我们几个死不足惜，我们是心疼皇上您啊！"

刘瑾又道："皇上明鉴，飞鹰猎犬能有什么误国的？如果没有司礼监内外勾连，这帮文官怎么会异口同声。"

其余人齐声附和。

刘瑾与马永成的一番话，说到了皇帝朱厚照的心里了，朱厚照的脸色铁青起来，一巴掌拍在桌上，桌上的茶杯被震到地上，跌得粉碎。朱厚照怒道："不是说要决断吗？好，我这就决断给你们这些人看看！刘瑾，朕命您即刻起掌司礼监，马永成掌东厂，谷大用掌西厂。现在就派人抓捕王岳等一干人等。"

"八虎"叩头，齐声说："遵命！"

夜半事变

深夜时分，寒气逼人。

漆黑的夜，正是东厂拿人的好时机。

马永成与谷大用端坐轿内，刚才他们还在心惊肉跳，担心有杀身之祸；现在他们却分别担任了东西厂掌印，把别人的性命拿捏在自己手中，可以任意处置，这就是政治的残酷。

"报告厂公，一切准备就绪。"身着由青织金妆花飞鱼过肩罗的云锦服，腰佩绣春刀的锦衣卫百户向马永成报告道。

"此次拿捕王岳事关重大，你作为理刑百户，务必小心行事。今天的事情，一定要密不透风，事办得好，重重有赏。"马永成慢条斯理地道。

"厂公放心，小的已经安排妥当。"这名百户站在刑官身后，八名总旗俱戴圆帽，穿皂靴，身着暗褐衫，人人一身劲装，面无表情，惟眼露寒光。他们八人身后，二十余名脚着白皮靴，亦身着褐衣，系小绦的小旗也依次静立，身后各跟着十数人。马永成望去，小小的院内站了二三百人，但静得却是一根针落在地上都听得见。东厂一干人等果然是精明了得，他放心了许多，但脸上却是毫无表情，轻声道："行动!"

东厂这些行事人员，俱是从锦衣卫精选而来，个个是一等一的高手，相互之间早已默契配合，无须语言交流。但见几百人，闻得号令，动如脱兔，在各总旗的带领下，迅速向各方向散去。

东厂行事果真是霹雳手段，密不透风。王岳、范亨、徐智等一干人等被抓捕后，大学士谢迁、刘健、李东阳等人毫不知情，还打算第二日早朝再劝皇上抓捕"八虎"。等到早上将入朝时，才发现形势大变，为时已晚。

刘瑾已经掌控了内廷的权力核心——司礼监。

司礼监属于内廷二十四衙门之首，[①] 内设掌印太监一人，秉笔、随堂太监数人不等。自明朝宣德年间之后，凡是京城内任职的官员向皇帝汇报、请示政务的奏章，先是由内阁用墨笔票拟，提出处理意见，然后呈给皇帝。皇帝用朱笔批阅极个别重要的奏章，其余则交给司礼监的秉笔太监依据内阁所拟票拟批复。如此一来，联系皇帝与内阁的司礼监处于权力的核心，成为皇帝向全国发号施令代笔之人。"掌印秩尊，视元辅"，虽名为宦官，但却拥有如同宰相的实际权力。

---

① 内廷二十四衙门分为十二监：司礼、御用、内官、御马、司设、尚宝、神宫、尚膳、尚衣、印绶、直殿、都知；四司：惜薪、宝钞、钟鼓、混堂；八局：兵仗、巾帽、针工、内织染、酒醋面、司苑、浣衣、银作。

向刘瑾通风报信的焦芳，算是驱逐"八虎"之变的最大受益者。皇上一道圣旨，焦芳入了内阁。

谢迁与刘健请求辞职，告老还乡，皇上朱厚照也不挽留，朱笔一挥：准。

消息一出，天下哗然。

时南京户部给事中戴铣上表，称内阁谢迁与刘健忠心事主，并无过错。而同时上表的朝臣共二十一人。皇帝朱厚照看到这些奏表，勃然大怒，将二十一人全部拿入狱中。

京师的气氛就像连日以来的天气一样，阴云密布，天气一天冷似一天。

内阁大学士谢迁与刘健罢官，而戴铣一干人又因上疏而被下狱。我决心为戴铣求情，从兵部早早赶回家中。

等父亲从礼部一到家，我便讲出心中想法："父亲，近日朝中巨变，儿听闻皇上收押为谢刘两位阁老求情的一干人。我想上疏为戴铣求情。"

父亲脸上似乎很平静："噢？说来听听。"

我便道："戴铣上疏直言，所讲俱是实情，谢迁、刘健、李东阳三位阁老被称为三贤相，现在众人提起前朝，皆称弘治中兴。而今他们被罢免官，实乃国之损失。"

"那你为何不直接为谢迁与刘健两位大学士上疏，却为说情的给事中戴铣？"父亲问道。

我看看窗外，初冬时节，朔风渐起，院中几棵梧桐树叶子早已经落尽，枝丫在风中来回摇晃，可能快要下雪了。

我看着父亲的眼睛继续道："我是这样想的，谢迁与父亲年少时是同窗，尔今又是同朝为官的同僚，在外人看来父亲与谢迁还是同乡。如果孩儿为谢迁上疏，虽所言俱实，但无论是外臣还是皇上看来，都似乎多了一份私心。所以，我觉得还是为戴铣上疏。"

父亲看着我，面露忧色："你考虑得很是周全，甚好。但有没有想过，皇上看过你所奏，若迁怒于你，你怎么办？咱们家怎么办？你知道不知道，被刘瑾等人抓捕的宦官王岳、范亨先是被贬至南京，在路上刘瑾便派出锦衣卫追杀，听说已经死在路途中了。徐智侥幸捡回一条命，只是被打断了手。"

我从椅上站起，正衣冠，跪地行礼叩首："父亲大人，儿自幼受祖父与你的教诲。不敢忘忠君为国。我也明白，如上疏不成，必将得罪内廷宦官。但我思忖再三，还是想上疏。"

父亲脸上露出一丝笑意："好，我支持你。我也告诉你一件事，刘瑾曾经两次派人来访我，言及旧时我们曾经关系甚好，如我去拜会于他，便可让我入阁为相，我都婉拒了。咱们父子二人，心中所想无须尽言，皆是一样的。所以不管有什么样的后果，咱们一起承担。"

窗外天色渐渐暗了下来，寒风之中，雪开始慢慢落下来，刚开始小如米粒，被风裹挟着上下翻飞，几乎不可见，尔后便一阵紧似一阵，雪渐渐大起来，落地无声，不经意间地面已经白了一层。

在与父亲长谈之后，我便连夜上疏为戴铣求情。大意言明皇上仁慈与臣下正直才是国家的幸事，给事中戴铣敢于向皇上讲出自己心中的真话，如果皇上觉得他讲的是对的，就应该采纳并奖励他。假如皇上觉得讲得不对，也应该包容他，这样才能够让朝中的忠臣都愿意讲真话。但皇上现在突然下令拘捕戴铣，下入牢狱。这件事在陛下就是对戴铣小小的惩罚一下，并非皇上真的发怒要杀掉他。然而普通人并不知道皇上您的心思，就会胡乱地猜疑。想到这里，便让我觉得真的是可惜，那以后如果真的出现关乎国家安危的事情后，陛下又从哪里能够听到真话呢？陛下天纵英才，聪明绝顶，如果想到这一层，怎么会不忧心呢？所以我请求皇上收回前面的意旨，让戴铣等人能够官复原职，使大家都能够明白陛下的仁心，而且有知过便改的勇气。如此一来，陛下的圣德就会传及四方，民心喜悦，不也是一件非常吉庆的事情吗？

疏中言：君仁臣直国之幸，铣等以言为责。其言如善，自宜嘉纳；如其未善，亦宜包容，以开忠党之路。乃今赫然下令，远事拘囚，在陛下不过少示惩创，非有意怒绝之也。而下民无知，妄生疑惧。臣切惜之，自是而后，虽有上关宗社危疑不制之事，陛下孰从而闻之。陛下聪明超绝，苟念及此，宁不寒心？伏愿追收前旨，使铣等仍旧供职，扩大公无我之仁，明改过不吝之勇；圣德照布远迹，人民胥悦，岂不休哉。

天下朋党

入夜，西苑豹房。

刘瑾身后跟着一名小太监与一名侍卫，脚步匆匆，一路穿过廊檐，求见皇帝。

小太监紧跟着侍卫，穿过苑内花园，入夜的花园漆黑一片，树影朦胧。小太监突然发现黑暗中一对泛着蓝光的眼睛正对着他，吓得险些惊叫出声。脚下更是加快，但已经惊出一身冷汗，双腿也开始发软。

走到殿前，跟随刘瑾的侍卫拿出腰牌呈上。

守卫检查过腰牌后，请刘瑾觐见。

刘瑾跪在朱厚照面前："臣有一事干系重大，请皇上定夺。"

皇上朱厚照正听宫女演奏弹词，漫不经心地问："何事？"

"关于朝中谢迁、刘健等五十三人被定为奸党一事，已经过内阁审定——"

"好了，"朱厚照打断刘瑾的话，"朕让你当司礼太监干什么？以后这样的事不要来烦我了。"

"奴才明白。"刘瑾毕恭毕敬地退下。

金水桥畔，朝中群臣皆跪着，等着接受圣旨。

今天圣旨的内容，有些消息灵通的官员已经知道，司礼太监刘瑾要宣布正德朝中奸党名单，以戒群臣。

一个半时辰之后，刘瑾来到群臣面前："诸位，今日我奉皇上旨意宣布朝中奸党名单如下，朝中存奸党一派共计五十三人，分别为原大学士刘健、谢迁；尚书韩文、杨守随、张敷华、林瀚；郎中李梦阳，主事王守仁、王纶、孙磐、黄昭；检讨刘瑞；给事中汤礼敬、陈霆、徐昂、陶谐、刘郐、艾洪、吕翀、任惠、李光翰、戴铣、徐蕃、牧相、徐暹、任良弼、葛嵩、赵士贤，御史陈琳、贡安甫、史良佐、曹闵、王弘、任诺、李熙、王蕃、葛浩、陆昆、张鸣凤、萧乾元、姚学礼、黄昭道、蒋钦、薄彦徽、潘镗、王良臣、赵佑、何天衢、徐珏、杨璋、熊卓、朱廷声、刘玉等。"

刘瑾宣旨完毕后，面无表情地离开。

一名锦衣卫千户轻喝一声："将奸党成员拿下，投入诏狱。"

一二百名锦衣卫校尉及厂卫四散开来，来到名单所读人员面前，像一阵风一样带走数十人，押向北镇抚司大牢。

午门廷杖

我的上疏引得皇上大怒，被拿入诏狱。很快皇上的旨意传来：王守仁为戴铣一干人求情，违抗圣意，廷杖四十，以儆效尤。

一场大雪纷纷扬扬降下，整个京师笼罩在漫天飞舞的雪中，银装素裹，变成了银色的世界。雪让整个京师看起来那样纯洁，不染一点尘埃，然而人世间的是非善恶仍在上演。

午门之外。

虽然雪仍在下，直殿监早已经安排好人员将地面打扫干净。因为今天是个特殊的日子——皇上要廷杖王阳明。

一早我便被告知，今天要受廷杖。廷杖，是皇帝对臣子的羞辱，皮肉之苦好受，被当众杖责却实在是一件令人非常屈辱之事。

到午门时，雪还在下。

　　雪中远远望见一群太监前呼后拥着司礼监掌印太监刘瑾来到我的面前，刘瑾眼神中显示着关切："贤侄在狱中一切可安好？"

　　我笑对道："多谢司礼监挂心，一切尚好。"

　　刘瑾依然和颜悦色地道："你父亲王华乃是成化十七年（1481）状元，在弘治朝时与我也有交情。我素仰慕他的为人。按理说，虎父无犬子，贤侄也是弘治十二年（1499）中进士，你们父子同朝为官，为皇上尽忠，为国家效力，是何等荣耀之事。说到底，贤侄你还是太年轻啊，此次内廷宦官勾结内阁重臣乱政事件，必有朋党啊。南京的给事中戴铣为内阁老谢迁与刘健求情，是再明显不过的，同派党人而已。你要上表为戴铣说情，表中还要圣上认错改错。不该啊！"

　　刘瑾看我无言，以为说的我动心了，又抬头看看天上正在飘飞的茫茫大雪，道："就在此地，前日戴铣已被杖毙了，同时被杖毙的还有当时借天象来陷害我的杨源。守仁，人活一世，要的就是一个脸面。贤侄想一想，上疏之前，你与父亲何等荣耀？今日，你又要在这里受廷杖，哎……"

　　我淡然回道："雷霆雨露俱是天恩。"

　　刘瑾脸上笑容不再，一字一句道："说得好，好自为之。"旋即转身离去。

　　四名锦衣卫校尉将我带至廷杖处，早有一名监刑的司礼监太监与八名手持朱漆棍的力士等候。

　　"开始行刑！"

　　四名锦衣卫校尉手脚麻利地扒掉我的官服，用草绳将我捆绑起来后，面朝下按在地上。

　　杖木打在身上的头几下，后股确有钻心的疼痛。但我咬紧了牙，没有哼出一声。

不一会儿，已经不再感到痛，只有麻木的感觉。杖木一下下拍在身上，感觉有液体在飞溅，也不知是雪水还是血水。

雪下得更大了，天地之间白茫茫的一片。

不知道什么时候，醒来时发现自己已经回到了牢房中。周围一片黑暗，也不知道是什么时辰。

身体虽是极度疲惫，思绪却反而更加清晰。我很快仿《诗经》的四言格式写出《有室七章》：

> 有室如簴，周之崇墉。室如穴处，无秋天冬！
> 耿彼屋漏，天光入之。瞻彼日月，何嗟及之！
> 倏晦倏明，凄其以风。倏雨倏雪，当昼而蒙。
> 夜何其矣，靡星靡粲。岂无白日？窝寐永叹！
> 心之忧矣，匪家匪室。或其启矣，殒予匪恤。
> 氤氲其埃，日之光矣，渊渊其鼓，明既昌矣。
> 朝既式矣，日既夕矣。悠悠我思，曷其极矣！[①]

虽身处黑暗，但心总要向光明。

不知在狱中过了多少天，这一日突然吏部主事来狱中宣谕，告

[①] 译文：关我的牢房如同钟簴（jù），周围是高高的围墙。好像住在山洞里，暗无天日，更别说感受四季的更替了。牢房破烂不堪，屋漏处有日光渗入。抬头可以看见日月，可什么时候可以到达呢？牢房内时暗时明，凄厉的北风夹着雨雪，席卷而入。长夜漫漫，不知道时间，天空漆黑一片，星辰全无；白天和太阳当然是有的，只不夜不眠，唯剩叹息。心里担忧的不是自己的家事或性命。如果能够让圣上明白过来，我死不足惜。日光照亮里牢房内的尘埃，打更的鼓声传来，天终于亮了。

知我被贬官为贵州龙场驿丞。该主事与我曾有数面之缘，两年前还曾在一起谈论诗词。此次他还给我带来了父亲的消息，本月底父亲将调为南京吏部尚书，此次调动明升暗降，实际上是将父亲排挤出京师。

虽然父亲也要离开京师，但想到朝中经此大乱。我被下入诏狱，父亲尚未波及，仍能在朝为官。我的心中也稍稍安慰一些，想必父亲与妻子在家中，也定是日日为我担心。

未来的方向在哪里，我自己也是头绪全无。

养虎遗患

谋诛"八虎"失败之后，正是一朝天子一朝臣，朝中权力也经历了洗牌，最大的赢家便是"八虎"之首刘瑾。而今他在家中打个喷嚏，皇极殿都要为之一颤。京师流传着一句话："刘个立皇帝，照着坐皇帝。"

当刘瑾在京师召集群臣宣布奸党名单时，正是南昌府郊外油菜花盛开的季节。当探子一路飞马进入南昌城，穿过娄妃手书"屏翰"二字头门，进入宁王府，带来京师刘瑾权力如日中天的消息时，宁王朱宸濠正携娄妃，站在宁王府的花园中欣赏怒放的月季。只见满园红黄白粉各色月季，或盛开、或含苞、或显于枝头、或藏于叶下，煞是好看。

这娄妃名素珍，正是前面所讲大儒娄谅的孙女①，其性贤明，晓大义，琴棋书画样样俱通，一直深得朱宸濠的宠爱。朱宸濠指着

_____

① 一说为娄谅之女，经考证应为孙女。

一朵怒放的红花道："绿刺含烟郁，红苞逐月开。今年说来也怪，按理说这些月季要到下月才能开放，却偏偏这两日就开了。"

娄妃一边端详花，一边应道："是啊，记得去年，咱们还一起出城去看海棠花。"

朱宸濠笑着点头道："对，对，我还记得你写了一首春游的诗文：*春晴并辔出芳郊，带得诗来马上敲。著意寻春春不见，东风吹上海棠梢。*"

娄妃笑看朱宸濠："夫君真是好记性。"

天色渐渐暗下来，宁王府华灯初上。

朱宸濠回到书房，看完京师传来的消息，不觉心潮澎湃。千载难逢的机会到了，如今朝中局势混乱，正是申请护卫的好机会。一旦成功的话，那便可名正言顺地以招募护卫之名，行拥有军队之实了。这件事成功的关键便在于刘瑾。

朱宸濠原与锦衣百户钱宁熟识，便急忙修书一封并带重礼寄至钱宁处，请他留心疏通与刘瑾的关系。同时派家臣进入京师，多方联络，打通与刘瑾的沟通关节。

等到一切都妥当后，朱宸濠便开始上表申请恢复护卫。刘瑾效率之高，连朱宸濠自己都没有想到。表至京师后，刘瑾居然很快办成，并将圣上同意恢复宁王护卫制度的旨意转为公文，飞马传至南昌宁王府，并昭告江西布政使司。

至此，宁王朱宸濠与刘瑾的联系越来越紧密，这也埋下了武宗时代一个天大的隐患，江山差点因此而易主。

泛舟海上

因雨和杜韵

王阳明

晚堂疏雨暗柴门，忽入残荷泻石盆。

万里沧江生白发，几人灯火坐黄昏。

客途最觉秋先到，荒径惟怜菊尚存。

却忆故园耕钓处，短蓑长笛下江村。

　　正德二年（1507）三月，漫长的冬天终于过去，京师的春天悄然到来。满城烟柳，草长莺飞，阳光明媚，大片白云慵懒地飘于皇城上空。在明媚的春光里，京城的百姓成群结队地出城踏青，酒肆茶馆依旧热热闹闹，一派祥和景象。朝中发生的巨变，只是众人茶饭之余的谈质。大家的日子一天天正常地过着，今天与昨天并没有什么不同。但对于亲历风波的我来说，生活已经被撕裂，人生也发生了巨变。走出诏狱，阳光暖暖地照在身上，更觉心中悲凉。父亲王华已经离开京师赴南京上任月余，父亲与我已经相隔千里。

　　来到家中，家中的一切都未变，妻子芸玉将家中打理得井井有条。

突然看到我，妻子芸玉喜极而泣。我的心中也是一阵酸楚，安慰妻子道："虽然下过诏狱，又被午门廷杖，但你看我不是好好的吗？"

一想到未来父亲在南京，妻子回到绍兴家中伺候年迈的祖母，而我要到贵州龙场，亲密的一家人要天各一方，心下也是不胜悲戚。但我依然做出高兴的样子安慰妻子，笑道："几个月前，你还道绍兴山清水秀，比北方环境好很多。这下你又到回到咱们老家了。岳丈大人肯定很开心，说不定今年过年又要回乡去看你了。"

一番宽慰，看到妻子的情绪有所好转，我也放心了。

我们把家中物品收拾停当之后，我便让妻子及家人先行离京。妻子问我为何不同行，我以还有赴龙场的诸多文书需要领取，而且不知能否归乡为理由，劝说妻子先行回到绍兴。

实际上，我心中有另一番打算。我尚在诏狱中时，有京中好友至狱中探望，就已经悄悄提醒我，锦衣卫已有人将我列为跟踪追杀的目标，让我出狱后务必小心。所以此番我离京到贵州赴任，实是凶险之极。我只能先留在京中，让妻子一行先回家乡，以保其平安。

眼下刘瑾权势中天，朝中百官也纷纷依附，这其中确有趋炎附势之徒，但大部分都是奉公敬业者。正如历史唯有后代人才可以书写，处于当时当世，是非对错都难以判断与把握。上谕已定，我在诸人的眼中就是朋党营私的蝇营狗苟的小人。出狱之后，发现许多旧友对我的态度已经发生了变化。因事出仓促，我将手上一些尚未办结的公事交付他人时，同僚大多是冷眼相看，表情木然。回到家中，往日每日都要登门讨论诗句的旧友也未再登门。对此我心中也不以为意，因为我现在要面临的是如何逃避锦衣卫的追杀。

这锦衣卫乃洪武十五年（1382）由太祖朱元璋罢仪鸾司改置而成，锦衣卫成员除少数世袭之外，绝大多数从民间精选。锦衣卫在朝会与皇帝巡幸时履行护卫之职，着飞鱼服，配绣春刀，侍于皇上左右。衣着光鲜的锦衣卫皆是心思缜密、技高胆大者，行事十分隐蔽，潜伏各处实施侦察抓捕任务。

此次我进入诏狱而能安然复出，心下也常叹侥幸。因锦衣卫手段十分狠毒，一旦受刑则呼声沸然，血肉溃烂，于牢中哭号而求死不得，悲惨难言。如果有机会被送至刑部法办，那不啻天堂之乐。锦衣卫的侦察手段更是厉害，据传明朝开国之初，重臣宋濂下朝回家，因年迈上朝体力有些不支，备感劳累，在家中顺口赋诗一首自娱道："四鼓咚咚起着衣，午门朝见尚嫌迟。何时遂得田园乐，睡到人间饭熟时。"结果第二天上朝时，太祖洪武帝一见宋濂便笑说："昨天作得好诗！可是我并没有嫌你迟呀，还是改成'忧'吧。"吓得宋濂急忙跪拜谢罪。当朝宰相只不过在自己家中偶尔感叹一下，没想到第二天就传到了皇帝的耳朵里，可见锦衣卫势力之大。若说这是百余年前的传说不能当真，但本朝也确有朝臣家中琐碎事传到天子耳中，在宫中被传为笑柄，足见锦衣卫手段不虚。

如何逃脱锦衣卫即将到来的追杀，成为我面临的首要问题。

水　遁

正德二年（1507）初夏的黎明时分，城门刚开，我骑着一匹快马出城，向南飞驰。

身在马上飞驰，脑中有无数念想闪过。二十年前，出游长城时，少年心情无忧无虑是何等快意。而今天却因要逃避锦衣卫而亡命天涯。此时锦衣卫可能已经从城门军士那显得知我离京的消息了，唯有比他们更快方可安全。想到这里，我不禁又挥起马鞭。

一路晓行夜宿，倒也未发觉异常。等到了钱塘，看着熟悉的景色，听着乡音。我的内心稍稍放松了一些。就在这时，我发现了被锦衣卫跟踪的端倪。

我在钱塘找了一家客栈，将马放于马厩，回到房间梳洗后。想到马儿一路从京师载着我到钱塘，一日也未休息，甚是辛苦，便到楼下找到店小二，要他买一些上等草料，我要喂马。

店小二极热情，道："客官请放心，您只要安排了，这马由我们来喂，绝对按您的要求来，不会有任何差池。"

我笑道："不是不相信小哥，这马儿近几日也是着实辛苦，加上我今日也无事，就由我来，不用小哥代劳了。"

店小二取完草料，带我来到马厩，正待喂马。突然发现马厩另一侧多了两匹极为精神的高大黑马。我心下一惊，难道是锦衣卫追上来了？

迅速喂完马后，检查重要文书都在身上。我直接牵马出站，飞奔到城南，投住在另一家客栈中。我将马交于店小二，要了二楼临街视野开阔的客房。进入房中，我通过从窗子的缝隙观察街面的情况，果然仅半炷香的工夫，便有两人骑黑马停在客栈门前，四下张望。看两人装扮，一为商人，一为随从，虽然都是普通百姓打扮，但举手投足间，俱是练家子出身。

傍晚时分，店小二送饭到房中时。我拿出二钱碎银，央店小二请客栈老板来房中有事相商。

客栈老板是一个六十余岁的慈祥老者，发须皆白。待客栈老板来到我房中后，我关上房门，一揖到地行礼道："晚生余姚王守仁，请老先生救命。"

客栈老板忙将我扶起："快快请起，莫要着急。有何事你说来听听。"

我将近几月的遭遇大略讲出，又道："家父目前在南京，正担心锦衣卫追杀，所以我一路从京师来，不敢去往南京。现锦衣卫果真一路尾随我至此，虽然个人生死，晚生早已看开。但毕竟朗朗乾坤，如朝廷依法将晚生正法，昭告天下也可。但不成想天下之大，却无我容身之处。他们使用如此下作手段，晚生断不能任人宰割。"

客栈老板正色道："原来那两人是锦衣卫，难怪一到店中便打听你的消息。我还心下奇怪，以为他们是捕快，你是逃犯呢。你与你父亲两代进士，从余姚、绍兴再到钱塘哪个不晓？城中皆以你们为榜样教育家中孩子。今日你来到我店中，也是我们的缘分，只要能帮到你，我一定尽力。但我不知道如何帮你？"

"晚生想请您帮我找一位信得过的郎中，散布我已经患上麻风病。"我对客栈老板说道，"不过这样的话，可能对客栈的生意会带来一些影响。"

客栈老板摆手道："你不要在意，现在最要紧的事情是救你。其他的都是次要的，钱财乃身外之物。"

与客栈老板如此这般商议好后，当晚请了郎中来，到了第二天，整个客栈的人都知道有一个从北方而来的人患上麻风的消息。

客栈很快空无一人，连两个跟踪的锦衣卫也搬到临近的客栈里，在外监视。

客栈老板与店小二也从客栈中搬出，在门前大呼触了霉头。客栈老板更是哭天抢地，催着让小二去报官。虽然来了两名官差，一听是麻风病人在房内，也不愿进去，只是用铁链将门锁上，防止人员进出。

众人在客栈周围远远围观，只道这人看来是活不了几天了，因为无人再敢往里面送食物与水。

夜半时分，闻声窗外布谷啼声。我用一根绳子从客栈后窗吊出，往钱塘江方向跑去。

刚刚跑出百丈开外，只听后面客栈老板与店小二的呼喊声："快来人啊，不好了，那个麻风病人往江边跑了。"

后面狗叫声与人声混杂在一起："快追，不要让他跑了。"

黑暗中，众人快追到钱塘江边时，只听到前方扑通落水之声，待顺着水声追到江边之时，却再无人敢靠近了。

店小二大着胆子举火把往前靠近："快看，这不是那麻风病人的鞋子吗？我识得这双鞋。"

客栈老板也道："对，是这双鞋。他定是知道自己活下去无望，不想继续受苦，投江去了。"

众人议论纷纷，"前几日刚刚下完暴雨，江水如此湍急，这人跳到水中，必死无疑了。" "哎，好死不如赖活，怎么这么想不开！""你说得轻巧，你得麻风试试。"

两名锦衣卫听到客栈外呼喊之声时，早随众人一道追至江边了。但因听说我患了麻风病，也不愿再往前靠近，只是悄悄地勘验现场，录下人证和物证。

此时的我，正躲在几十丈外的一片枯枝丛中，待到众人散去，再无任何声息。又不知道过了多久，听到布谷啼叫之声，这是客栈老板与我相约确认两名锦衣卫已经安歇的安全信号。我才从枯枝丛中取出客栈老板提前为我准备好的包裹和鞋子，趁着黑夜沿着钱塘江向东而行。

虎　啸

　　此后数日，我变晓行夜宿为夜行晓宿，只能在夜间沿小路一路向东走。到了天亮时分，我便找寻郊外、断壁或残垣等隐蔽处休息。因是盛夏时节，昼长夜短，再加上心无方向，不知道下一站要去往哪里。一日也只能行得二十余里路。走了四日，才到了嘉兴府下名唤长安镇的地方。想到小时候就听竹轩公讲他年轻时游历，曾到过长安镇，讲此镇在南宋时紧临都城临安，既有水路又有陆路，来往临安的公文物资多从此地进出，十分繁华。

　　这长安镇虽不大，但却是一派热闹景象。心想我逃到此，该处地名长安，也是个好彩头。索性在此借船远行，也省得每日奔波的辛苦。加上舟入江河，即便是锦衣卫也难以跟踪追击。想到此，我便定下到码头乘船的决心。

　　打听到长安镇有一洛溪连接京杭运河，又通往东海方向。我便来到码头，虽时清晨时分，但码头上已经人来人往，船只组织装运货物的吆喝声，靠近码头的小摊店的叫卖声，与岸边一排粗大柳树上的鸟鸣声汇聚在一起。

　　这一路走来也是饥肠辘辘，我便走到一个早点摊前，刚要张口买早点。不想卖早点的年轻人一边挥手，一边喝道："这是从哪里来的要饭的，快快走开，不要耽误我做生意。"

　　原来他以为我是乞丐，我露出笑脸道："我不是乞丐……"

　　哪知刚一张口，年轻人却变色道："大爷没有工夫跟你啰嗦，快滚！"

他的呼喝声引得周围的人都朝我这边看，无奈之下，我只有离开。

吃个早点都这么不容易，要想从这里找船出海，岂不更难？难怪俗话说人靠衣裳马靠鞍，看来我要改变一下形象。于是我在临码头的街上找到最大的一家绸庄。

进门之后，大手一挥，先在案上扔出一两银子，大声道："我乃福州府举人杨明，来此地访友，不想半路遭了山贼，流落至此。现下我要买一套大帽青衣举人服，你这里可有？"

掌柜一听，忙不迭地走来，道："原来是杨举人，难怪我一早听喜鹊在院中叫，原来是应着您这位贵客到我们店啊。"

"好说，麻烦店家速度快些。"我取出一张五十两的银票，交给陈掌柜，又道："一路受此风波，我也实在是累了，现在只想梳洗换衣。另烦你帮我准备早饭，联系一条船。"

那陈掌握更是喜笑颜开，对我的举人身份更加不疑。接过银票，道："先请你到后面梳洗一下，我马上准备饭食和衣服，并派人帮您联系船家。"

梳洗完毕后，我换上陈掌柜拿来的青袍圆领举人新衣。这一套衣服为云纹服，外接双摆，腰间配有蓝色丝条。我穿上青袍，戴上大帽，再配以皂皮靴，陈掌柜在旁叹道："杨举人真是气宇轩昂。"

我问道："船联系好了吗？"

掌柜道："我差人到码头去打听了，今日辰时，有一艘商船要到舟山。我也详细询问过了，此船是在咱们长安镇把货物卸下，商家闲来无事要游舟山。船中极为宽敞，条件也不错。杨举人如确定，我先到码头会一会船家与商人。早饭我已经备好了，你吃完早饭可以直接到码头来。"

我道："好极。"

桌上已经准备好了早饭，有二锦馅、虾米套饼、宴球、八珍糕与肉粽。数日来的饥饿让我觉得桌上的每道菜都是珍馐，我风卷残云般地吃完早饭，来到码头。

绸庄陈掌柜正坐在早点摊旁边的小桌上，远远看到我，便离开摊位笑着迎上来。

摆摊的年轻人也赔着笑脸迎上来，但他已经认不出我了，热情地招呼道："刚刚听陈掌柜讲您是举人，能到我们长安镇，真是不得了啊。我这里还有包子、油条，您要不要来点？"

我看着年轻人，还未答话，陈掌柜已经大声道："杨举人怎么能在你这里用这粗淡饭？他早在我家里吃过了。要是在你这里吃了一餐饭，你还不要明日摆出大旗，逢人便道举人吃过你家的早点，把牛吹到爪哇去了。"

年轻人点头赔着笑，在后面跟着。陈掌柜早已经打点好了船家，我便登上船，顺水向舟山方向而去。船行了很久，还能看到青年人站在码头边向我招手。

正午过后，钱塘江江面开始起风，船家拉起船帆，船借着风航速极快。我坐在船头，看着两岸的夏日景色，东边的天开始发暗，预示着暴风雨可能就要到来。

傍晚掌灯时分，船到慈溪靠泊。躺在舱中，想到祖母、弟弟、妻子就在几十里外的绍兴，但我却不能前去相见。听着舱外风声一阵紧似一阵，在这条船上漂泊，也不知道明天将要去何方，不觉潸然泪下。

第二日清早，虽然没有下雨，但风仍是一阵紧似一阵，江边的芦苇被压在江面上摇晃，整个江面也是水波翻涌，大片的黑云就如悬在头顶一般。

船家与雇船的商人商议，看来可能要有台风来了，舟山之行是否取消。

哪知商人却执意前往，原来商人的母亲笃信佛教，一生吃斋念佛，日日焚香拜观世音菩萨。她听到弘治元年（1488）普陀山重迎佛回山，并建寺院消息后，近二十年来，一直以到观世音菩萨教化众生的道场为心愿，但因年事已高，无法再出远门。此次知道儿子前往钱塘经商，定要其往舟山普陀山普济禅寺，在大圆通殿向毗卢观音正身法像奉上香油钱。

船家也是信佛之人，为商人孝母敬佛之心感动，又来询我的意见。我正是心无方向，也愿成全他人，亦欣然同意。于是一叶小舟便在风浪之中，入东海向普陀而行。

哪知天有不测风云，当晚就在船将要在风浪中抵近普陀山时，海上的开始刮起台风。船在东海海面上，真如江上一叶，船夫已经无法操纵船，坐在船舱之中不住念佛。

风浪之中的心境，反而比从京师到钱塘要好了许多。感觉如果真的被暴风雨夺去生命，总比不明不白地死在锦衣卫手下要好。想想环境再恶劣也没有人心可怕啊。

还好天可怜见，船在台风中颠簸一日一夜，居然有惊无险。到清晨时分，风平浪静，海面升起一轮红日。船夫辨明方向，终于在过午时分靠到岸边。

哪知靠岸后，却发现岸上居民所讲语言极难听懂，询问半天，方知该地为福鼎。这才知道船在风浪中向南一天一夜，已经进入了福建布政使司。当地之人听得我们从浙江海上遇风浪而来，居然平安无事地到达福建，也是极为惊异。看到围拢而来的人越来越多，担心遇到官府之人，给自己带来不必要的麻烦，我向船家匆匆告别，漫无目的向山中而行。

因在船上休息几日，感觉自己的体力已经恢复，所以走了两三个时辰，有三十多里的山路，也未觉得很累。看看天又要黑下来，路遇砍柴樵夫，询问前方有无村庄。我与樵夫语言，双方比画半天，半猜半解，大概知道前方约五里有一寺庙。

想到再往前赶几里山路，夜投寺庙也好，我便继续向前赶路。继续往前走，眼看着天一线线地暗下来。

在黑暗中找寻许久，才摸到寺庙，但里面灯光全无，进去一看发觉是一个废弃许久的寺庙。心下诧异，出得门外，风雨过后，天上升起一轮圆月，月光之下倒也慢慢能辨别远近之物。发现前方百丈之外有微弱灯光，又隐隐约约听得鼓声。心下欢喜，便趁月色走去。走近门前，发觉这里也是一座寺庙，估计刚才所经寺庙已经弃置多年，而在此地新修一寺庙。叩门半天，方有一小沙弥出来。

"你是？"小沙弥将寺门打开一条缝隙问道。

我道："我因赶路至此，现在天气已晚，我想在贵寺借宿，不知可否？"

"不行，本寺住持吩咐，这两日不要他人打扰。"小沙弥语气坚决。

我近乎有点哀求，"那能否劳烦通融一下，去询问一下师父，我也确是无奈，只留一宿便可。"

"不行，你怎的如此啰哩啰唆？"小沙弥呼地一声关上寺门。

看到留宿无望，无奈之下，只有转身返回到废弃寺庙之中。月光之下可见四处狼藉，屋内弥漫着一股浓重的腥臊之气。想想也只能借此野庙歇息，便靠在香案上，一下午旅途劳累，不久便沉沉睡去。

正熟睡时，耳边轰地响起一声炸雷，我整个人一下惊醒，迷迷糊糊之中，还道是外面暴雨将至，所以有此惊雷之声。但又见明月透窗照在香案旁，方知刚刚所听到的声音并非雷声。

正在疑惑之际，突见庙门啪的一声被推开，映入我眼帘的居然是一只体长八尺有余，全身橙黄，上布黑色横纹的大老虎。那大老虎喘气之声如风箱一般，暗夜之中双目皆亮如萤石。也不知是月光映照之故，虎头双眼之上皆显为白色。寺门打开，那虎却在门前来回踱步，一根黑色巨尾扫过，时不时打在寺门之上，木板碎裂之声清晰可闻。

蓦地那大虎转向，又向庙内大吼一声，虎啸之声真如炸雷响于耳边，让人脑中嗡嗡作响。从熟睡中醒来到见到这大虎，也就是一瞬之事，但感觉时间已然凝固，也不知道过去了多久，突然感到脊背一阵发凉，才知自己衣服早就被汗浸湿了。

当真是云从龙、风从虎，那虎叫过几声之后，外面真的刮起了一阵风，被月光投影在地上的树影在庙门前屋内来回晃动，再加上来回走动跳跃的巨兽，当真有说不出的惊恐之感。当下心想，恐今日要命丧于这野兽之口了。虽心下悲凉，但想到这几个月的遭遇，想人生又岂能尽如人意，古往今来，枉死之人何止亿万。不管如何，一切皆是天意。如果命运如此，再如何恐惧也是枉然。想到此，心下反而安定。

说来也怪，那大虎只是在外绕来绕去，并不进入寺内。初时一会儿就要在门窗前出现一次，后来一炷香出现一次。再到后来，我等它在门前不再出现，居然慢慢睡着了。

遇　道

"喂喂，快醒醒了！"我正在迷糊之中，突然又被摇醒。睁开眼发现天已经大亮，阳光晃人眼，一时感觉周围都看不清楚了。定睛一看，推我的人正是昨晚投宿时遇见的小沙弥，其后站立一僧一道，门外还站着若干僧人正在指指点点地议论。

我倚着香案坐起来，还是没弄清楚情况，问道："你们何事？"

小沙弥背后的老方丈双手合十，念一声佛："昨夜我们在寺中听到虎啸之声，我心下十分不安。因为在此山中有一大虫，屡屡伤及在此庙中寄宿之人。每次听到虎啸声，第二日便有人在此毙命，想来已经有十余人在此庙中命丧黄泉了。所以本寺特地嘱咐守门僧人，如有人借宿一定要留宿，不然人家必会借宿旧庙，难免丧命于虎口。昨夜我听得虎啸，突然想到我因有一旧道友来拜访我，我曾讲这两日要与旧友叙旧，不愿被人打扰。心下担心会有人昨夜投宿，而看门的小僧曲解了我的本意，万一造成人家夜宿此庙中被虎所食，那真是罪过。叫来守门的小沙弥一问，果真有人投宿却被拒，所以我们急着赶到此处。看你安然无恙，也就放心了。"

我略略将昨晚之事讲过，众僧俱是惊叹。那老方丈道："想你必非常人，所以那大虫虽到庙门之前连声长啸，却不敢再往里来。"

门外的众僧在说话间走进来，也纷纷称是。

昨夜守门的小沙弥也是满脸歉意，道："昨夜关寺门之后，小僧心下也一直惴惴不安，又听得虎啸便一直担心你，心中甚是后悔。"

我笑道："你千万不要自责，你看我这不是好好的吗？夜晚遇虎也是一段奇遇，恐怕很少有人会有这般经历。"

老僧旁边的道人在说话时一直打量着我，我也觉得这道人眼熟。停顿片刻，我们两个同时问道：

"你是余姚王守仁？"

"你是铁柱宫无为道长？"

二十年前我在南昌与妻子成亲当日，曾经跑到铁柱宫中与无为道长彻夜长谈，以至忘记了要拜堂成亲。万万没有想到今日又在此遇到道长，真是匪夷所思，难以置信。无为道长与我皆感觉如在梦中，惊喜交加。

无为道长见方丈一脸疑惑，便将来龙去脉解释了一下。

那方丈又念一声佛道："若不是我们亲眼所见，定然不相信竟会有如此巧合之事。所以一切皆是缘，看来施主确是天生异相之人。今日你们二人相会，也是天意使然。请移步至敝寺再详谈。"

无为道长高兴地拉起我的手，与众人一同向寺院走去。近二十年过去，道长除了发须尽白，倒没有显出任何苍老之相，反而愈显仙风道骨。道长牵着我的一双大手也非常有力，有一瞬间，恍惚觉得是祖父竹轩公在牵着我的手一样。

来到寺中，方丈安排人煮了一壶福鼎白茶，让无为道长与我单独详谈。我将这半年的经历详细告诉无为道长，无为道长听完后沉默良久，随后口占诗一首："二十年前已识君，今来消息我先闻。君将性命轻毫发，谁把纲常重一分？寰海已知夸令德，皇天终不丧斯文。英雄自古多磨折，好拂青萍建大勋。"①

听到无为道长以天地斯文在兹来安慰我，我的心下极为感动。

无为道长又问："你可想过下一步要往哪里去？"

想到这个问题，我的心下也很茫然，摇摇头道："这几个月来，心中也是杂乱无方向才流落至此。贵州龙场险恶之地，晚生担心一旦过去，必然要遭刘瑾谋害。若要我说下一步想法，可能就是两条路：一是北上入胡，一是南下入粤。在地势偏僻之处隐藏起来，苟全性命。"

无为道长听我之言后大惊道："错，这两条路皆不能走，都是死路。反而务要到龙场赴任，置之死地而后生。"

我惊道："为何？"

无为道长起身道："且让我来为你卜一卦。"

道长卜得易经六十四卦之第三十六卦明夷，道："明夷卦为异卦，下离上坤，离为日，坤为地，日没入地。代表前途不明，时境艰难。明夷利艰贞，正因有难所以要正其志。需要你在逆境之中奋

---

① 钱德洪《阳明先生年谱》仅载道士赠王阳明诗两句"二十年前曾见君，今来消息我先闻。"冯梦龙在《王阳明出身靖难录》中补充后六句。

斗，收敛光芒而不外露，于艰难时局中坚守本心，藏拙守愚。所以你万万不可北走入胡，反而要迎难而上，朝廷既然任命你为龙场驿丞，就应该赴任。"无为道长继续为我分析，"你若是不到任，恰好给了刘瑾拿你开刀的机会，到时他找不到你，便会将责任推到你的父亲身上。以他手中现在权势，讲你投敌叛国，革掉你父亲南京吏部尚书，并缉拿下诏狱，甚至以此为由牵连你整个家族也未可知啊。"

正所谓当局者迷，经无为道长指点后，我心中终于明白了下一步的方向。我躬身向无为道长行礼道："良师无价，益友难求，道长让晚生二者兼得。"

无为道长哈哈大笑："好说，好说。"

心中有了方向，人也觉得轻快起来。现在想到乘舟出海所遇惊涛骇浪，兴之所至，我便在寺中墙壁上题下《泛海》一诗：

险夷原不滞胸中，何异浮云过太空？
夜静海涛三万里，月明飞锡天下风。

题完之后，无为道长笑道奇哉妙哉，指着诗文与我看道："小友你看，你这诗中倒暗含了刚刚我们所卜明夷卦二字。"

贬谪龙场

武夷次壁间韵

王阳明

肩舆飞度万峰云，回首沧波月下闻。
海上真为沧水使，山中又遇武夷君。
溪流九曲初谙路，精舍千年始及门。
归去高堂慰垂白，细探更拟在春分。

在寺中休养几日后，我便依依不舍地拜别无为道长与方丈，取道武夷山去南京探望父亲。

山水归宁

盛夏的武夷山满目苍翠，不愧有奇秀甲东南的美称。一路上奇峰林立、秀水点缀，常见丹峰突立于碧水之上，使人惊叹于自然之神功。

除了美景之外，最吸引我之处在于此山与朱熹渊源颇深。朱熹十三岁时，因父病逝，便遵父命到武夷投父亲生前挚友刘子羽。刘子羽为朱熹母子建紫阳楼以供居住。朱熹终成一代大儒，又在武夷九曲溪的五曲隐屏峰下亲建武夷精舍，即紫阳书院，为四方青年才俊讲学，当时前来求学者达数百人。因朱熹一人之功，吸引了众多儒家学者在此创办书院。武夷山自南宋起便成为儒学圣地，号称"道南理窟"。

朱熹曾在此居住四十余年，设帐授徒，著书立说。他戒酒而喜茶，居五曲溪时曾立茶灶，品茗论道，还曾作《茶灶》一诗：

仙翁遗石灶，宛在水中央。饮罢方舟去，茶烟袅细香。

朱熹是理学集大成者，从茶中也悟出了理。有人曾问朱子，物之甘者，吃过必酸；苦者，吃过却甘；茶本苦物，吃过却甘，此何理也？朱子回答就是一个"理"字，始于忧勤，终于逸乐，理而后和。理天下之至严，则行之各得其分，则至和。想来确是如此，持家修身都需要严于要求自己及妻子，方能井井有条，达到和谐状态。但若一味宽容，则往往会骄纵家人，如若稍有权势，势必徇私枉法，导致家庭失睦。朱子还将中庸之德赋予了建茶，称建茶如中庸之为德。这建茶便是武夷茶，武夷岩茶产于山岩之间，香气胜幽兰，味道滑而甘。生活在九曲溪畔的朱子一生喜欢武夷岩茶，过着"客来莫嫌茶当酒"的生活。我行在武夷山中，想着朱熹与蔡元定、吕祖谦、刘子翼等文人几百年前在此山中漫游，品岩茶而唱和茶词，隐屏峰下，竹林泉边，悠亲自得，品茶中真味，悟天人合一之理，心下油然生出羡慕之意。

这一日，到了武夷山九曲溪，此地正如朱熹之《九曲棹歌》所描写的景色。武夷山的时间像静止了一样，几百年来景色仍未有变化。

武夷山上有仙灵，山下寒流曲曲清。
欲识个中奇绝处，棹歌闲听两三声。
一曲溪边上钓船，幔亭峰影蘸晴川。
虹桥一断无消息，万壑千岩锁翠烟。
二曲亭亭玉女峰，插花临水为谁容。
道人不作阳台梦，兴入前山翠几重。
三曲君看驾壑船，不知停棹几何年。
桑田海水今如许，泡沫风灯敢自怜。
四曲东西两石岩，岩花垂露碧㲯毵。
金鸡叫罢无人见，月满空山水满潭。
五曲山高云气深，长时烟雨暗平林。
林间有客无人识，欸乃声中万古心。
六曲苍屏绕碧湾，茆茨终日掩柴关。
客来倚棹岩花落，猿鸟不惊春意闲。
七曲移舟上碧滩，隐屏仙掌更回看。
却怜昨夜峰头雨，添得飞泉几道寒。
八曲风烟势欲开，鼓楼岩下水萦回。
莫言此地无佳景，自是游人不上来。
九曲将穷眼豁然，桑麻雨露见平川。
渔郎更觅桃源路，除是人间别有天。

在紫阳书院前，仍可见仁智堂、石门坞、观善斋等遗迹。感叹百年也只不过一瞬。虽然朱子格物致学之说，我并不能苟同，但其为一代大儒，哲人日远，我在紫阳书院前仍对其开宗立派，一生弘儒家之道尊崇不已。

我特地在紫阳书院前品尝了正宗武夷岩茶，闭目吟诵朱子咏武夷茶的诗句：

> 武夷高处是蓬莱，采得灵根手自栽。
> 地僻芳菲镇长在，谷寒蜂蝶未全来。
> 红裳似欲留人醉，锦幛何妨为客开。
> 饮罢醒心何处所，远山重叠翠成堆。

我为父亲准备了一些上好的武夷岩茶，便继续赶路。过武夷山，再往前走就到了烟波浩渺的鄱阳湖。在此乘舟从湖口入长江，扬帆而下便到了南京。到南京时正值读书人备考乡试，街上所到之处，尽是读书人。一路打听来到南京皇城洪武门内千步廊东侧的吏部，我与父亲再相见，心中都是感慨万千。听完我离开京师之后的遭遇，父亲也觉十分惊异。

聊天时，看着年逾六十的父亲发须已白，心下又有些悲凉。人道父母在，不远游。而我又要远赴龙场，虽为人子却难以尽孝。

父亲好像看透我的心事，也是尽力宽慰，言及锦衣卫势力日盛，此番能安然脱险，除了上天庇佑，也是法制使然，你并未触国法，他们暗中跟踪追击也是私下行动，无法公开。既已逃脱，他们断也不会再千里追踪了，以后大可放心。并告诉我一则喜事，妹妹守让已经成亲，所嫁丈夫为余姚马堰徐爱。父亲对徐爱赞赏有加，称其为不可多得的人才。

父亲笑道："因我在南京任上，不能归省。过几日，你这个做大哥的回去，一则见见妹妹与妹婿，家人团聚；二则你这妹婿徐爱正在准备功课以备乡试，如果中举人就要参加明年在京师举行的会试，你可在学问方面对其多加指点。"

听了父亲嘱托，我在南京待了数日便往家中赶，也非常想见见徐爱这个青年才俊。

道同而谋

回到绍兴的家中，拜见已快百岁的祖母大人与继母赵氏，看着陪伴在祖母左右的妻子芸云与妹妹守让，内心欢喜无限。年龄无论多大，回到祖母身边就变成了孩子。祖母岑氏手牵着我的手，端详半天道："云儿好像今年又长个儿了。"惹得全家人都哈哈大笑起来。

我与妹夫徐爱颇有相见恨晚之感。按理说正是年轻人意气风发之时，难免会给人少年得志之感。但徐爱却十分谦恭，身上毫无傲气，十分难得。徐爱的两名好友朱节、蔡宗充二人，也是一同准备备考乡试的秀才。我与三人聊天后，便发现徐爱性格十分温恭，而朱节很聪敏、思维活跃，蔡宗允则性格沉稳。

因为三人都要准备乡试，我们便经常探讨学问之道。一日言及当今之世，人人皆以功利作为追求目标，却少有真正志于道之人。

朱节道："天下熙熙，皆为利来；天下攘攘，皆为利往。驱众者，莫不是为一个钱字啊。"

蔡宗充点头道："莫说普通人，就是在朝高官亦是如此。远的不讲，大明开国之初的户部侍郎郭桓，上下勾结作弊，盗卖官粮。巧立名目，私自向百姓征收口食钱、库子钱等。共贪污达二千四百多万石粮食，这个数目抵上了当时朝廷一年的财政收入。太祖洪武帝担心把这个数字公布，老百姓难以置信，就改成了七百万石，并将六部左右侍郎以下皆处死。此案牵涉之面实在太广，百姓闻而皆愤恨不已，最后洪武帝为平民愤甚至把审判官吴庸等人都处死了。"

我从口袋里面掏出两块碎银，摆在桌上笑道："三位贤弟，你们看这两块银子有何不同？"

徐爱道："皆是二钱碎银，毫无区别。"

"是啊，贤弟说得对，毫无区别。"我道："我们假设一块是百姓日日辛苦劳作，挥洒汗水挣得的；一块是污吏通过腐败得来的。能够说一块碎银是高尚的，另一块是卑贱的吗？"

徐爱沉思良久，突然说道："西晋有一隐士鲁褒曾撰文《钱神论》，其中有文曰：'钱之为体，有乾有坤。内则其方，外则其圆。其积如山，其流如川。动静有时，行藏有节……亲爱如兄，字曰'孔方'。失之则贫弱，得之则富强。无翼而飞，无足而走。'钱之所祐，吉无不利。保必读书，然后富贵。正如守仁兄所言，仅从钱上无法区分高尚与低贱。纵然是很多进士的读书人，虽然有才能，但最终却因钱而迷失方向，最终身败名裂。"

我叹道："是啊。家财万贯，一日不过三餐；广厦千间，夜眠不过六尺。有形之功名利禄，如五音五色使人趋狂。功名音色都本无错，错无法以本心待之。庄子曾有言，夫有干越之剑者，柙而藏之，不敢用也，宝之至也。精神四达并流，无所不及，上际于天，下蟠于地，化育万物，不可为象，其名为同帝。咱们吴越之地的宝剑，再珍贵也是存在于匣子中，被珍爱而舍不得使用。人生天地之间，若说物质，追求锦衣玉食，如入无底深渊，越追求越入空虚。此时反而应收敛精神，关注本心，如孔子、孟子一样涵养自己的道德情操，并让自己的精神流于四方，影响他人，无所不至，上达于天，下及于地，化育万物于无形之中。若真如此，就像孔子弟子颜回一样，其阳寿虽短，但却能不朽于世。"

徐爱会心点头。当晚又找到我探讨白天所论之事："今日守仁兄所讲，确实让我受益匪浅。守仁兄白天讲到颜回，让我记起我之前曾经做一梦，在山间遇到一僧人，这僧人见我后端详半天，讲出一句话'与颜回同德，亦与颜回同寿'。我虽然没有颜回的才能，但是与兄接触多日，愈觉高山仰止，所以我要拜你为师，想终生追随于你，共同志于道，就像颜回在孔子身边一样。"

徐爱的话深深打动了我，思虑良久，我同意了徐爱的请求。徐爱也成为我的第一个学生，我与徐爱之间有师生情、有朋友情，也有亲情。正如孟子所言，父母俱在兄弟无故，仰不愧于天俯不怍于人，得天下英才而教育之，此为人生三乐。能与徐爱相遇，共同求学问道实在是我人生一大快事。

正德二年（1507）乡试，徐爱与朱节、蔡宗充三人皆考中举人，那年余姚中举人者仅十二人，三人同时高中，我与家人知道后由衷地为他们高兴。

徐爱与朱、蔡三人秋闱之后，就要进京参加会试了。我与他们也要分别，独自前往贵州。

送别三人的时候，正值秋高气爽。我与三人依依不舍地告别，临行时做《别三子序》鼓励三人，并将他们引见给我在京中的好友。我在《别三子序》中这样写道：

"自程、朱诸大儒没而师友之道遂亡。《六经》分裂于训诂，支离芜蔓于辞章业举之习，圣学几于息矣。有志之士思起而兴之，然卒徘徊咨嗟，逡巡而不振；因弛然自废者，亦志之弗立，弗讲于师友之道也。夫一人为之，二人从而翼之，已而翼之者益众焉，虽有难为之事，其弗成者鲜矣。一人为之，二人从而危之，已而危之者益众焉，虽有易成之功，其克济者亦鲜矣。故凡有志之士，必求助于师友。无师友之助者，志之弗立弗求者也。自予始知学，即求师于天下，而莫予诲也；求友于天下，而与予者寡矣；又求同志之士，二三子之外，邈乎其寥寥也。殆予之志有未立邪？盖自近年而又得蔡希颜、朱守忠于山阴之白洋，得徐曰仁于余姚之马堰。曰仁，予妹婿也。希颜之深潜，守忠之明敏，曰仁之温恭，皆予所不逮。三子者，徒以一日之长视予以先辈，予亦居之而弗辞。非能有加也，姑欲假三子者而为之证，遂忘其非有也。而三子者，亦姑欲假予而存师友之饩羊，不谓其不可也。当是之时，其相与也，亦渺乎难哉！予有归隐之图，方将与三子就云霞，依泉石，追濂、洛之遗风，求孔、颜之真趣；哂然而乐，超然而游，忽焉而忘吾之老也。

今年三子者为有司所选，一举而尽之。何予得之之难，而有司者袭取之之易也！予未暇以得举为三子喜，而先以失助为予憾；三子亦无喜于其得举，而方且憾于其去予也。漆雕开有言：'吾斯之未能信'，斯三子之心欤？曾点志于咏歌浴沂，而夫子喟然与之，斯予与三子之冥然而契，不言而得之者欤？三子行矣，遂使举进士，任职就列，吾知其能也，然而非所欲也。使遂不进而归，咏歌优游有日，吾知其乐也，然而未可必也。天将降大任于是人，必先违其所乐而投之于其所不欲，所以衡心拂虑而增其所不能。是玉之成也，其在兹行欤！三子则焉往而非学矣，而予终寡于同志之助也！三子行矣。'深潜刚克，高明柔克'，非箕子之言乎？温恭亦沉潜也，三子识之，焉往而非学矣。苟三子之学成，虽不吾迩，其为同志之助也，不多乎哉！

增城湛原明宦于京师，吾之同道友也，三子往见焉，犹吾见也已。"

徐爱就要进京应试，我精心写了《示徐曰仁应试》一文，把我应考的一些心得悉数道出，希望对于徐爱的应考有一些帮助。文中写道："君子穷达，一听于天，但既业举子，便须入场，亦人事宜尔。若期在必得，以自窘辱，则大惑矣。入场之日，切勿以得失横在胸中，令人气馁志分，非徒无益，而又害之。场中作文，先须大开心目，见得题意大概了了，即放胆下笔；纵昧出处，词气亦条畅。

今人入场，有志气局促不舒展者，是得失之念为之病也。夫心无二用，一念在得，一念在失，一念在文字，是三用矣，所事宁有成耶？只此便是执事不敬，便是人事有未尽处，虽或幸成，君子有所不贵也。

将进场十日前，便须练习调养。盖寻常不曾起早得惯，忽然当之，其日必精神恍惚，作文岂有佳思？须每日鸡初鸣即起，盥栉整衣端坐，抖薮精神，勿使昏惰。日日习之，临期不自觉辛苦矣。今之调养者，多是厚食浓味，剧酣谑浪，或竟日偃卧。如此，是挠气昏神，长傲而召疾也，岂摄养精神之谓哉！务须绝饮食，薄滋味，则气自清；寡思虑，屏嗜欲，则精自明；定心气，少眠睡，则神自澄。君子未有不如此而能致力于学问者，兹特以科场一事而言之耳。每日或倦甚思休，少偃即起，勿使昏睡；既晚即睡，勿使久坐。

进场前两日，即不得翻阅书史，杂乱心目；每日止可看文字一篇以自娱。若心劳气耗，莫如勿看，务在怡神适趣。忽充然滚滚，若有所得，勿便气轻意满，益加含蓄酝酿，若江河之浸，泓衍泛滥，骤然决之，一泻千里矣。每日闲坐时，众方嚣然，我独渊默；

中心融融，自有真乐，盖出乎尘垢之外而与造物者游。非吾子概尝闻之，宜未足以与此也。"①

---

① 译文：德才兼备的人，对于境遇的困顿和显达，这些要听凭命运的安排。但是既然决定走科举这条路，就一定要进考场，这是做人的责任。但如果认为既然进了考场就一定要考出个非常好的成绩，这是自己给自己找麻烦，是被功名迷了心窍。进考场后，心中千万不要患得患失，患得患失会消耗人的精神，让人不能全神贯注，不仅无益，而且耽误考试。考场中写文章，首先要睁大眼睛、放开思路，明白了题材的大概意旨后，就可以大胆下笔了。这样的话，即便不十分清楚题材的出处，写出来的文章也会条理分明，思路流畅。

这个时代，有的人一进考场，心里就局促不安，变得浑身不自在，这都是患得患失的念头害的。一心不能二用，如果心中一会儿算计着考好了怎么风光，一会儿盘算考砸了就无脸见人，一会儿又去费尽心机地遣词造句，这是一心三用，这样会考好吗？一心三用，从做事上来说是不敬业，从做人上来说是心不诚，即便侥幸取得什么成绩，这样的成绩并不会被德才兼备的人看重。

进考场十天前，就需要开始调理作息和饮食。因为平常没有起早的习惯，如果考试那几天突然起得太早，一定会整天精神恍惚，这样的精神状态写文章时哪里会文思泉涌呢？所以十天前开始，鸡叫头遍就要起床，洗脸梳头后要端端正正地静坐一会儿，通过静坐，把昏昧松懈的精神养饱满。这样每天练习，要上考场时再起早就不觉得辛苦了。现在人的调养，多是大鱼大肉地滋补和毫无节制地纵情狂欢，要不就是整天躺在床上。这样的调养，结果是气乱神昏，并且因为一颗狂傲的心而招来疾病上身。这算哪门子调养精神！要调养就要节制饮食，要饮食清淡，这样的结果是神清气爽；要减少思虑，要抛弃嗜欲，这样的结果是神清目明；要气定神闲，不要贪睡，这样的结果是心神澄明。这里只是以科举进场考试一件事来做说明，其实要做君子没有不这样做学问的。一天中有时候非常疲劳，想休息，那就略躺一会儿马上就起来，不要睡昏过去；天色已晚就要睡觉，不要久坐。

进考场前两天，就不要再翻看浏览书本了，这时候看书会让心思变得杂乱；每天只可以看一篇文章，目的是让心情舒畅。如果因为耗费了气力觉得心累，不如不看，看与不看的出发点是适合自己的兴趣和心神舒适。如果突然之间心里像江河翻滚一样，觉得很充实，觉得有收获，这时候千万不要因为心满意足而浮躁轻狂起来，而是更要含而不露，要像酿酒一样慢慢滋润，像江河的堤岸被江河水一点一点浸润一样，等到上了考场，也就是江河洪水泛滥、堤岸被浸泡透的时候，这时候突然堤岸决口，江河水必将一泻千里。每日闲坐时，无论周围环境多么嘈杂喧嚣，自己的身心要像深潭的水面一样静默；因为静默而安详快乐，这种快乐是心中自生的真快乐，这是出离红尘后与造物者合一后的真快乐。如果不是贤弟曾经听说过这种真快乐，是不适宜和你说这些的。

以上内容虽然已过五百多年，但其针对应试所提出的不患得患失，勤奋耕耘不问收获；一心一意，唯精唯一；涵养精神于考前；善于调养身心；寻求真正的快乐等观点，在今天仍然有指导意义。

徐爱果然不负我所望，在第二年的会试中一举中了进士。朱节、蔡宗充两人也分别在正德九年（1514）、正德十二年（1517）考中进士，此是后话不提。

奔赴龙场

作别徐爱三人，安顿好家里的事务。正德二年（1507）十二月，我依依不舍地与家人暂别，与三名随从启程前往贵州龙场。出发后，一路经江西广信、分宜、宜春、萍乡，再到湖广醴陵。①

进入湖广时，正值二月初春时节。闻听得醴陵渌江畔有山名唤净兴山，传说李靖在此山驻兵后将净兴山更名为靖兴山，又为红颜知己红佛女修建靖兴寺。一行人欣然游寺，寺前有一六百余岁古樟，亭亭如盖。坐在旁边的洗心泉边，仰看挺拔的古樟像一位静立的老者，几百余年来不知看了多少人间百态，听了多少暮鼓晨钟；又不知看到多少后来人入寺焚香跪拜，岁岁年年一晃过，转眼青丝变白发。② 而我阳明山人只是来此千千万万人的一个，有感而作《游靖兴寺》诗一首：

老树千年惟鹤住，深潭百尺有龙蟠。

僧居却在云深处，别作人间境界看。

乘船离开醴陵，经湘水两日便到两百余里外的长沙。这湘水便

---

① 广信今为江西上饶。
② 靖兴寺的千年古樟至今仍在。

是湘江，《水经注》曾记湘水北经南津城西，西对橘洲。湘江合潇水、蒸水，又汇洣渌诸水下合靳水至长沙，而澄泓漾碧。一方水土养育一方人，湘江之地钟灵毓秀，哺育了万千湖广贤才。

舟停靠岸，正值阴雨天气，我们一行借宿于湘江边寿星街的寿星观。听观内道长介绍此观建于宋政和年间（1111—1118），年代久远，在长沙非常有名。元代理学家虞集在《潭州重建寿星观记》中曾有记载："寿里有殿，万寿有阁，鼓钟有楼，藏经有室，翼以两庑，表以三门。"可见此观在元代已经极有规模。寿星观在我们到达之前又刚刚扩修，内外一新，颇有欣欣向荣的气象。道长引我至房间时，远远就看门前有一年轻读书人，手撑油纸伞，在雨中静静地伫立。看到我们到院门前，上来对我行揖礼道："晚生长沙周金，听闻先生到达长沙，心中仰慕，特在此恭候以讨教。"

周金极是恭敬，言谈举止中又能看出他是极有诚意，尽心讨教之人。虽然这几日正值牙疼，但我仍然很开心地与周金畅谈学习之法与学问之道。周金极力推荐我去岳麓书院一游，我也正有此意，便邀他明日同去。

岳麓书院坐落于湘江西岸，历经五百年从宋至明而弦歌不绝。还未到书院门前，远远就看见门额上宋真宗御笔的"岳麓书院"四个大字。我笑对身边的周金及随从讲："今天咱们来的地方可谓儒学圣地，刚刚我们下船时的码头朱张渡，就是当年岳麓书院山长张栻与朱熹相会的纪念。张栻为南宋时东南三贤之一，他对岳麓书院也是偏爱有加，曾说爱其山川之胜，栋宇之安，徘徊不忍去，以为会友讲习，诚莫此地宜也。所以张栻与朱熹在岳麓书院进行了著名的朱张会讲，二人就《中庸》之义的'未发''已发'及察识持养之序等问题进行了讲论。当年讲学盛状空前，三日夜而不能合，朱张于此论道遂成千古佳话。"

周金很感兴趣地问道："朱熹当年为何千里迢迢地从福建来岳麓书院呢?"

"问得好!"我笑道，"朱熹师从李侗，即是二程（程颢、程颐）的传人。但他发现前代的二程对于《中庸》一书'已发'与'未发'的解释存在不同见解。就是伊川先生程颐本人的前后解释也存在前后不一致的地方。朱熹苦苦思索而不得解，后来听闻岳麓书院山长张栻受教于衡山胡宏，胡宏对于《中庸》之解已在理学领域自成湖湘一派，见解独到。所以朱熹遂想'往从而问之'，与张栻切磋学问。"

天空淅淅沥沥地下起了小雨，但大家谈兴正浓，也不以雨为意。

我继续道："四书之《中庸》的中正是由发所引起的，所以有喜怒哀乐之未发谓之中；中也者，天下之大本之语。《中庸》一书中的中，就像《大学》中的明明德一样。《中庸》首先是德性，并非一般人所理解的为人处事的原则与方法，德性之极便是至善。正如明明德之前必要先亲民，《中庸》第二十五章所说诚者自成时，又要讲非自成己而已也，所以成物也。成己为仁，成物为知。《中庸》与《大学》是密切联系的，而非两本书。中庸论性不论心，大学论心不论性，但《大学》一书的正，正对应《中庸》一书的中。如要我一句话来说，修身是已发边，正心是未发边，心正则中，身修则和。"

一行人说说笑笑，不觉来到岳麓书院大门前。因昨日已经由周金呈送拜访的帖子，所以书院有人在等候我们。因天正在下雨，我们便先在屋中喝茶休息。周金介绍今日所饮之茶为古丈毛尖。我观之确实色泽翠绿，饮之口感芳香，大家都赞不绝口。

　　稍事休息后，周金颇感兴趣地接着问道："晚生愚钝，想向先生请教朱熹对《中庸》'已发'与'未发'的困惑。"

　　我沉思片刻道："朱熹曾有言，他的老师龟山先生李侗教人，大抵令静中体认大本未发时气象分明，即处事应物自然中节，此乃龟山门下相传指诀。再往前推朱熹的老师，从杨时到罗从彦，再到李侗，道南一脉在求学下功夫极强调'静中体验未发'，指出学者当于喜怒哀乐未发之际，以心体之，则中之义自见。"

　　周金全神贯注地听我讲解，我继续道："然而明道先生程颢却有言：学者须先识仁，仁者浑然与物同体。这种求学下功夫的方法就不是让人静中参悟，而是随事精察力行。一说仁，自然就是浑然一体，无内外人我，何必执着于'已发'与'未发'？仁者寿，自会至诚无息，不息则久。所以就不存在先后之分，一旦有先生之分，则不能入精微。可能正是发现了程颢与李侗之'已发'与'未发'观点不同，所以朱熹才会有疑惑，并带着问题前来岳麓书院与张栻会谈了。"

周金点头道："学生并未找到朱张会讲具体谈论的记录，不知先生能否指教一二。"

我抬头看看雨仍未有停歇的意思，便详细地给周金解说："朱熹关于《中庸》一书中'已发'与'未发'的疑惑，实际上就是宋理学治学体系的大本大源之问，同时也是儒家道德践履功夫之问。一般的读书人学习四书五经，参加科考，只是取其知识点。但朱熹为大儒，他要站在认识天地万物的角度与理解身心与外物的关系、知与行的关系。说到会谈内容，我记得朱熹后来曾回忆说：'旧在湖南理会乾坤。乾是先知，坤是践履。上是知之，下是终之。却不思今只理会个知，未审何年月方理会终之也，是时觉得无安居处，常恁地忙。又理会动静，以为理是静，吾身上出来便是动。'从朱熹此言，再加上他曾讲到早年从学于老师李侗，受《中庸》之书，求喜怒哀乐未发之旨未达而先生没。可以看到因为老师去世，朱熹没有真正理解'未发'之意。前面我们说了，朱熹师传为二程、杨时、罗从彦、李侗一脉；而张栻所受师传为二程、谢良佐、胡安国到胡宏一脉。两脉对于理学中理、气、心、性之理解与阐述都不同，甚至从根本上对立。如化繁为简可以说，朱熹在'未发'上着力，而张栻在'已发'上用功。我的观点是这静与动是两个事物，但却是两仪一体，从根本上看本来就是一。"

周金默默思考我所讲的内容。我饮一口茶后，又道："两人会面，事实上是理学两派相互交流、切磋与砥砺，借'已发'与'未发'之题分享体道、悟道之感。两人会谈除了谈论《中庸》的

'已发'与'未发'，还对太极之妙、乾坤动静和察识存养等进行了交流。后来朱子曾写四封书信与张栻继续交流，他在信中曾称如果以'与事接'或'不与事接'来区分'已发'与'未发'，想达到'未发之中，寂然不动者'，就会南辕北辙'愈求而愈不可见'。"

周金点头道："晚生现在只能听懂一二，希望以后能够慢慢再悟得。说到太极，可能宋朝时理学向前推进就由此开始。北宋周敦颐《太极图说》可谓精妙之极，短短二百余字涵盖天地万物。其文称：无极而太极。太极动而生阳，动极而静，静而生阴，静极复动。一动一静，互为其根。分阴分阳，两仪立焉。阳变阴合，而生水火木金土。五气顺布，四时行焉。五行一阴阳也，阴阳一太极也，太极本无极也。五行之生也，各一其性。无极之真，二五之精，妙合而凝。乾道成男，坤道成女。二气交感，化生万物。万物生生而变化无穷焉。唯人也得其秀而最灵。形既生矣，神发知矣。五性感动而善恶分，万事出矣。圣人定之以中正仁义而主静，立人极焉。故圣人'与天地合其德，日月合其明，四时合其序，鬼神合其吉凶'，君子修之吉，小人悖之凶。故曰：'立天之道，曰阴与阳。立地之道，曰柔与刚。立人之道，曰仁与义。'又曰：'原始反终，故知死生之说。'大哉易也，斯其至矣！"

我笑赞："好！"

窗外雨声渐止，我与周金等人便在岳麓书院中漫步。

我感叹道："此次会讲之后，张栻曾有言，自此之后，岳麓之为书院，非前之岳麓矣，地以人而重也。的确如此，朱熹的到来从此给岳麓书院蒙上了一层光环。"

周金问道："敢问先生认同朱熹理学的观点吗？"

　　我笑着摇了摇头："朱熹格物致知之说我始终不能践行，年少时我曾格竹致病，后来想是自己少年之人，对格物之解太过肤浅偏颇。及至中举之后，在我二十七岁时，读到朱熹《上宋光宗疏》中有语：居敬持志，为读书之本；循序致精，为读书之法。对于之前一段时间虽然博览群书，但却没有按朱熹之法秩序致精而后悔。便开始按朱子的观点致精读书，着力潜心思考书中之理，已觉悟得十分精深了。但我发现书中之理与我的内心一直为二，我按朱子读书之法实不能体味，再次致病。后来甚至想出山为道。① 朱子思想博大精深，解天地之理，建天人之序。但从识的本原上，因我无法依朱子之法格物致知以达到物理与吾心的合一，所以我不同认同他。"

　　与周金相谈甚欢，我欣然做《长沙答周生》赠之：

旅倦憩江观，病齿废谈诵。之子特相求，礼殚意弥重。
自言绝学馀，有志莫与共。手持一编书，披历见肝衷。
近希小范踪，远为贾生恸。兵符及射艺，方技靡不综。
我方惩创后，见之色亦动。子诚仁者心，所言亦屡中。
愿子且求志，蕴蓄事涵泳。孔圣固惶惶，与点乐归咏。
回也王佐才，闭户避邻閧。知子信美才，大构中梁栋。
未当匠石求，滋植务培壅。愧子勤缱意，何以相规讽？
养心在寡欲，操存舍即纵。岳麓何森森，遗址自南宋。
江山足游息，贤迹尚堪踵。何当谢病来，士气多沈勇。

---

① 原文：一日读晦翁《上宋光宗疏》有曰："居敬持志，为读书之本；循序致精，为读书之法。"乃悔前日探讨虽博，而未尝循序以致精，宜无所得。又循其序，思得渐渍洽浃。然物理吾心，终若判而为二。沉郁既久，旧疾复作，益委圣贤有分。偶闻道士谈养生，遂有遗世入山之意。

快到午时，雨过天晴，看阳光照在潮湿的地面上，人的心情也因见到暖阳而大好起来。我与周金准备吃午饭时，忽然随从报有人来相见，原来得知我在岳麓书院游览，长沙府知府赵维藩及旧友徐成之、陈文鸣一同来探望我。本不想打扰他们，哪知他们如此好客。他们带来佳肴与美酒，在丝竹声中，大家一起把酒言欢，不知不觉中已经天黑了。

趁着酒兴，我写下了《陟湘于迈岳麓是尊仰止先哲因怀友生丽泽兴感伐木寄言》：

> 林间憩白石，好风亦时来。春阳熙百物，欣然得予怀。
> 缅思两夫子，此地得徘徊。当年靡童冠，旷代登堂阶。
> 高情诇今昔，物色遗吾侪。顾谓二三子，取瑟为我谐。
> 我弹尔为歌，尔舞我与偕。吾道有至乐，富贵真浮埃。
> 若时乘大化，勿愧点与回。陟冈采松柏，将以遗所思。
> 勿采松柏枝，两贤昔所依。缘峰践台石，将以望所期。
> 勿践台上石，两贤昔所踏。两贤去邈矣，我友何相违？
> 吾斯未能信，役役空尔疲。胡不此簪盍，丽泽相遨嬉？
> 渴饮松下泉，饥餐石上芝。偃仰绝余念，迁客难久稽。
> 洞庭春浪阔，浮云隔九嶷。江洲满芳草，目极令人悲。
> 已矣从此去，奚必兹山为。恋系乃从欲，安土惟随时。
> 晚闻冀有得，此外吾何知。

我在大醉中，被赵太守派人送回寿星观。也不知睡了多久，窗外的雨声把我吵醒了。迷迷糊糊中睁开眼四下观望，发现行李已经被淋湿了，但我丝毫不以为意，反而觉得昨天真是幸运，可以尽兴游览，与朋友们开怀畅饮。为了纪念在长沙的经历，我写下了《游岳麓书事》一诗：

醴陵西来涉湘水，信宿江城沮风雨。
不独病齿畏风湿，泥潦侵途绝行旅。
人言岳麓最形胜，隔水溟蒙隐云雾。
赵侯需晴邀我游，故人徐陈各传语。
周生好事屡来速，森森雨脚何由住。
晓来阴翳稍披拂，便携周生涉江去。
戒令休遣府中知，徒尔劳人更妨务。
橘洲僧寺浮江流，鸣钟出延立沙际。
停桡一至答其情，三洲连绵亦佳处。
行云散漫浮日色，是时峰峦益开霁。
乱流荡桨济倏忽，系楫江边老檀树。
岸行里许入麓口，周生道予勤指顾。
柳溪梅堤存仿佛，道林林壑独如故。
赤沙想像虚田中，西屿倾颓今冢墓。
道乡荒趾留突兀，赫曦远望石如鼓。
殿堂释菜礼从宜，下拜朱张息游地。
凿石开山面势改，双峰辟阙见江渚。
闻是吴君所规画，此举良是反遭忌。
九仞谁亏一篑功，叹息遗基独延伫。
浮屠观阁摩青霄，盘踞名区遍寰宇。
其徒素为儒所摈，以此方之反多愧。
爱礼思存告朔羊，况此实作匪文具。

人云赵侯意颇深，隐忍调停旋修举。

昨来风雨破栋脊，方遣圬人补残敝。

予闻此语心稍慰，野人蔬蕨亦罗置。

欣然一酌才举杯，津夫走报郡侯至。

此行隐迹何由闻？遣骑候访自吾寓。

潜来鄙意正为此，仓卒行庖益劳费。

整冠出讶见两盖，乃知王君亦同御。

肴羞层叠丝竹繁，避席兴辞恳莫拒。

多仪劣薄非所承，乐阕觞周日将暮。

黄堂吏散君请先，病夫沾醉须少憩。

入舟瞑色渐微茫，却喜顺流还易渡。

严城灯火人已稀，小巷曲折忘归路。

仙宫酣倦成熟寐，晓闻檐声复如注。

昨游偶遂实天假，信知行乐皆有数。

涉躐差偿夙好心，尚有名山敢多慕。

齿角盈亏分则然，行李虽淹吾不恶。

　　辞别赵太守，我们一行人继续乘船离开长沙，经过沅江县到天心湖。这天心湖东连洞庭湖，每到春水泛涨时，所有湖泊便连接在一起，浩浩汤汤，无涯无际。当春之际常常水波翻涌，风浪突起。我们泛舟于天心湖时，正值春季雨纷纷之际，船愈行风雨愈大，从船中向外望去，一片烟雨蒙蒙之中根本看不到岸。小船在风雨中摇晃得十分厉害，船夫也在感叹很少见此风浪。经过泛海之后，对于水上风浪我却不以为意，于是笑着安慰身边诸人。经过一夜一天的风雨，大家有惊无险登岸之后，均感庆幸之极。我到小镇的集市上为大家准备晚餐，还买了一些农家酿酒。经过一天的风雨，大家想到白天在船上还在担心如果无法靠岸，船上众人可能面临挨饿的问题。现在晚上吃上热腾腾的饭菜，又喝了点酒，虽然不是山珍海味，但所有人都觉得饭香酒甜。晚上想到天心湖所遇之事，欣然写下《天心湖阻泊既济书事》一诗：

挂席下长沙，瞬息百余里。舟人共扬眉，予独忧其駃。
日暮入沅江，抵石舟果圮。补敝诘朝发，冲风遂龃龉。
暝泊后江湖，萧条旁罾垒。月黑波涛惊，蛟鼉互睥睨。
翼午风益厉，狼狈收断汜。天心数里间，三日但遥指。
甚雨迅雷电，作势殊未已。溟溟云雾中，四望渺涯涘。
篙桨不得施，丁夫尽嗟噫。淋漓念同胞，吾宁忍暴使？
饘粥且倾橐，苦甘吾与尔。众意在必济，粮绝亦均死。
凭陵向高浪，吾亦讵容止。虎怒安可撄？志同稍足倚。
桃令并岸行，试涉湖滨沚。收舵幸无事，风雨亦浸弛。
逡巡缘沚湄，迤逦就风势。新涨翼回湍，倏忽逝如矢。
夜入武阳江，渔村稳堪舣。籴市谋晚炊，且为众人喜。
江醪信漓浊，聊复荡胸滓。济险在需时，徼幸岂常理？
尔辈勿轻生，偶然非可恃。

一路过洞庭，沿沅江西上，便到了龙阳县。听说唐代草圣张旭于此有“墨池遗迹”，我也酷爱书法，年轻时仿二王之形，过三十岁后便不为古法所拘泥，求拟形于心之境界。苏州吴人张旭喜酒，每次大醉后才下笔成书或以头濡墨而书，等到酒醒时再看自己书法，在当世就有“张颠”之称。这“墨池遗迹”相传是草圣学书法之处，我便与随从去游览了位于净照寺的墨池。墨池虽小，但有龙则灵，一代草圣在此写书，我在现场观之总有古今之人心意相通的感觉。

　　船再往前行，便到了武陵。① 宿于潮音阁，武陵有一医者名唤杜仁夫，携带其《复春诗》来讨教。我翻书中有一首绝句道："安排必定非由我，燮理从来自属人。堪叹世人浑不解，九环丹里苦偷生。"深以为奇，听其亦有好友蒋信也有志于学。便欣然请其同来，三人坐而论道，把酒畅谈。

　　离开武陵，不久便进入沅州②，此处乃从湖广通往贵州的驿道，再往前便要进入贵州。此时乃正德三年（1508）阳春三月之时，我依依不舍回望来时路，因为每前行一段，距离家乡与亲人都更远一些了。当船到兴隆卫停留时，随行人员告诉我，此地离龙场不远了。登岸小憩之时，极目远眺，山水风光与家乡及京师风格迥异，驰目游怀，也不知何时才能再返故乡，作《兴隆卫书壁》诗一首：

> 山城高下见楼台，野戍参差暮角催。
> 贵竹路从峰顶入，夜郎人自日边来。
> 莺花夹道惊春老，雉堞连云向晚开。
> 尺素屡题还屡掷，衡阳那有雁飞回。

　　一路风风雨雨，我与三名随从终于在正德三年（1508）春到达了贵州龙场驿。

---

① 武陵为今常德。
② 沅州为今芷江。

龙场悟道

溪 水

王阳明

溪石何落落，溪水何泠泠。
坐石弄溪水，欣然濯我缨。
溪水清见底，照我白发生。
年华若流水，一去无回停。
悠悠百年内，吾道终何成。

　　到达位于贵州中部的龙场驿时，虽然内心早有准备，但我还是被眼前的一幕惊呆了。土墙已经三面皆为缺口，正对着门的三间房子因为年久失修，房顶已经坍塌。院子的一角有一间马厩，但里面并没有马匹，一只长得又大又肥的猪对我们的到来很不满意，躺在地上轻哼两声，睁开眼睛看着到来的四个陌生人，又闭上眼睛，哼哼着进入了梦想。

　　站在我身边的最年轻的随从睁大了眼睛问我："先生，这就是我们要来的龙场驿吗？怎会如此破坏不堪？"

　　我扫视了一圈，终于从倒塌的房中看到一块龙场驿的木牌。我把木牌取出，用袖子拂去上面的灰尘，指着木牌笑道："没错，这就是咱们的终点站，龙场驿。"

　　门外已经聚集了一堆人，好奇地围观我们，一边指指点点，一边热闹地小声议论。我走过去，向一位中年人拱手行礼，问道："请问龙场驿夫现在哪里？"

　　围观的其他人向后退了几步，中年人也憨厚地笑着摇摇头，不知道是回答不在，还是听不懂我所讲的话。

　　一个赤着脚的小孩子远远地打量我，大声地说了几句话，但是我一句也没有听懂，众人面面相觑。

　　正在这时，一个四十出头的中年汉子满头大汗地跑到驿站门口，一边用手揩去满头的汗，一边笑道："你是王守仁吧，总算盼到你来了，我是这里的驿夫舍西。"

　　赤脚小孩子走到中年汉子旁边，喊了一声"老者"，又说了一大段我们听不懂的话。汉子向我解释，这是他的儿子，"老者"是这里"爸爸"的意思。孩子很机灵地帮忙拿行李，领着我的三个随从往前走。舍西边示意我跟着走边解释道："咱们龙场驿这么多年来，因为驿道使用很少，已经渐渐地荒废了。三年前正面三间房因夏季大雨倒塌了，但一直没有州府派人拨款修缮。你们现在只能先委屈住在南边二里外的山洞里面了。"

　　舍西指着前方横亘于水田中的一座山，说道："这座山名唤栖霞山，山洞名唤东洞。去年小的就接文称京师王大人要到龙场驿为驿丞，我也一直为住宿之所而担忧。本来想让您住在我家中，但大人您也能看到，我们这里都土屋矮墙，家家生活都是十分辛苦。我家里面因我在驿中担任驿夫，相对还好一点。但也是实在下不去脚，条件太过简陋。所以只能委屈大人了。"

我笑道："好说，好说，有劳您费心了。"

闲谈间已经到了东洞，这里还真是一个修行的好所在。但见洞口苔痕遍布，苍绿盈目，岩上藤萝丛生，枝繁叶茂。枝叶正值阳春之时，遍山植物生发，鸟鸣其中，一片生机。洞高约一丈，宽有丈余。进入洞中，里面豁然开朗，容纳四人居住也不觉得狭小。

我笑道："舍西，这里不错了。我家乡有个阳明洞天，我自号阳明子，此洞以后就叫阳明小洞天了。"

杀威棒喝

刚刚在龙场安顿下来，哪知平地又起一场风波。

因刚来此地水土不服，三个随从中的两人都病倒了。这一日上午，我让他们在洞中好生安息。与另一随从到驿站中找舍西，准备去药店为两人寻药。刚刚行至半途，就看到舍西的儿子赤着脚沿路飞奔而来，跑近后指着驿道方向，向我说比画且大声说了半天。我虽未听懂，但从孩子慌乱的表情感觉驿中可能出事了，三人便向驿站飞奔而去。

到了驿站门前，发现舍西跪在地上，后面站了一众乡亲。舍西面前有三个公人打扮的人，其中一人年纪较大，坐在从驿中搬出来的一把椅子上，面白须短，仰脸向天，眼睛微闭。

年纪较大的公人身边一高一矮两个年轻人正在诘问舍西。身材高大的男子一脚踹在舍西胸口，其力极大，咚的一声将跪在地上的舍西踹得平躺于地，双手捂住胸口，不断呻吟。

矮个公人笑骂："你看你这什么样子，快跪好了，告诉驿丞何在？不然今日有你的苦头吃。”

舍西挣扎着爬起，又跪在地上，正要说话时，我走到舍西旁边，拱手道：“在下龙场驿驿丞王阳明，三位公人从何而来，有何贵干请直言，不要无故责打驿夫。”

坐在椅子上的公人听闻我言，眼睛微睁扫了我一眼，复又合上：“你就是驿丞王阳明，我乃思州判官崇权，奉思州知府李概之命到此巡视。”

我笑道：“崇大人，前两天并未接到相关文书，今日我与舍西未能远迎，还望海涵。如有事，烦请移步至驿中再谈，在这里责罚驿夫，有失体统。”

崇权一下从椅子上弹起来，站在地上，指着我呵斥：“大胆，我来龙场驿巡视，还要你一个九品驿丞教我不成。王驿丞，你不要觉得你是京里来的，就如此飞扬，目无尊长，不把本官放在眼里。”

“崇大人，在下刚刚到龙场驿仅有旬日，还从未与外接触。”我道：“何谈目无尊长。”

“哼！”崇权冷哼一口气道：“王驿丞刚刚还在讲，已经到龙场驿十日了，来此十日还没有到思州去拜访李慨知府大人，这不是目无尊长是什么？李知府肚量大，特派我来看望王驿丞，王驿丞的脸面是大得很啊！我听说你是从京里被贬才来我们这里的，亏你只是小小驿丞，若是知府，那架子还不端到天上去了。”

我听完也有些生气，直接回道：“崇大人莫要如此夹枪带棒，有话就直接冲着我来，请先让舍西起来。”

崇权啪的一声把手中的茶杯摔在地上，喝道：“混账，我今天要替李知府来治你这个蛮横的小官，跪下！”

我静静地道：“见面之礼，王某人刚刚已经行了。现在又让我跪下，那是责罚。我的官职再小，也是朝廷所给，崇大人如此滥权，有点太过了吧。"

崇权一听，脸涨得发紫，对身边的两个公人道："把王守仁给本官押下，让他跪在地上。"

两个公人一左一右走到我的跟前，就在这时一旁观望的村民突然聚集到我与舍西的周围，将三位公人与我和舍西隔离开来。其中几个年老的村民用方言向三位公人求情，但三位公人不以为意。崇权突然大喊起来："好你个王守仁，鼓动刁民造反了。"

围观的村民中有几个年青后生冲到崇权面前道："这狗官太欺负人了，揍他！"

还未等我讲话劝阻，一个壮实的青年一拳打在崇权鼻子上，崇权刚哼出声来，一个后生又一脚踢在崇权腿上，崇权结结实实地摔在地上。身边的村民一哄而上，把跪在地上的崇权暴打了一顿。两个公人见势不好，拉起崇权，上马一溜烟地跑掉了。

思州知府李𫖮本就对我极为不满，此次崇权也是受其指派来龙场驿给我一个下马威。听到崇权被打的消息后，更是怒火中烧，当天便一纸公文把我告到贵州按察副使兼提学副使毛科处。

两天后，毛科派人到龙场驿调查当日之事的来龙去脉，言谈中颇有偏袒知府李𫖮之意。指出龙场百姓殴官之事，作为驿丞的我存在藐视上官、蛊惑山民、煽动民变之嫌。现在给我一次机会，要我亲自到思州府向李𫖮跪拜，承认我的错误，以负荆请罪的态度求得李知府的原谅。否则，在此偏僻之地得罪一方大员，说小了是得罪了思州所有同僚，官场生存举步维艰；说大一点，可能还会有性命之忧。

听完此言，我陷入了沉思。面对这样的情形，摆在我面前的有两条路：一条路是据实言明当时的情况，保持我本应有修身处世的态度；另一条路是自己本无错，守职担责并无过错，但却要向李知府的淫威低头。陆游在诗文《梅花绝句》中云："士穷见节义，木槁自芬芳。坐回万物春，赖此一点香。"越是在艰难困苦之际，越应该保持自己的气节。想到此，我修书一封请来人交与毛科。我在信中这样写道："昨承遣人，喻以祸福利害，且令勉赴大府请谢；此非道谊深情，决不至此。感激之至，言无所容。

但差人至龙场凌侮，此自差人挟势擅威，非大府使之也。龙场诸夷与之争斗，此自诸夷愤恚不平，亦非某使之也。然则大府固未尝辱某，某亦未尝傲大府，何所得罪而遽请谢乎？

跪拜之礼，亦小官常分，不足以为辱，然亦不当无故而行之。不当行而行，与当行而不行，其为取辱一也。废逐小臣，所守以待死者，忠信礼义而已。又弃此而不守，祸莫大焉。凡祸福利害之说，某亦尝讲之。君子以忠信为利，礼义为福；苟忠信礼义不存，虽禄之万钟，爵以侯王之贵，君子犹谓之祸与害；如其忠信礼义之所在，虽剖心碎首，君子利而行之，自以为福也，况于流离窜逐之微乎！

某之居此，盖瘴疠蛊毒之与处，魑魅魍魉之与游，日有三死焉。然而居之泰然，未尝以动其中者，诚知生死之有命，不以一朝之患，而忘其终身之忧也。大府苟欢加害，而在我诚有以取之，则不可谓无憾；使吾无有以取之而横罹焉，则亦瘴疠而已尔，蛊毒而已尔，魑魅魍魉而已尔，吾岂以是动吾心哉！

执事之谕，虽有所不敢承；然因是而益知所以自励，不敢苟有所隳堕。则某也受教多矣，敢不顿首以谢!"①

　　接到我的去信后，毛科并未对此事加以深究。后来屡屡有人对我言及，李慨多次在府中公开场合中伤于我，我也不以此为意。

阳明洞天

　　以什么样的心境待在自然环境与官场环境都处于逆境的龙场?

----

① 　大意：您昨天派人来，以祸福利害相劝导，并且劝说我无论如何都要到思州府一趟，当面谢罪。如果不是情谊深厚，绝对不会这样告诉我。我对您的感谢之情，非文字所能表达。

　　只是思州府官人来龙场凌辱下官，想来是官差小吏擅自行动，作威作福，并非出于李慨知府的指使。龙场百姓与官差发生冲突，也是百姓出于良知而为，并非下官暗中教唆。既然如此，那么李慨知府未尝凌辱下官，下官也不曾傲视李慨知府，从何说是我得罪上官并要去请罪呢?

　　跪拜之礼，本是下级官员觐见上司的常仪，跪拜上级，原本就算不上什么耻辱，尽管如此，也不可无故跪拜。无故跪拜，不当行而行之，与当拜而不拜，当行而不行，都是自取其辱。既然您说到利害祸福，我就说说自己对这个问题的看法。身为贬谪小官如果操守和底线都保不住，才是真正的大祸。祸福利害之说，我也时常与学生们讲论。君子把忠信当作利，把礼义当作福。若是忠信礼义荡然无存，即使俸禄过万钟，爵位至王侯，君子都会鄙视之；相反，如果稳稳地保住忠信礼义，即使剖心碎首，君子都会利而行之，以此为福，以此为利，更何况我还没死，只不过是被贬谪而已。

　　我住在龙场，此地瘴气很严重，与魑魅魍魉共存，每天都会面临多次死亡威胁。但我可以泰然处之，并没有动心。因为我知道生死有命，而不能因为一朝一夕的忧患而忘掉了终身之忧。李慨果真要加害于我，如果其罪在我，自然是我咎由自取；若是我无罪而遭此横祸，也不过是多了一种死法而已，我就权且当作病死或被毒蛇猛兽咬死，我不会因为这个而动心的。

　　你对我的要求，虽然我没有做到。但是通过此事我会更加自励，而不会沉沦。从此事中我也学习到了很多，再次向您表示感谢。

是我与三位随从面临的首要问题。在阳明洞天之内，每晚来时，三位随从便感觉日日生活清苦，这样的日子不知何日是尽头。我便讲一些笑话来开导三人，逗逗乐子，让三人不觉艰辛。

正值暮春天气，晚间气温尚可承受，一日听得三人议论如果到冬天，这山洞如何住得？正是"但恐霜雪凝，云深衣絮薄"。我听后大笑不已，然后告诉三人我曾经在浙江绍兴阳明洞天内居住，这石洞内夏暖冬凉，一到冬天反而会觉得里面温度宜人，所以过冬之事千万不要担心。如果到时候觉得不暖和，就来告诉我，由我来解决问题。

除了安慰三位随从，我还交给他们一项任务，要尽快学会当地的语言，一是方便与他们交流，可以保证日常信息沟通无忧；二是当地人性格纯朴憨厚，但缺少教化，学会沟通以后，可以将诗书讲解给愿意学习的人。

我告诉三位随从《中庸》有言：君子素其位而行，不愿乎其外。素富贵，行乎富贵；素贫贱，行乎贫贱；素夷狄，行乎夷狄；素患难，行乎患难。君子无入而不自得焉！在上位，不陵下；在下位，不援上。正己而不求于人，则无怨。上不怨天，下不尤人。故君子居易以俟命，小人行险以徼幸。子曰："射有似乎君子，失诸正鹄，反求诸其身。"这段话正合我的心境，既然待在夷狄患难之中，就应该安之若素。

平静的生活似水，一件发生在师生之间的事情引起了我的深深思考。夏初的傍晚，村庄升起了袅袅炊烟，整个龙场都笼罩在金纱之中。我在阳明小洞天外，正在欣赏夏日黄昏景色。远远看到几个人骑马往我这里飞驰而来，并在马上使劲地挥手："守仁先生，我们来看望你了。"喊声断续传来。

　　等到三个书生骑马走近，真是让我喜出望外，这是我来时路上曾经听我讲学的几个书生。当日以学生之礼拜见于我，现在又带着酒肉前来看望老师。师生相见分外高兴，我让随从在阳明小洞天外洒扫并摆上酒菜，坐下举杯欢饮之时，一轮皎月当空。

　　大家在一起欢饮，不知不觉已到夜深，我乘着酒兴，邀请学生们一起到栖霞山边的小溪散步，月光之下大家都觉得十分开心。夜深回到阳明小洞天内，大家又秉烛夜谈。第二天清晨，我又喊起几个学生一起登上栖霞山，晨光之中我谈起了我对于《大学》的见解，并在我与朱熹观点不同之处做了详细分析，几位同学听得非常认真。我甚至将这一幕美好景象以孔子与学生浴乎沂、风乎舞雩、咏而归来自比。回到阳明小洞天内，我写了《诸生夜坐》一诗以记之：

谪居澹虚寂，眇然怀同游。

日入山气夕，孤亭俯平畴。

草际见数骑，取径如相求。

渐近识颜面，隔树停鸣驺。

投辔雁鹜进，携榼各有羞。

分席夜堂坐，绛蜡清樽浮。

鸣琴复散帙，壶矢交觥筹。

夜弄溪上月，晓陟林间丘。

村翁或招饮，洞客偕探幽。

讲习有真乐，谈笑无俗流。

缅怀风沂兴，千载相为谋。

　　然而几个书生在我这里待了三天后，便不辞而别了，再也没有联系。我对此也是疑惑不解，后来才听到消息，原来几位学生认为我所提倡的方法与朱熹迥然不同，担心我的观点是异端邪说，所以这几个学生便开始疏远我了。听到这个消息，我的内心五味杂陈。身处绝境，身为驿丞不被厚爱于上；身为老师，学生却转身而去。本想为往圣继绝学，延续斯文命脉却不逢时、不逢地、志难成。于是我作《老桧》一诗以表达心境：

老桧斜生古驿傍，客来系马解衣裳。

托根非所还怜汝，直干不挠终异常。

风雪凛然存节概，刮摩聊尔见文章。

何当移植山林下，偃蹇从渠拂汉苍。

　　静坐于阳明小洞天内，望着苍苍石壁，我开始思考一个问题：如果圣人处于我现在的境地会怎么办？这个问题一直在困扰着我。

悟圣之道

　　在龙场的阳明洞中沉思良久，我自感虽然处于重重险阻之中，对于得失荣辱我都能够以超脱之心待之，但唯生死一线尚未觉化。如何面对死亡、看待死亡成为我无法回避的问题。想悠悠万世，何人不死。必须直面死亡才能融通生死，有着正确的生死观念，学问才能够真正达到极致。正是"人于生死念头，本从生身命根上带来，故不易去。若于此处见得破，透得过，此心全体方是流行无碍，方是尽性至命之学。"① 想众人皆悦生而恶死，那圣人处于此种状况，更有何道？

　　要在龙场悟道，就要从圣人的生死观开始，须从根本求生死，莫向支流辨浊清。世界之根本便是天理，天理无一息间断。天生万物，万物有人，人的身上自然存得天理。既然如此，每个人的生命都可以通过彰显自身所存之天理以达到永恒，就像孔子与孟子一样，面对必然之死又可达永恒之生。

　　从这个问题开始，我便开始长时间地端居，澄心静虑，只求达到静一境界。时间入了，胸中开始洒脱并超然于物外。

　　这一日夜半时分，万籁俱寂，我正在闭目打坐，阳明洞天内安静得出奇。三个随从已经沉睡入梦乡，只有轻微而均匀的呼吸声传来，更显得山洞内静寂。我在心空无物的境地，突然对于格物致知

――――――――――

① 引自《传习录》。

之理有了独特的见解。想我居住周围的村民，多未受任何文化教育，但却都是敦厚善良；而狐假虎威如李知府之流，虽然饱读诗书，但天理却未在身上展现。如何应对格物致知之说？

按朱子之说，想成为圣人就是格物致知，世间的一切存在，事事物物都有其定理，物各不同，如果今日格一物，明日格一物，一旦豁然贯通，就可以见天理，可以成为圣人，所以要"求理于事物"。想天下多少读书人都是读朱熹在《大学》中所加这段话，又误了多少读书人。

再往下思考，程子曾有言说"在物为理"，突觉此言并不合理，而应加一心字，成"心在物为理"。此心即理，所以自龙场悟道之后，我常常对别人说到心即理，但一定要识得我所说的根本之意是什么，千万不要分心与理为二。如果将心与理分为二，便会生出许多疑惑难以理解。比如说春秋五霸攘夷狄、尊周室，完全合乎于理。但这春秋五霸却个个都存着私心，是以尊周室之名满足自己的私心，就不当理。但世人却都说五霸做得当理，为何？只是心并不纯，大家都去仰慕春秋五霸的所为，只是从表现上做得好看，却与心完全不相干，就是将心与理分为二。以至于在为人处世处于霸道之伪还自己不知道，想一想有多少人都是如此？朱熹也曾经说道，人之所以为学者，也与理而已。那不是与我说的心即理一样？其实并不是这样，朱熹所言心和理之间，加了一个"与"字成心与理，就是把心理分为二了。心即性、性即理，所以我说的心即理，是心与理是一个东西，要在心上做工夫，不去袭义于外，便是王道之真，这也是立言宗旨。①

————————

① 《传习录》。

那心又是什么样的心呢？心即理之心，并非我们常说的胸中那一团血肉。如果仅仅是指那一团血肉的话，想一想那已死之人，那一团血肉仍在，又为何不可以视、听、言、动了？我们所讲的那颗心，是使人能够视、听、言、动的。这颗心是与天、性、理、良知同质存在之物，是本然之良知。此心应感而动便是意，意之所动之处必然有其物，物就是事。比如把意放在孝敬父母上，事亲就是一物；如果用于读书求学，读书便是一物。凡是意之所用，都必须有物在，可见物是在意中的。物即事，心可感物，则就要在事上磨，才能彰显我之本心。

如此诸多观点就像有人在睡梦中不停地与我言谈一样，所有疑惑如行云流水般开解。等到格物致知之理全部悟通透后，我不觉大喜过望，从石台上跳起欢呼雀跃起来。三个随从在睡梦中被我吵醒，看到我手舞足蹈的样子，满眼困惑。

我摇着一个坐起来随从的肩膀，哈哈大笑道："我终于解开了，原来像朱子一样求理于事物都是错的。"

我兴奋地走出阳明小洞天外，张开双臂，抬头看着头顶灿烂星空，感觉上下四方、往来古今的宇宙无穷大，但我的心更大，因为自今日起江河日月、满天星辰都在我的心中。我的心就是万物之理。

一阵风吹过山冈，远方树林来回晃动，我感觉清风拂面，无法抑制内心的无限欢喜，不禁在黑夜里大喊道："圣人之道，吾性自足！此心即理，映照万物！心之本体即是性，性即是理。人心天理本就是浑然一体。"

树丛里一群鸟儿被我惊醒，扑簌簌从枝头腾起飞向远方，群起的鸟鸣声像是在与我唱和。

想我年少之时，好辞章，驰骋于其间；已而又对道与佛感兴趣，沉溺于二氏之间；最后终于在龙场，处困境之地，豁然悟得形而上之道，所学经历三变而归于一。至此始觉壮思我去，冲情云上；和光春霭，爽气秋高。

我悟到圣人之道、吾性自足，在万千方向中明确了这个新的学问之道的方向，而且是与程朱理学相反的方向。我推开了新世界的大门。圣人再也不是高高在上居于神坛，而是人的自性中都有自足自具的圣人之道，我的心中即有天理。万物皆基于人，心外无物，心外无理。从今日龙场悟道起，朱子之学的本体与功夫，我都将对其否定并重新建构。

悟道之后，前方路漫漫，还须事上磨。

知行合一

这一日，接到按察司副使毛科修书，言及他在贵阳忠烈桥边建立了文明书院，邀请我到文明书院讲学。思虑半天，我还是决定以撰写《五经臆说》为当前最重要的事。所以我便婉言拒绝了，有《答毛拙庵见招书院》诗为证：

> 野夫病卧成疏懒，书卷长抛旧学荒。
> 岂有威仪堪法象？实惭文檄过称扬。
> 移居正拟投医肆，虚席仍烦避讲堂。
> 范我定应无所获，空令多士笑王良。

不久，毛科被朝廷勒令致仕，继任者为席书。席书再次邀请我到文明书院讲学，他在信言辞恳切："切惟执事文章气节海内著闻，兹谪贵阳，人文有光，遐土大庆。曩者应光毛先生在任之日，重辱执事，旅居书院，俯教承学，各生方仰有成。不意毛公偶去，执事遂还龙场，后生咸失依仗。兹者书以凡材滥持学柄，虽边镇不比中州，而责任之重则一。滋欲再屈文饰过，我贵城振扬吾道之光，用副下学之望，书尚不自主，商之二司，二司既同，白之三堂，三堂曰善，下至官僚父老，靡不共仰清尘，咸曰，此吾贵城文明之日也。馆舍既除，薰沐以俟，不知执事能一慨然否也?"席书还在信中对我去文明书院讲学进行了美好展望，认为必然将会风动于贵州道德仁义之域。

想到我已经写完《五经臆说》，自己心学观念也已经形成，此去文明书院讲学，一则可以辅导参加科举的年轻学子；二则可以传播自己的心即理、知行合一的思想。念及此，我便欣然前往文明书院讲学。

到达文明书院时，席书率领众学生对我行拜师之礼，让我很是感动。

在文明书院，我将自己讲学时间分为两个部分：一是白天正课时间，按科举需要实施辅导；二是晚上课余时间，我将龙场悟道的心得讲授给学生听。晚上讲课之时，常常环坐身边听课的书生达数百人。

席书到书院与我讨论知行合一的观点，百余名书生环而听之。

第一日夜，席书问我对朱熹与陆九渊学问之异同。我便将曾身体力行朱熹格物致知之法而不得，最终否定朱熹观点，并龙场所悟之观点一一讲解。

然而席书对我的观点并不赞同，对我提及的知行合一的观点也存疑，但出于礼貌，席书并未对我的观点提出反驳。

第二日夜，又是我与席书二人对谈，百名书生围坐静听。我以《五经臆说》的观点从读书人必读之书目，引出知行的观点。

我说："传统分知行为二，主要有以下两种体现。一是分知行有先有后，认为知先行后；二是分知行有轻有重，践行轻知重行。上面所述观点都不对。知行并无先后之分，而是并存并在，且行且知，且知且行，知行合一。"

席书笑问："我有一疑，既然守仁兄说知行合一，那为何有诸多知行脱节之事。比如说，世人皆知要孝敬父母，尊敬兄长，但世上不孝不悌之事却比比皆是。如此来看，知与行显然是两件事，这怎么能说是知行合一呢？"

我哈哈大笑道："元山兄这个问题问得好。我所说知行合一，乃是知行的本然状态，是道德层面的知行必然处于合一之态。比如《大学》中曾说'如恶恶臭，如好好色'，触恶臭、见美色内心马上就会生出喜恶之感，而不是经常反复琢磨，才决定是喜还是恶。所以我说意念发动处就是行。但前面所说知孝悌却不行孝悌之事，乃是此人内心存私欲，这些私欲隔断了知行，使知行不处于本然之状态了。"

席书微微点头。

我又接着说："人皆有欲望，告子有言食色性也。欲望可能为生存的必须，若人人都不喜饮食，那性命则何以延续。但欲望应有度，一旦过之，则成为私欲，于人有百害而无一益。这私欲一存，知行就难合一了。"

席书又道："那如何恢复知行本然之态，实现知行合一呢？"

我道："上天生人，四肢百骸。心居于其中，心体无限广大，无限光明。君子为学当立乎大，不断扩充心之体。那私欲断不可存，需要时时荡涤，以使心保持光明之态。心体立，内为高尚之德，外为华美之文，行为丰功之绩。所以心学才是为学的首要，是立人为学之根，那文章与事业都是枝叶，是其次的。心学决定着文章与事业的高下，也是君子与小人的分别，所以孟子有'从其大体为大人，从其小体为小人'之言。所以我们要恢复心之光明，莫使私欲染心。"

席书起立躬身行礼："先生之言，我听后内心警惕，背后出汗。"①

---

① 席书言："予闻而心惕背汗。"

峰回路转

为政庐陵

正德五年（1510）三月，在龙场的我得知自己被授予庐陵知县这一职位。想了想这些年的经历，不由得对后面的生活充满憧憬了。几天准备之后，我便离开龙场。在去往庐陵的路上，船夫和我讲了许多庐陵当地的特色，他还说庐陵不但有着优美的风景，还有许多百里之才，在这里，光是状元就出了十六个，这使我对这个地方的兴趣更加浓厚了。我到庐陵后，写下这样的诗句表达我的心境："松古尚存经雪干，竹高还长拂云梢。溪山处处堪行乐，正是浮名未易抛。"

三月的庐陵，春意盎然，街边有各种小店铺，其中看见最多的就是卖米粉的了，看来这里的特色美食是米粉啊。但是从街上开店铺的人们衣着来看，貌似并不怎么富裕，甚至比普通人还差一点点。再往前走走，远处有一群人挤在一起，走进一看，发现大家在看一个告示。我凑近之后才看清，原来是讲昨夜县里的一户大户人家被盗了。旁边两人的对话让我印象深刻："哎呀，这个王财主天天欺负我们，我看他被盗也是活该。""可不是嘛，前几天他才被偷过，昨天又被偷了，不是报应是什么。"听到这里，我才反应过来，原来这里的财主喜欢欺压百姓，而且这里的盗贼也很多，看来需要好好改进一番。

不知不觉就到了晚上，皓月当空，我也已经回到了住处。掌灯时分，来了两个高瘦的青年，一个年龄看起来并不大，另一个貌似已过了而立之年。经过一番介绍，原来他们是听说我来到了此地，特意来拜访我的，他们此次前来的目的就是想听听我讲学。听到这个消息后我很高兴，没想到在这也有人会想听我讲学。于是我和他们的约定几天后我会前去白鹭洲书院讲学，二人欣然答应，告别离开。说起白鹭洲书院，可要讲一讲它在历史上的地位。它建立于南宋，创办此书院的人叫江万里，他还是朱熹的弟子，所以在此书院讲学的内容大部分以朱熹的思想为主。

第二天早上我来到了县衙，让我惊异的是，前来诉讼的人超乎想象得多，花了许久工夫才挤进大堂。见了我疑惑的样子，我身旁的县丞告诉我："大人，从去年开始，就有各种各样的人前来诉讼，而且这些案件都非常离谱，有的是对父母不孝引起的，有的是对兄弟不友不恭引起的，有的是邻里之间不和睦引起的，甚至最后引出了一起起命案。就拿最近发生的一桩来讲吧，在乡里有一对兄弟，哥哥和弟弟从小到大都非常和睦。哥哥为了给弟弟找好的教书先生日夜劳作，而弟弟在私塾里成绩也很出类拔萃，先生经常向哥哥夸他。每当弟弟下学时，便会来到田地里帮哥哥耕作。一人回到家也会一心一意地孝敬父母，一家人相处的非常和睦。直到有一天，弟弟不知在哪认识了一个浪荡之徒，他教弟弟学会了许多在他这个年龄不该做的事，比如喝酒、斗殴、斗鸡走狗。几个月之余，弟弟已经完全变了一副模样，开始花天酒地了。下学后，弟弟不再去帮助哥哥，不会再孝敬父母，已经变成了一个不知孝悌之人。哥哥当然也注意到了弟弟的变化，他找到弟弟，和他谈了许久。弟弟貌似也意识到自己现在是多么堕落，从那天起，就与那位浪荡之徒分开了。可是好景不长，弟弟再一次变得贪玩贪酒，说他入了歧途也不为过。哥哥见弟弟又变得如此，气愤至极。他本以为自己能够通过谈心让弟弟悔改，但是这却行不通。哥哥如此气愤，弟弟却不知为何开始大骂哥哥，并且冲上前去，对哥哥大打出手，谁都想不到这对兄弟曾经有多么和睦。哥哥哪能与正值血气方刚的弟弟相比，最终在亲弟弟的拳头下丢了生命，多么可悲啊。"

"那弟弟现在在什么地方呢？"我问县丞。

他回答道："现在就在狱里待着呢，如果您想见他，随时都行。"

"那就带我去看看吧。"我对他说道。

我们到的时候，已经是正午了。我们找到了被关押的弟弟，他坐在牢房的拐角处，似乎正在地上找什么东西。不知是不是光线昏暗导致的，他的目光显得非常灰暗。

"喂，那边的，知县大人来了，还不赶快过来。"旁边的狱卒对他喊道。弟弟先是愣了一下，然后抬起头，望着我，慢慢向我走了过来。走的过程中，他一直注视着我的眼睛，而我也一直在注视着他。他的双瞳告诉了我他的无助与恐惧。细看才看出他其实并不大，应该是个只有十四五岁的少年。

"走吧，跟大人去一趟。"狱卒对他说。

我问弟弟："你后悔吗？"

他说："不知道。"

我柔声道："怎么可能不知道呢？只要你良心尚存，就定会后悔。"

"但是后悔又有什么用呢？已经这样了，就算自首也没用了吧。"大牢的生活显然让少年筋疲力尽，双目空洞无物。

"自首并不是减轻让自己受到的惩罚的手段，它是为了检验你是否真的对此事后悔了，你的心是否被不良之事蒙蔽了。"我这样对他说。

"大人，我真的非常的爱我的哥哥。可是冲动之下，我会觉得他干什么都是在激怒我，您说我是不是特别可悲啊。"他再一次低下了自己的头。

我说："所有人的态度都是随着你的心而改变的。比如说你在心情很好时看见太阳当空照，你一定会觉得今天的天气特别好。如果你的心情不好的话，当你看见天上的太阳时，定会认为它是故意让你睁不开眼。你说是你的心变了，还是太阳变了呢？所以孩子啊，要记住人生于世，就怕一个傲字，为弟而傲必不悌，为子而傲必不孝，为父而傲必不慈，为友而傲必不信。人心本是天然之理，精精明明，无纤介染着，只是要'无我'，胸中'有我'，那'有'就是你行为不端之傲。'无我'故能谦，谦者众善之基，傲者众恶之魁。"

弟弟这时已经号啕大哭了，我不知他是因为悔恨而落泪，还是听了我的话而落泪。

几日后，我赴约来到了白鹭洲书院，想想当年文天祥就在这里学习过，虽然只有仅仅一年多的时间，但文天祥思想抱负的形成、生活道路的选择，与他在书院受到的教育密切相关。我想，在这里我也一定也能变得更加成熟，懂得更多的道理。直到现在我仍然认为，在如此之圣地讲学，是来到庐陵最快乐的事情了。在这里，我与前来听讲学的人讲述了许多我的领悟，并且也与他们聊了许多。这些人有的是学子，有的是商人，但是在这里，大家聚在一起，不会被职业的不同，年龄的差距而被排挤，大家可以在这里找到能够懂得自己、理解自己的人，我认为这是讲学的乐趣之一。

从那天晚上起，我经常会在工作闲暇之余前去讲学。

讲学讲的是什么呢，其实就是我在龙场悟出来的那些道理，即"本心即理，向内心求天理"和"正心除私欲"。我的观念和朱熹的观念"相生相克"，我的观念为什么会和他的观念"相生相克"呢？因为我认为朱熹"格物致知"的观念大错特错，我认为"格"是"正"的意思，而物呢，也就是事物、意念所在之处罢了。就拿"我要去讲学"来举例吧，"要"是意念，而"去讲学"就是一件事，所谓"格物"就是在"去讲学"这一事上矫正心之不正。我在龙场的绝境中能生存下来就是一事，"格物"就是在绝境中生存下来这件事上矫正心之不正。面对绝境，当时我心中有两个念头：一是悲观绝望；二是乐观面对。因为我心中有良知，良知可辨是非善恶，所以它会告诉你，第一个念头是错的，你要把第一个念头矫正来，保持第二个念头。以上的这些，便是我在讲学中所讲的主要内容了。

而讲学之外的时间，我便会去街上询问往来之人。例如问他们认为哪些事情是需要我们这些官员注意的，哪些事情又是需要他们自己注意的。而这些百姓的回答，我可以用来作为参考，并思考不同的应对方法。我采用明太祖在开国之初所用的政策来治理庐陵的百姓，用七部政策用来保障当地的政务。例如，均贫富、调节民众思想、劝百姓教化子弟、防火灾、上书报告民情、防止盗窃、清理驿站一些赖着不走的人。这些政策表面上看是我主政庐陵时对政务的处理，实质上却蕴含着我施政的核心思想——"仁心教化"和"知行合一"。终于，功夫不负有心人，在担任庐陵知县这期间，我成功地办了许多事情，杜绝了一些不正常的现象。例如，"葛布银"事件，详情如下：据吉安府御千户所旗甲马思熹称："蒙所批差，领解镇守江西太监王发买葛布银三封，及本所出备葛布折银并贡礼银三千两，前赴本镇。今因途阻，不敢前去"等情。参照该所掌印官，既该镇守衙门发银买布，若势不容已，只合照价两平收买为当。乃敢不动原封，分外备办礼银馈送，若非设计巧取，必是科克旗军，事属违法，本当参拿究问。但今江西变乱，姑行从轻查理。为此牌仰吉安府，即查前项布价并贡献礼银，务见的确。如称各军名下粮银，就仰会同该所，唱名给散，取领备照。若是各官自行出备，合仰收入官库，听候军饷支用，毋得纵容侵收入已。及查报不实，未便。

不知不觉，已经到了十一月，天气渐渐冷了。隆冬时节，我离开了庐陵，前往京师觐见皇上，并且在大兴隆寺暂住下来。在这里，我遇到了黄宗贤，就算是现在，我都会赞叹他是一个高明之士，更不用说我们当时聊得有多开心了。他告诉我自己虽然有向学的志向，但是貌似没有时间去学。我一听到这，便大笑起来，告诉他"人惟患无志，不患无功"这个道理，难道不是吗？凡事都是需要立志的，如果你不立下你的志向就去做某件事的话，即使你花了很大工夫，得到的结果也只不过是空的，换句话说，这就叫"空学"。但是一旦立下一个志向，不论有什么干扰，都不能阻碍你了，可见立志的重要啊。后来，我便和黄宗贤定下了终日共学的约定。

到十二月时，我升到了南京刑部四川清吏司担任主事一职。一日夜里，我、黄宗贤还有应良三人在一起讨论圣学，讨论了数个时辰，却无法讨论出一个明确的结论。我是这样告诉他们的："圣人之心如明镜，纤翳自无所容，自不消磨刮。若常人之心，如斑垢驳蚀之镜，须痛加刮磨一番，尽去驳蚀，然后纤尘即见，才拂便去，亦不消费力。到此已是识得仁体矣。若驳蚀未去，其间固自有一点明处，尘埃之落，固亦见得，才拂便去。至于堆积于驳蚀之上，终弗之能见也。此学利困勉之所由异，幸弗以为难而疑之也。凡人情好易而恶难，其间亦自有私意气习缠蔽，在识破后，自然不见其难矣。古之人至有出万死而乐为之者，亦见得耳。向时未见得里面意思，此功夫自无可讲处，今已见此一层，却恐好易恶难，便流入禅释去也。"没错，这也是我在龙场悟出的道理之一。我想，我这一辈子都在想着圣人该是什么样的，但是得出来的答案却一直在改变，我认为这代表着我思想一直在改变。这些思想本来就在我心中，随着年龄的增长会一个个浮出水面。听完我的讲解后，他们二人表示自愧不如，我也不好意思了。此时，明月初升，时不时会有一些乌云遮住它，让它消失一阵子，可是过了一会儿，它便会再次出现在漆黑的夜空中。

坐而论道

星海横流，岁月成碑，转眼已是半生，我也到了不惑之年。此前，我与尚书杨一清大人在机缘巧合之下有幸结识。杨大人为官清廉，两袖清风，深得百姓爱戴，人人称他为一代明臣，更是有"出将入相，文德武功"之美誉。承蒙杨一清大人的厚爱，我得以再次被任用，正月里被调往京师任吏部验封清吏司主事。

如今在南京和京师各有一套刑部班子，虽然我现在的官职还是正六品，但这里是京师，是百姓口口称颂、人人心向往之的"天子脚下"。南京名义上虽也是帝都，但天高皇帝远，同等官职自然也不如在京师受重视，能从南京调往京师，确是一件幸事。平日里我主要负责文牍杂物，掌管请封、捐封等事务，这些对我来说都是轻车熟路，并无太大的压力。逢心情晓畅通达时，我总爱偷得浮生半日与门人弟子饮酒作赋，若是时间充裕还可做做学问，讲讲学，如此算来，倒是一桩美差。

近来，徐成之写信于我，询求晦庵、象山之学的异同。后来几经了解得知，原来是王舆庵与徐成之为晦庵、象山之学进行了一场辩论，倒是与当年的鹅湖之辩颇为相似。我脑中回想着鹅湖之辩的场景，望向窗外：黑如浓墨的天空中，镶嵌着几颗渺远的星星，忽明忽暗。穿越夜空，我仿佛看见朱熹与陆氏兄弟辩论中的你来我往，思想与思想碰撞的火花闪耀在浓墨中……

　　遥想当年，有三人曾在江西上饶的鹅湖寺中会晤，进行了一场空前的辩论。此三人是何许人呢？朱子与陆氏兄弟是也。

　　朱熹乃是南宋时期的思想家、理学家、教育家、哲学家，他是理学集大成者，认为"理"是世界的本原，强调"理在先，气在后"，主张"存天理，灭人欲"。他学富五车，博览群书，对诗书礼乐均有极大的研究与看法，其思想更是为后世所尊崇，故后世皆尊称其为朱子。

　　与朱熹同时期的陆九渊乃是南宋的大哲学家，曾讲学于象山书院，世人皆称之为"象山先生"。当年他创立学派，从事传道授业活动，受到他教育的学生多达数千人。他以"心即理"为核心，创立心学，强调"自作主宰"，主张"发明本心""尊德性"。象山先生三四岁时，他就思天地何所穷际而不得，以至于废寝忘食。后十余岁，在古书中忽读到"宇宙"二字，见解者说："四方上下曰宇，往古来今曰宙。"这才恍然大悟，"原来无穷。人与天地万物，皆在无穷之中者也"。提笔便写道"宇宙内事，乃己分内事；己分内事，乃宇宙内事。"后又作此篇：

　　　　宇宙便是吾心，吾心便是宇宙。
　　　　东海有圣人出焉，此心同也，此理同也；
　　　　西海有圣人出焉，此心同也，此理同也；
　　　　南海北海有圣人出焉，此心同也，此理同也。
　　　　千百世之上至千百世之下有圣人出焉，此心此理亦莫不同也。

　　象山先生从小就有思想，成人之后，更是思想迸溅，常与弟子相互交流，彼此沟通促进，如此一来，他们的思想便逐步形成。他们的学说在当时可谓独树一帜，与以朱熹为代表的理学互相抗衡。

二者皆为儒学的表现形式，都继承了孔孟的"仁""礼"思想，认为世界本原是"理"，但对"理"的认识及实现"理"的方法却各不相同。

为此，吕祖谦亲自出面特邀朱熹与陆氏兄弟于江西上饶的鹅湖寺会面，共同研讨治学方式与态度，调和朱熹"理学"与陆九渊"心学"之间的理论分歧，使其"会归于一"。临川太守赵景明及所邀刘子澄、赵景昭、陆氏弟子朱亨道与其兄朱济道等人也前来参加此会。

鹅湖山在县城东北方，周围四十余里。其影入于县西湖，有山蜿蜒如龙，诸峰联络如接翅飞鸿，若狮象犀，风景秀丽，美不胜收。早在晚唐时期便有诗人描写当地风光："鹅湖山下稻粱肥，豚栅鸡栖半掩扉。桑柘影斜春社散，家家扶得醉人归。"鹅湖山因此诗而名声远播。辩论之初，一行人等正行于途中，复斋先生（即陆九龄）文思如泉，一会儿便得一诗，辩论由此打响了第一枪，其诗如下：

> 孩提知爱长知钦，古圣相传只此心。
> 大抵有基方筑室，未闻无址可成岑。
> 留情传注翻榛塞，着意精微转陆沉。
> 珍重友朋勤切琢，须知至乐在于今。

朱子说："诗甚佳!"不料紧接着话锋一转，"但第二句却有不妥之处。"

复斋先生连连追问："您既然这样说，那说说究竟哪里不妥。"

朱子便道："不妨一面起行，沿途商榷此诗。"

及至鹅湖，复斋先生吟诵此诗，刚刚至第四句，朱子便连忙打断："瞧这子寿早已是上了子静的船了！"

随后，继续与复斋先生进行辩论，象山先生听此辩论，便道："某途中和得家兄此诗。"于是赋诗一首：

> 墟墓兴哀宗庙钦，斯人千古不磨心。
> 涓流积至沧溟水，拳石崇成泰华岑。
> 易简工夫终久大，支离事业竟浮沉。
> 欲知自下升高处，真伪先须辨古今。

朱子一听象山先生吟诵到"欲知自下升高处，真伪先须辨古今"时，竟眉头紧锁，脸色大变，一时间不知该如何答辩，场面一度陷入僵局。于是，双方决定第一日的辩论就此结束，不如第二日再来一战。

翌日，辩论尚未开始，小东莱先生（即吕祖谦）便与朱公商量好"数十折议论"，与陆氏兄弟进行新一轮的辩论。只见，双方经过前一天的交锋，都气定神闲，不紧不慢，不像前一天那么剑拔弩张了。

朱子首先提出："所谓教人之法，就应'格物致知'，'格物'就是要穷尽事物之理，'致知'就是要推致其知以至其极。只有通过博览群书和不断对外物进行观察，才能启发内心的知识。"

象山先生一听，一声叹息道："哎，非也，非也。本应先发明人的本心，然后使之博览。所谓'心即理'，'理'是存在于人们心中的，人的主观意志能体现'理'，每个人都有心，因此人人心中都具有理。因此我们应先'发明本心'。"

"弟弟说的不错，有理有理，治学的道路就是这样的，也应先'发明本心'。只有心明则万事万物的道理自然就融汇贯通，自然是可以不假求外的。"复斋先生道。

朱子继续争论道："世间万物都是遵循'理'而运行变化的，'理'是客观存在的。就比如夏天人们拿手中的扇子扇风，这个东西就是扇子的道理。扇子就是应当这样做，应当这样用，所以任何一把扇子都能体现扇子的道理。那么，要想让一个人真正的懂得某个道理，将学问做到极致，须得博览群书，只有在书读多的基础上才能总结得出精神的道理，不至于最后走上'书到用时方恨少，是非经过不知难'的道路上。"

象山先生道："所谓学苟知本，六经皆我注脚，无须在读书穷理方面过多地费工夫。去此心之蔽，就可以通晓事理，所以要尊德性，养心神才是最重要的。"

历时三天，这场辩论会最终却还是没能分出个胜负。虽讨论了不少问题，但是在为学之方、教人之法的问题上，朱子与陆氏兄弟的说法大相径庭，双方互不相让。这场辩论如今已不仅仅是一场辩论，更是理学与心学两大学派之间前所未有的交锋。因朱子与象山先生立论的角度不同，所以他们在辩论会上所引发的观点自会有所不同。

现如今，成之写信于我，阐述了他与王舆庵关于朱陆异同的辩论，更想与王舆庵前来拜访我，同我一起讨论二者的异同。

一日清晨，我正好有空闲，坐在书房中研读书籍。忽听家仆在门口通传："先生，有客二人来拜访您，一位自称是王舆庵，另一位是徐成之，现正坐于前厅。"

我听罢，赶紧整理衣冠，连说道："快请他二人进来。"一会，只听他二人脚步声近，见到我连拜数次。我忙笑说："二位不必多礼，快快请坐。"恰在这时，家仆给他们端上了茶，"这是今年的新茶，二位可一品。"

成之、舆庵赶忙笑着答道："多谢先生，今日着实叨扰，还请先生见谅。"

我道："这有什么的，你们太见外了。你二人关于晦庵、象山之学的争辩我也有所耳闻。今日你们前来，想必也是为了这件事。"

"先生如此英明，我等实在佩服。"舆庵答道，"在先生面前，我不敢隐瞒，有话便直说了，如有说错之处，还请先生指正。如今，我反复琢磨陆九渊的思想，觉得津津有味，而品读朱熹，却味同嚼蜡。我总是觉得陆九渊的心学是圣学，而朱熹的理学则过于片面。先生，不知我可否这样说？"

我听了舆庵的话并没有直接回答，只是微微一笑说："成之觉得如何？"

成之道："我极不赞同舆庵兄的观点。我认为朱熹理学是圣学，而陆九渊的心学倒是极像禅学。我与舆庵兄一直都在辩论这个问题，却始终不能得出结论。"

我说："你二人还需得用心思考，你们总是研读《礼记·中庸》，必读到'君子尊德性，而道问学，致广大，而尽精微，极高明，而道中庸。温故，而知新，敦厚，以崇礼'一句。象山先生主张的'尊德性'乃是'存心养性'，而朱子主张的'道问学'则是'格物穷理'。你们二人不可过于偏激，切不能将两种思想分开来解读。这两种思想应是同气连枝，一体两仪的，只是朱子与象山先生二人站在不同的角度对治学进行了不同的解析。"

成之听了，紧缩的眉头微微舒展，接着问道："先生所言极是，只不过我才疏学浅，可否请先生进一步深入讲解。"

我道："师傅领进门，修行靠个人。如今我只是在为你们答疑解惑，至于更深一层的道理我是无法用言语告诉你们的，你们需长期积累，不断思考，自己深入意会。今日我所言，只是我自己的思考，你们需要自己继续斟酌。如今朱陆之间的异同，不可用对错论断。明朝一贯以朱学为正宗，以陆学为邪说，殊不知斯二者的思想是彼此依存，共生共荣的。象山主张的'尊德性'是治学的终极目标，朱子主张的'道问学'是治学的方法。'尊德性'与'道问学'，二者是不可以分离的，否则要么偏空，要么支离。"我看了看成之与舆庵，略微示意道，"从古至今的思想学说，并无对错之分，只是人们站在不同的角度进行剖析，天下的学术也非你我三人妄加评论，须得用心思虑。"

他二人听后，连连点头说："今日得先生教诲，实乃我们的荣幸。今后，我们定要多思多学，不负先生今日教诲。"

如此观之，朱子与象山先生的主张是各有千秋，有求同存异之处。"格物致知"与"发明本心"本就是浑然一体，紧密相连的。就好像一幅太极图，阴阳两鱼，转动起来，浑然一体，两者都是不可偏废，不可或缺的。在漫长的历史长河之中，理学与心学就如同两朵紧挨着盛开的蒲公英，它们的根须相互交错，盘根错节，可生长出来的花朵却又各不相同，它们共同吸收着来自远古时期且一直流传至今的日月精华，吸吮着天上不定时期坠落人间的雨露甘霖。它们彼此互相争夺着属于自己的营养，却又相互扶持，共同生长，只要一阵六月的长风吹来，它们必能乘长风，破万里浪，扶摇直上，漂洋过海，将自己的种子播向人间的各个角落。

主考会试

正德七年（1512）二月，我担任会试同考官。

二月的京城春寒料峭，我却来到贡院以熟悉同考之职。贡院内有数千号舍，还有几间大屋子供我与小吏办事休息。

我缓步入考官房，卸了行李，伸手唤小吏取了火把，生火烧一壶水。稍等片刻，水翻涌时，我拎着铁壶倒了一瓷杯热汤，从随行的包袱内摸出些许茶叶，搓入汤中，倚于椅上，细细品味。低头看着腾腾热气，我不禁想起三年前（正德三年戊辰科）的考生……

那年，全国三千余人参加会试，在同样的地方，上演不同的戏码。大明的会试录取率低，每年仅仅二三百名考生榜上有名，剩下的人在叹气中回家继续修学。弘治五年（1492）和弘治八年（1495）的会试，我相继落榜，同样体验过感伤与悲凉……

抛开一切杂念，先认真准备迎接会试。

我按照上级旨意，吩咐几十个小吏仔细检查贡院。一天半的工夫，我便收到手下一姓刘的小吏报告："报考官王大人，考场准备完毕，请您视验！"我起身向内走，查看贡院的布置情况。

贡院的主体部分是号舍，贡院二三十排号舍，每排约有几十间。每排号舍的最后还配有一间厕所，供该排号舍内的考生使用。贡院外有两堵高墙，为内墙和外墙。内墙和外墙间有约十五尺宽，中间有人巡逻，以防有人越墙。

号舍为士子考试、答题、食宿之所。号舍左右两壁砖墙在离地一二尺的地方，砌出上下两道砖托，以便在上面放置上下两层木板。上层木板可用于答题；上下层木板的另一个作用是作为门将考生限制在号舍里。号舍很小，宽三尺，深四尺，后墙高八尺，前檐高约六尺。在考试期间，考生要在号舍内完成进食、答题、休息、睡觉等。考生面前有一些考篮，是考生进考场时带进来的，里面装了一些干粮和考试用具，如笔、墨、纸、砚。考生带的干粮必须切开，以防考生作弊。考生一但进入号舍就无法出来，除非考试结束。考试时间是九天，分三场，分别是四书五经、策问、诗赋，每场各三天。

由于一段时间未用贡院，号舍灰尘遍布，有些角落还生了蛛网。后天，数百名考生将在这样的条件下答题，仕途实在艰难。

两天以后，我走出大堂吩咐道："开门！"

几人快步冲到贡院门楼下，拔掉木栓，打开了大门。外面的考生陆陆续续到大堂报到。考生拎着考篮，拿着答题纸走入号舍。我手下的小吏紧跟其后，考生刚进号舍，小吏就把木板向内推，当木板横置，两头恰好把号舍封上时，小吏上锁，把考生关在里面。

外面等待的考生们鱼贯而入，约小半天工夫，全部依制按秩序进入号舍。

连续九天的会试结束后，三千余考生浩浩荡荡地离开考场，他们都将在京师停留，忐忑地等待着结果。每个人都想成为幸运的十分之一，进入殿试，获得进士出身，从而为国效力。

是年，我的下属方献夫拜我为师。他是何许人？方献夫，字叔贤，广东南海人。叔贤出生时死了父亲，刚刚加冠成人就考中弘治十八年（1505）进士，后改选为庶吉士。正德年间，叔贤出任礼部主事，后调到吏部，升为员外郎。叔贤当时是吏部的郎中，比我的职位高。那天，他找到我，道："守仁，我有一个要求，你是否答应?"

我答:"大人请讲!"

叔贤突然拱手鞠躬作揖:"王老师,请收我为徒!我想向您学习心学。"虽然叔贤是我的上司,但他有志于学的精神打动了我。我忙双手扶献夫起,谦虚礼答几句,答应收徒。

冬天到了,叔贤本应在京城青云直上,但是他因身体的原因,不得不归养南海西樵山。离别时,我与献夫老师在马车下告别:"叔贤,养好身体啊!"语罢,挥手致意,目送马车消失在远方的烟云中……

多年之后,方献夫成为大明王朝的第二十八位内阁首辅。

方献夫先去了南京,曾作《赠湛甘泉奉使安南便道归省》一诗:

> 沧海源头许样深,罗浮绝顶几千寻。
>
> 谢安昔日苍生望,毛义当年白发心。
>
> 玉节远挥南斗外,锦衣先戏北堂阴。
>
> 乾坤忠孝男儿事,肉眼平生是所钦。

献夫担心学难以让人明白,容易使人疑惑,我就写了一篇文章寄之。略曰:"颜子没,而圣人之学亡。曾子唯一贯之旨,传之孟轲绝。又二千余年而周、程续。自是而后,言益详,道益晦。析理益精,学益支离。无本而事于外者,益繁以难。盖孟氏患杨、墨,周、程之际,释、老大行。今世学者,皆知宗孔、孟,贱杨、墨,摈释、老。圣人之道,若大明于世。然吾从而求之,圣人不得而见之矣,其能有若墨氏之兼爱者乎?其能有若杨氏之为我者乎?其能有若老氏之清净自守、释氏之究心性命者乎？吾何以杨、墨、老、释之思哉？彼于圣人之道，异然。犹有自得也。而世之学者，章绘句琢以夸俗，诡心色取相饰以伪，谓圣人之道，劳苦无功，非复人之所可为，而徒取辩于言辞之间。古之人有终身不能究者，今吾皆能言其略，自以为若是亦足矣。而圣人之学遂废，则今之所大患者，岂非记诵辞章之习？而弊之所从来，无亦言之太详，析之太精者之过欤？夫杨墨老释，学仁义、求性命，不得其道而偏焉，固非若今之学者以仁义为不可学，性命之为无益也，居今之时，而有学仁义求性命，外记诵词章而不为者，虽其陷于杨墨老释之偏，吾犹且以为贤，彼其心犹求以自得也。夫求以自得而后可与之言，某幼不问学，陷溺于邪僻者，二十年而始究心于老、释，赖天之灵，因有所觉，始乃沿周、程之说，求之而若有得焉，顾一二同志之外，莫予冀也，岌岌乎，仆而复兴，晚得友于甘泉，湛氏子而后吾之志益坚毅然，若不可遏，则予之资于甘泉多矣。甘泉之学，务求自得者也，世未之能知其知者，且疑其为禅。诚禅也，吾犹未得而见，而况其所志卓尔。若此，则如甘泉者，非圣人之徒欤？多言又乌足病也，夫多言不足以病甘泉，与甘泉之不为多言病也，吾信之。吾与甘泉友，意之所在，不言而会，论之所及，不约而同，期于斯道，毙而后已者。今日之别，吾容无言？夫惟圣人之学，难明而易惑，习俗之降，愈下而益不可回，任重道远，虽已无俟于言，顾复于吾心，若有不容已也，则甘泉亦岂以予言为缀乎？"

正德六年（1511）十月，我担任清吏司员外郎。清吏司员外郎是五品官协郎中掌管司事。正德七年（1512）三月，我升职为清吏司郎中。这年，穆孔晖、顾应祥、郑一初、方献科、王道、梁谷、万潮、陈鼎、唐鹏、路迎、孙瑚、魏廷霖、萧鸣凤、林达及黄绾、应良、朱节、蔡宗兖、徐爱作为学生，听我讲述心学之道。

十二月，凛冬已至，然而我却热血沸腾。我的职位再次发生变化——被任命为南京太仆寺少卿，从正四品。我的职责是掌牧养马匹以备军需。

远方，吾母传信询问我的情况。我回信告之，便踏马回家看望父母，顺便与学生徐爱讨论圣学。徐爱是今年考满的时候从祁州升入京城的，授职工部员外郎，这经历与我相同呀！

我只要一与徐爱谈论《大学》的宗旨，就会感到畅快、精力旺盛如狂如醒者数日，胸中混沌复开。冬夜里，我坐在藤椅上，仰头静思，尧舜禹三代先王，再加上孔子、孟子等圣人留下的真言在我心中回荡："尽信书，则不如无书。""尧舜之道，孝悌而已。""锲而不舍，金石可镂。"尽管圣人不同，给我的启示却相同："孝悌之道为重也。"我可以改变自己，再改变书上的知识，进而改变我身边的人，最后改变大明王朝。普天之下，众生皆需我所助。

我与徐爱论学的内容，都放入《传习录》的首卷里了。徐爱曾道："爱因旧说汩没，始闻先生之教，实骇愕不定，无入头处。其后闻之既久，渐知反身实践，然后始信先生之学为孔门嫡传，舍是皆傍蹊小径，断港绝河矣。如说'格物'是'诚意'的工夫，'明善'是'诚身'的工夫，'穷理'是'尽性'的工功夫，'道问学'是'尊德性'的工夫，'博文'是'约礼'的工夫，'惟精'是'惟一'的工夫，诸如此类，皆落落难合。其后思之既久，不觉手舞足蹈。"

游四明山

正德八年（1513）二月，我终于再次回到了家乡余姚。我原本计划和贤契徐爱一起游览天台山和雁荡山，却因为我已经很久未回绍兴老家，亲朋好友多有造访，此事只得一而再、再而三地往后推。在离京时，我便赠友甘泉、宗贤以文章，想与他们结庐于天台山和雁荡山，论道终身。《别黄宗贤归台序》原文如下：

君子之学以明其心。其心本无昧也，而欲为之蔽，习为之害。故去蔽与害而明复，匪自外得也。心犹水也，污入之而流浊，犹鉴也，垢积之而光昧。孔子告颜渊"克己复礼为仁"，孟轲氏谓"万物皆备于我""反身而诚"。夫己克而诚，固无待乎其外也。世儒既叛孔孟之说，昧于《大学》"格致"之训，而徒务博乎其外，以求益乎其内，皆入污以求清，积垢以求明者也，弗可得已。守仁幼不知学，陷溺于邪僻者二十年。疾疢之余，求诸孔子、子思、孟轲之言，而恍若有见，其非守仁之能也。宗贤于我，自为童子，即知弃去举业，励志圣贤之学。循世儒之说而穷之，愈勤而益难，非宗贤之罪也。学之难易失得也有原，吾尝为宗贤言之。宗贤于吾言，犹渴而饮，无弗入也，每见其溢于面。今既豁然，吾党之良，莫有及者。谢病去，不忍予别而需予言。夫言之而莫予听，倡之而莫予和，自今失吾助矣！吾则忍于宗贤之别而容无言乎？宗贤归矣，为我结庐天台、雁荡之间，吾将老焉，终不使宗贤之独往也！

这天台山、雁荡山是何许山，竟有如此魅力？天台山位于越之东，与苍山、雁荡山、四明山、金华山相邻，山脉连绵不绝至东海之滨。山上的国清寺由智者大师建于隋开皇十八年（598），隋代高僧智越曾在此创立天台宗，而后鉴真从日本来到大唐时也曾朝拜国清寺，此地是个修身养性的好去处。雁荡山位于越之南，因山顶有湖，芦苇茂密，结草为荡，南归秋雁多宿于此，故名雁荡山。历代文人墨客纷至沓来，其中著名的有康乐公和梦溪丈人等。

直至五月，我才稍能脱身，决心前往游览，只可惜正值酷暑。有些人阻拦我，他们态度坚决且人数众多，我便只得作罢。有时便与徐爱和一众好友在周围寻找小山游玩，以等候宗贤。在周围的景色中，东南边的山谷树林是风景中的上乘，我与徐爱等了一个月还未等到宗贤，又因徐爱赴任有期限，再加上徐爱的父亲也曾多次催促他，我便决定开始游学。四明山也称金钟山，此地林深茂密，青山碧水，各种鸟兽出没其间，如此圣地就是我们此行游学的目的地。我与徐爱、希渊、守中、世瑞及半圭一同经虞上登上四明山。先观赏了白水瀑布。瀑布一泻千里，银珠飞溅，数里之内雾气腾腾，恰似仙境。遂作《四明观白水二首》：

其一：

> 邑南富岩壑，白水尤奇观。
> 兴来每思往，十年就兹观。
> 停骖指绝壁，涉涧缘危蟠。
> 百源旱方歇，云际犹飞湍。
> 霏霏洒林薄，漠漠凝风寒。
> 前闻若未惬，仰视终莫攀。
> 石阴暑气薄，流触溯回澜。
> 兹游讵盘乐，养静意所关。

> 逝者谅如斯，哀此岁月残。
>
> 择幽虽得所，避时时犹难。
>
> 刘樊古方外，感慨有余叹。

其二：

> 千丈飞流舞白鸾，碧潭倒影镜中看。
>
> 藤萝半壁云烟湿，殿角长年风雨寒。
>
> 野性从来山水癖，直躬更觉世途难。
>
> 卜居断拟如周叔，高卧无劳比谢安。

而后，在幽静的山谷中寻找龙溪源泉，探访杖锡寺，寺中香火不绝，僧人的念佛声夹杂着阵阵木鱼声传出，遥远而清脆，朦胧而清晰。又作《书杖锡寺》诗一首：

> 杖锡青冥端，涧壁环天险。
>
> 垂岩下陡壑，涉水攀绝巘。
>
> 溪深听喧瀑，路绝骇危栈。
>
> 扪萝登峻极，披翳见平衍。
>
> 僧遁寄孤衲，守废遗荒殿。
>
> 伤兹穷僻墟，曾未诛求免。
>
> 探幽冀累息，愤时翻意惨。
>
> 拯援才已疏，栖迟心益眷。
>
> 哀猿啸春嶂，悬灯宿西崦。
>
> 诛茆竟何时，白云愧舒捲。

　　之后，我们登上了雪窦山，在千丈岩上极目远眺，享受着微风的轻抚，欣赏天姥峰和华顶峰的壮丽景观。随后，我们经奉化前往赤城山。这里经常发生旱灾，此时酷暑已至，田地龟裂，土地荒芜，民不聊生。看到这番景象，我心中无限悲哀。沿途的百姓在虔诚求雨，可惜并未有一滴甘露从天而降。一行人心情低沉，便从宁波乘小船返回余姚。这一来一返花去了半个月，一起同游的朋友均有感触，然而并无更深层次的想法。但是最遗憾的，莫过于宗贤并未能和我一起同行。

　　游学回来半个月后，徐爱也离开了，使者来时已过了十余日。回想起在京城的那段时光，无时无刻都恨不得立刻返回故乡。本以为回家是件容易事，没想到却如此曲折。自此以后的精神意气定会不如从前，不知多年以后回首今日又会怎样想。想起来真是又可叹又可惧。而当时与宗贤许下的留居之约，竟成了空话。

　　周围亲朋好友以徐爱离开为由，催促我赶紧动身，去滁州的行程不能再往后推了。听闻滁州山水颇佳胜，差事也不多，便应下了。在此期间同行的后辈中有三四人，习气已深，虽然有美好的素质，但已渐渐被消耗光了。这件事情就像淘沙一样，虽能淘到金子，但目前可未必能得到。

　　岁月的河流奔涌向前，我将要在滁州开启生命的又一段旅程，遇见难以忘怀的人和事。

　　滁州，我王守仁来也！

滁山水佳胜

滁阳别诸友

王阳明

滁之水，入江流，江潮日复来滁州。相思若潮水，来往何时休。

空相思，亦何益。欲慰相思情，不如崇令德。

掘地见泉水，随处无弗得。

何必驱驰为，千里远相即。

君不见尧羹与舜墙，又不见孔与蹠，对面不相识。

逆旅主人多慇勤，出门转盼成路人。

初识滁州

正德八年（1513）十月，我在两三名弟子的陪伴下来到了滁州。坐在马车上，一路颠簸。行至清流关，觉得空气有些沉闷，便拉开窗帘，一缕金黄色的夕阳洒在身上。向窗外看去，竟是一片火红的枫树林，耳边传来悠扬婉转的鸟鸣声，顿觉身心愉悦。想当年，宋朝大文豪欧阳修是否也得以享受如此良辰美景？只是欧公当年是因弹劾奸党而被降职至滁州任知府，心情自然有些郁闷。而我是死里逃生后的升职，劫后余生已经是最大的幸事，升职更是锦上添花。但欧公在这风景佳胜的滁州也过的蛮惬意的，他自封"醉翁"，写下了名震一时的《醉翁亭记》，而后他的学生苏东坡为此文题跋，成为当时文人雅士广为流传、背诵的名篇之一。我和欧公在某些程度上还是有些相似的，我是来这里怡情养性的，希望借助幽美的环境来洗涤世俗之心。可能正应了那句话，山水是被文人描绘出来的，而文人是由山水陶冶出来的，二者密不可分。也许，和滁州这番山水宝地，我能擦出不一样的火花。

来到了衙门，一位身着皂靴绛衣的官员朝我走来，此人身高六尺有余，长相敦厚，给人一种平和之感。令人印象深刻的是他的眸子。孟子说"存乎人者，莫良于眸子。眸子不能掩其恶。胸中正，则眸子了焉；胸中不正，则眸子眊焉。"此人双眸极清明，仿佛有泉水从中流出。他一见到我，便向前深深作揖，我随后还礼，只听他道："王大人近来可安好？卑职是滁州知府裴元度。王大人此番前来想必舟车劳顿，不如先行休息。待明日，下官再领王大人在滁州参观一番，好让您熟悉这里的风土人情。"

"好，那就有劳裴大人了。"我应道。随后，我被带领到一所驿站休息。房间内的床榻收拾的整整齐齐，房内摆放着一张小桌和几把椅子。窗外便是一个院落，里面种了一棵老槐树，槐树下有一张石桌和几个石凳。院内还有一个小水塘和几座假山，墙壁上有几幅砖砌的镂空图案。看着这样的景致，我的心情也变得安适、惬意起来。安置好行李后已是戌时，伴随着老鸹的叫声和枕头散发出的清幽茶香，我度过了在滁州的第一个夜晚。

　　破晓时分，我微微转醒，感受每一缕阳光在皮肤上抚过。昨夜睡得很安稳，一夜无梦。没有丝毫留恋被窝中的温暖，我下了床榻，穿好衣服，刚出门，便看到昨日见过面的裴大人。

　　"裴大人早。"我上前一步，拱手作揖。裴大人看到我，好像略微有些吃惊，但他随即将那吃惊的神色收起来，欠身拱手，道："王大人早，不知昨夜睡得可好？不如先随我去用早膳。""好，那就有劳裴大人了。"我点头道。

　　用过早膳后，裴大人说要带我去熟悉这里，便和我一同乘马车，在车上开始向我介绍起滁州的一些风土人情。"滁州曾是南北交通要道、兵家必争之地。这里是明太祖朱元璋的出生地，也北宋开国皇帝赵匡胤、东晋开国皇帝司马睿的发迹地。吴风楚韵，气贯淮阳，滁州与'六朝古都'南京隔江相望，物阜文昌，自古就有'金陵锁钥，江淮保障'之称。自我朝以来，在江淮地区设置一府一直隶州。一府为凤阳府，初领九州十八县，后领五州十二县，今区境设有凤阳、临淮、定远、天长等县。直隶州为滁州，领来安、全椒两县。欧阳修当年介绍滁州时说：'今滁介江淮之间，舟车商贾、四方宾客之所不至，民生不见外事，而安于畎亩衣食，以乐生送死。'"裴大人在向我介绍滁州时一直面带笑意，有时还会露出自豪的笑容。不难看出，他很喜欢这里。"我们现在要去的地方便是著名的琅琊山，而王大人您工作的地方就在琅琊山脚下。"

　　马车来到山脚下便停下来了，我和裴大人一同下了车，开始登山。深秋的琅琊山真是别有一番韵味。走在琅琊古道上，四周都是树。不时的有些心急的鸟儿飞过，鸣唱着秋之歌。抬眼望去，琅琊山已不再是一座山，而是一大片彩色的树林，红的、绿的、黄的、银的……就像用天上的彩霞做成了七彩的胭脂，点缀在琅琊山这位少女的脸上。走着走着，就来到了三面环山，景色秀丽的深秀湖。走上一座小桥，看见湖中几条小鱼在水里嬉戏。千年之前，庄子与惠子是否也曾站在这里展开辩论呢？据裴大人讲，醉翁亭前的让泉终年不涸，泉水香甜。冰凉的泉水浸没皮肤，并不刺骨，反倒觉得清爽。行至醉翁亭，抚摸欧公亲手栽培的古梅，便想到冬季的白梅傲然挺立，在枝头绽放。欧文苏字的《醉翁亭记》碑历经岁月的磨砺，显得愈发遒劲、洒脱。拾级而上，便是琅琊寺。寺庙掩映在绿树浓荫之中，潺潺泉水绕寺而过，寺中亭台楼阁错落有致。进入寺中，雄伟壮观的大雄宝殿映入眼帘。殿前院落中央有明月池，池上一拱桥曰明月桥，池北有一精舍为明月观。大雄宝殿后有藏经楼，相传唐高僧玄奘从"西天"取经回来后，曾将一部经书收藏在这里。楼的右侧为一方形庭院，院中翠微亭尤为别致。明月观后有三友亭，因此亭旁有松、梅、竹岁寒三友而得名。

沉浸在这美景之中，竟不觉时间飞逝。裴大人说要带我去我办公的地方看看。南京太仆寺寺署龙潭，北望丰乐亭，西依丰山，幽谷相临，溪水环流，树木葱茏。沿丰山下西行，到醉翁亭仅三里之遥。周边山水清幽，在此工作简直是舒适至极。裴大人说他已命人备好了酒，只等我们到来。小酌几杯后，我便回屋休息了。

月夜放歌

南京太仆寺少卿这一职务工作清闲，就像齐天大圣孙悟空曾经在天庭做的弼马温一样。地僻官闲，有如此千载难得的机会肯定要做学问。再加上来滁州后，有弟子陆续从各地云集至此，简直就是"天时、地利、人和"占了其二，只少"地利"。南京郊外的龙盘山和滁州西南部的琅琊山是两处游学胜地，在游览龙盘山时，我一时兴起，写下了《龙盘山中用韵》：

> 无奈青山处处清，村沽日日办山行。
> 真惭廪食虚官守，只把山游作课程。
> 谷口乱云随骑远，林间飞雪点衣轻。
> 长思淡泊还真性，世味年来久絮羹。

　　龙盘山虽风景优美，可惜离太仆寺有些远，琅琊山倒是一个不错的选择。为了寻一处绝佳的讲学之地，我寻遍整个琅琊山，终于在丰山东麓找到了一处绝佳空地。这空地就是滁州十二景之一"柏子灵湫"。有诗为证：

> 风吹老柏作龙呼，龙去潭空想壮图。
> 万壑生云从驻辇，九霄摩隼避开弧。
> 群夸颂猎镌灵壁，几欲攀髯泣鼎湖。
> 今古泠泠一泓水，可能飞雨慰来苏。

　　"柏子灵湫"又称"柏子龙潭"，是汉代人采铜留下的矿坑，潭中水呈深黑色，给人神秘莫测的感觉。这座潭在离滁城三里的丰山东南处，始建于宋代乾德四年（966）。据说，开国皇帝朱元璋途经此处，曾在此求雨成功，于是这里成为了圣地。现在这里又成为我讲学的圣地，我喜欢和弟子一同围在龙潭旁，与他们游于琅琊、让泉等地，与他们讨论心学和理学的观点，谈古论今、思考人生。有一夜，月朗星稀，我与弟子围绕在龙潭席地而坐，清澈的月光洒落在我们身上，风吹树叶的沙沙声和泉水流淌的叮咚声，伴随着我们吟诵诗书礼乐古圣贤之声，和谐动听、清脆悦耳。杯中的施集烘青的茶香沁人心脾，升起袅袅白烟。诸生提出一个又一个古今话题，而我忽而简言作答，忽而宏论数语，忽而默言示其自得。当讲到兴奋处，弟子们纷纷起身，有的放声高歌，有的手舞足蹈，还有的捧腹大笑，整个山谷回荡着我们愉悦的声音。

常言"静如处子，动如脱兔"，虽然我和弟子们在一起歌声振山谷，但我还是倡导他们"静坐悟入"，即在静坐的过程中悟道。但是，弟子在静坐的过程中也出现了一些问题。

一日，弟子孟源问我在静坐时思虑纷扰，不能强制禁绝，该怎么办？我答曰："纷杂思虑是强制禁绝不了的，只有在思虑萌动的时候省察克治，反省自己为什么会神游。到天理精明后，便自然能明白事物的道理，到这样的地步后就会专心致志并无纷杂之念。这就是知止而后有定的道理。"孟源按此方法静坐，虽没有立竿见影，但还是略有所成。

还有一次，一位叫周莹的浙江人来到滁州。他向我倾诉，他的老师只教他学什么，而不教怎么学，所以他始终没有找到学习的好方法。我想了想，对他说："你已经知道了学习的方法，就不用来问我了。"周莹不明白，继续向我追问求教。我便问他："你这次来滁州是否路途很长？是否一路艰辛？"周莹承认辛苦。我告诉他："你舟车劳顿，不辞辛苦，终于实现了愿望。这是谁教你的方法？不都是你自己的意愿吗？既然如此，你立志于圣贤之学，自然也会用这种方法去追求。现在还需要我教你方法吗？"

在初春时，我携弟子在滁水游玩。此时，阳光普照大地，春风拂过水面，荡起阵阵涟漪，岸边的杨柳也在与春风共舞，展现曼妙的身姿。小草刚探出毛茸茸的嫩叶，仿佛在向我们问好，一派春意盎然的景象。在千年以前，孔子也曾带着弟子来到沂水游春，谈论水的品德，并与君子的品德作对比。孔子的弟子也曾说过自己平生的志向就是在暮春时节，携几位好友在沂水边沐浴、纳凉，孔子对此也称赞有加。这难道是冥冥之中的安排？我遂作《山中示诸生五首》，以下为其中一首：

> 滁流亦沂水，童冠得几人？
> 莫负咏归兴，溪山正暮春。

离别滁州

正德九年（1514）四月，我被任命为南京鸿胪寺卿，将离开滁州，前往南京。鸿胪寺是掌管朝会、筵席、祭祀、朝会礼仪的机构。虽是升任，但我舍不得滁州秀美的景色。虽因朝廷重新重视自己而感到欣喜，却掩盖不住我对滁阳诸友的思念。

清晨，天空辽远，水天相接，金色晨曦渲染了苍穹，将停泊岸边的小船渡上金粉。水面波光粼粼，远远地闪耀着。滁州的好友与学生们将我送至此地，不能陪我继续远走，只能在此离别。涌动的水波渐渐占据了我的视线，延伸极远，水天相融。诸友的关心之言久久回荡在耳边。望着小船，想着将要驶向水天尽头的南京，思念之情再次填满我的心。我将心中杂念去除，内心平静下来，面带微笑地对坚持送我上船的几位学生说："我要离开这里，到南京上任了，不必思念我。"

　　见他们依依不舍，我吟了一首诗，催促他们回去。诗云："滁之水，入江流，江潮日复来滁州。相思若潮水，来往何时休。空相思，亦何益。欲慰相思情，不如崇令德。掘地见泉水，随处无弗得。何必驱驰为，千里远相即。君不见尧羹与舜墙，又不见孔与蹠，对面不相识。逆旅主人多慇勤，出门转盼成路人。"

　　我坐上船，带着徐爱等人，起航去南京。

　　风吹动我的发丝，我迎风站在船头，轻声道："别了，滁州。"

印象金陵

桨声欸乃，一叶扁舟缓缓行至长江中心时，摇船的艄公用南京话大声地唱起了船歌：

"长江滚滚青波翻，
一叶小舟至江南。
客问风光何处好？
良辰美景金陵天。
石头城下浪儿白，
幕府山前燕子还。
五马曾于此争渡，
一骑化龙真容显。
江水涛涛流不尽，
春花秋月复又见。
百花现下正重开，
转眼你我不少年。
君看汲水苍老妪，

曾为赛雪美红颜。

秦淮河边秦时月，

莫愁湖畔莫不欢，

竹马青梅皆不在，

千载悠悠一瞬间。

惟有台城无情柳，

满城依依把人唤……"

五月午后的天气已经有些热了，我与徐爱便走到船头。江风徐徐，艄公那极有韵味的船歌传入耳中，让人顿觉神清气爽。遥望长江两岸，满眼苍翠，不时有白鹭在岸边的绿树中飞起。长江之上，船只往来不绝，偶有两船离近，船上巨帆相接，宛如鸟翅舒张。船中有人大声呼喊，互相打招呼，人声瞬时消散，更显得天地浩渺。

听完艄公船歌，徐爱指着对岸的山兴奋地问："老师，您看，江边的那座山莫不是狮子山？"

还未等我回答，老艄公便接话道："是滴噢，我还是听老人讲滴，大明洪武大帝曾经和群臣登上这狮子山，还讲群臣还要写个什么楼记。但是我在这江上摇了这么多年船，从来也没有看到什么楼。"

徐爱道："老人家，当年洪武帝是想盖一座阅江楼在狮子山上，但因工程太大，最后取消了。"

远远望去，狮子山确如洪武帝在《阅江楼记》中所描绘的：此山蜿蜒如龙，连络如接翅飞鸿，号曰卢龙，趋江而饮水，末伏于平沙。一峰突兀，凌烟霞而侵汉表，远观近视实体狻猊之状，故赐名曰狮子山。

约有半个时辰，小船在长江南岸龙江关附近靠岸。这龙江关紧依狮子山而建，乃明朝初年为征收长江往来船舶货物之税而建。宣德年间，又于上新河设置了上新河关。上新河地处上游，俗称为"上关"，而位于下游的龙江关则俗称为"下关"。因江苏为极富庶之地，这龙江关自建成之日便极其繁华。狮子山旁是南京仪凤门，仪凤门外有一寺一宫，即静海寺与天妃宫。虽在城外，但因紧临龙江关，却也是人员与货物必经之处，故而人来人往好不热闹。

阅江揽胜

我与徐爱登船上岸，已至午时。码头货船往来不绝，商贾云集，一片繁荣气象。鸿胪寺已经有人在码头等候，因下午无事，便只将行李托付给等候之人，我自与徐爱一同登狮子山。

沿着狮子山南侧的山道拾级而上，我与徐爱又聊起了阅江楼。

我笑道："当年洪武帝赐此山名狮子山，并与群臣共作《阅江楼记》。洪武帝与一代名臣宋濂两篇楼记传世，都是极好的文章。你都读过吗？"

徐爱走在我的前面，一边拨开登山小径上丛生的杂草为我引路，一边笑道："两篇楼记我都读过。我更喜欢太祖所写之记，辞藻优美，气象万千。印象极深的是遥想楼成之状的语句：'碧瓦朱楹，檐牙摩空而入雾，朱帘风飞而霞卷，彤扉开而彩盈。正值天宇澄霁，忽闻雷声隐隐，丞倚雕栏而俯视，则有飞鸟雨云翅幕于下。斯楼之高，岂不壮哉！'每次读时，总觉恢宏华美的阅江楼如在眼前一般。"

我笑着颔首。不一会，两人便登上山顶。山顶有一平台，上面巨石杂立，巨石间横七竖八地倒着一些粗壮的树干，不知经过多少年风吹雨打，有的已成朽木，有的树皮上长满了青苔。

向北望去，长江在山脚下蜿蜒如练，阳光洒在江面上，化为万千白鳞闪幻不断，货船在江面上缓缓驶过，小船扬帆乘风穿梭似箭。江边也有悠闲的老者，坐于柳荫下垂钓。此时天气极好，晴空万里，远眺江山，风景如画。再向东南眺望，南京城尽收眼底，玄武湖泛光如镜，将钟阜倒映在湖中。南京建筑气派格局与京师无异，不同的只是如桂樟的江南草木遍布城中，给南京增添了丝丝江南的婉约韵味。

抚今追昔，游兴正浓。我沉思片刻，吟出《登阅江楼》诗："绝顶楼荒旧有名，高皇曾此驻龙旌。险存道德虚天堑，守在蛮夷岂石城。山色古今余王气，江流天地变秋声。登临授简谁能赋？千古新亭一怆情。"

片刻后，刚刚万里无云、艳阳高照的天空，突然开始阴沉起来。风乍起，山上之草木不停晃动，发出呜呜之声，江面上缓缓行驶的货船，因风鼓帆，速度也明显地快了起来，烈烈之声不绝。

乌云低垂，山雨欲来。我望着风中的影像，不觉有些恍惚，二十余年的人生经历一幕幕展现在脑海，如电光石火般不停转换。

直到徐爱轻轻地推了推我，我才回过神来，他皱眉看着江面，似有些担忧："老师，刚才学生喊你几声，都没见您答应。眼看就要下大雨了，咱们还是快些下山吧？"

我笑道："是啊，刚刚有些出神了。好，咱们下山。"

下山路上，徐爱好奇地问道："老师刚刚在想什么？"

我道："成了一首诗，你且听一听：

"临风矗立阅江楼，浩浩江天一望收。

浊沫每同清浪涌，乌鳅或伴锦鳞游。

滩平岂可松长索，道险尤须避暗流。

世事沧桑皆此理，当从载覆问源由。"

徐爱沉吟道："世事沧桑皆此理，当从载覆问源由。学生受教了。"

龙江听雨

下山后，已是掌灯时分。我与徐爱来到江边的一家饭店，刚刚在二楼靠窗处坐定，雨便如连珠倾泻而下。不一会外面已经烟雨濛濛，分不清哪里是江，哪里是岸。

我与徐爱均笑道好险，回想今日泛舟过江的经历，觉得大有意趣。

点菜时，店小二突然问道："二位客官是外地来的吧？真是好运气啊！"

徐爱笑问店小二："是不是讲我们正好避过了雨啊？"

店小二笑道："我是讲二位正好赶上了雨天。"

我奇道："为何？"

店小二道："此地为龙江，龙江夜听雨乃是南京城一绝。乘一叶孤舟于江上，听潇潇夜雨，品一壶好酒。啧啧，这人生百味，皆在夜雨声中喽。"

徐爱笑道："哎呀，听你这么说，我们还真是来得早不如来得巧，看来若是不感受一下，必定要后悔了。"

我也来了兴致，对徐爱道："下雨天留客，咱们就顺其自然。今晚龙江夜听雨吧。"

吃完饭，来到小二推荐的地方。登舟夜宿，听龙江夜雨。

江雨沙沙，天地如墨，舱内一灯，随风闪动，几欲熄灭。隐隐约约映照出船舱上所刻一首诗：

> 黑云拖雨过长汀，
> 恍若骊珠散紫清。
> 声到枕边惊蝶梦，
> 风回蓬底带龙腥。
> 渔灯隐隐孤村暗，
> 芦叶萧萧两岸鸣。
> 已觉夜深还渐沥，
> 满怀羁思不堪听。

好一个"满怀羁思不堪听"，这龙江夜雨，怎能不让人沧桑感慨。

雨声越来越小，心也越来越静。忆起十七岁时在铁柱宫，我与道士彻夜长谈而忘记结婚大事，妻子至今还会笑话我痴；三十四岁时在龙场悟道，几天几夜坐于木棺之中，"道"方悟出。我便与徐爱谈及静坐。我告诉徐爱："静坐是修身养性、克除杂念的好方法。如用静坐来'存天理、去人欲'，着实大有成效。"

徐爱点头称是："静坐中，学生常常进入一种内心澄明的境界，头顶是一望无际的天，脚下为广袤无垠的海，海天相连，延伸至视线尽头。我仿佛被一股看不见的气托着，静坐于这天海交界处。我的心也如同这天与海，明镜般的平静。在这里，我更能体悟茅塞顿开之感。"

我与徐爱便于舟中静坐，长江之畔，孤灯如豆。闭眼而坐，天地皆在心中。

第二日，天又放晴。清晨时分，一轮红日从江面升出。被雨水冲洗过的城市如此干净，空气中有一股草木的清香。这也是南京城留在我记忆中的味道。

适应了南京的风土人情后，我开始喜欢上了这里。南京自古以来就是一块人杰地灵的风水宝地，灵秀的山川、激荡的河流、宏伟的气象，以及昌盛的文学，都令我魂牵梦绕。穿过喧闹的集市和安谧的学堂，我瞻仰应天府的皇城，走过五龙桥，感受着南京——不仅是它本身，还有它的文化所带来的震撼。

我有种直觉，在这里讲学，一定能创造出更大成就。

滁州的那些学生不久便追随我来到南京。一日，我正端坐于室厅中，徐爱在厅外轻轻叩门，待我应答，他快步走进来，面上带着掩抑不住的喜悦，恭敬道："老师，您的学生都来了！"我又惊又喜，分别时日虽短，我对他们却甚为思念。今日他们居然来这里了！我急忙站起来，边往门口走，边拂了拂衣袖，徐爱疾走两步上前扶着我。

有人迎面走来，激动地握住我的手，道："老师，终于见到您了！"这是陆澄。旁边的薛侃和黄宗明也欠身表示敬意。他们身后有二十一人，分别是马明衡、季本、许相卿、王激、林达、张寰、唐俞贤、饶文璧、刘观时、郑骝、周积、郭庆、栾惠、刘晓、何鳌、陈杰、杨杓、白说、彭一之、朱篪辈等。师生相逢，我喜而为之动容。

白天，我悉心办理公务；晚上，我则和朋友或学生促膝长谈，讲学论道。学生随时可以提问，我也会耐心解释。遇到我也不清楚的问题，我们便一起探讨，一齐进步。学生们的虚心好学给了我极大的鼓励和动力，每当豁然开朗的时刻，学生们也会为我庆贺。在南京两年半的时光里，我似乎在一步步接近心学的精髓。

闲暇之时，我会带领学生、陪着好友游山玩水，观赏南京的秀美风光。看着学生们穿行于山林泉水中，听着他们谈论心得，我站在好友身边，脸上带着欣慰的微笑。崭露头角的他们必能将心学发扬下去。

我也教学生们静坐，让他们体会内心平静的感受，用意念克服杂念的侵扰。这对他们来说或许很难，但我相信，总有一天，他们会掌握打开学问之门的金钥匙。

幕府思辨

南京城北上元门至燕子矶之间，紧临长江边有一山名唤幕府山，该山相传是晋时琅琊王、南顿王、彭城王、汝南王、西阳王五位王爷五马渡江之处。琅琊王便是从滁州琅琊山而来的司马睿。相传司马睿与王导在幕府山过江，王导还曾于此山中设置幕府。司马睿日后建立东晋王朝，史称晋元帝。"五马渡江，一马化龙"的传说便来自于此。

我很是喜爱幕府风光。这一日，我又与众学生同游城北的幕府山，薛侃告诉我，正德皇帝突然决定大力推广佛教，并派遣太监刘允前往乌斯藏赍送贡幡，奉迎佛徒。内阁大臣强烈反对，却无济于事。闻之，身边的学生们议论纷纷，有的人主张不应该推广佛教，但也有学生认为可以引进佛教。

我让薛侃引众生到燕子矶。燕子矶号称"万里长江第一矶"，直立于江面之上，三面临空，真如同一只燕子展翅而飞。大家在矶上靠江边的平台席地而坐，开始讨论。

支持迎佛的王嘉秀和萧惠高谈阔论，眉飞色舞地谈论着佛老之道："先后分成十八部或二十部，分裂成上座部、大众部两大派。你们知道吗？就是今天咱们所游之地，也是当年达摩一苇渡江之处。你想一想，可以用一根草渡过如此宽的长江，高僧自有高人之处。"

我早已听说一些弟子喜好空谈心学，将心学论述得神乎其神，甚至认为心学属于佛教，且大肆宣传与佛教有关的道理。我为此感到不安，既担心对心学传播产生不良的影响，又害怕这种风气使我的学生走上歧途。我一直想解决这个问题，却找不到合适的机会。正德皇帝引发的这场"佛教风波"正是一个好时机。

我抬手示意，轻声笑道："诸位安静。"所有人都停止了议论。

我对王嘉秀和萧惠说道："我看你们如此激动，想必对佛老之道了解甚深吧？"

这句话仿若一盆冷水浇下，王萧二人的兴奋荡然无存，立即向我深深作揖，小声道："我们并不十分了解佛教，只是听说过些许，我们还是推崇先生的学问的……弟子知错了，请先生惩戒。"

我叹了口气，伸手示意道："老师都明白，你们不必如此小心。刚刚嘉秀说达摩一苇渡江，那一苇你认为仅仅是一根芦苇？《诗经·河广》有'谁谓河广？一苇杭之。'可知一苇过江早有说法，但这一苇并非一根芦苇，而是一束啊，扎成竹草之筏，自然可以过江，何来神奇之说。学问之道也是如此，不管是儒道还是佛道，都不能一叶障目。"

众学生若有所思，纷纷点头。

我又缓缓地道："我自幼深信佛教学说，自认为在佛道上颇有收获，便觉得儒家学说毫无可学之处。但后来我在贵州的龙场待了三年，才发现孔子的学问是如此简易博大，后悔枉花了自己三十年的工夫。如今，我将我的经验告诉你们，只是希望你们少走弯路啊！"

学生们拱手道："谢先生教诲。"

我摆摆手，道："还有谁要提问吗？"

这时，萧惠开口了："学生想知道，如何看待佛老之道？"

我微笑道："其实，佛道两家的精妙之处和圣人的学说只有毫厘之差，儒释道三者是相通的。你们现在学到的不过是佛道两家的极细微之处，并未接触到大本，便自信、自我欣赏到这种地步，就像猫头鹰逮到了一只腐鼠一样。"

萧惠惭愧地低下头道："请先生指教。"

我继续道："我所讲的格物致知，正是为了穷尽事物。我未曾禁止人们穷尽事理，让他们深居静坐，无所事事。但如果把即物穷理讲成重视外在知识，忽略内心修养，那也是错的。糊涂的人，如果能够在万物之上精察心中的天理，发现原有的良知，则'虽愚必明，虽柔必强'。那些只谈空虚寂静的佛家弟子，恰恰不能在万事万物上精察心中的天理，发现其心中本有的良知，以致抛弃人间伦常，把寂灭虚无当作正常现象，所以他们才不能够齐家、治国、平天下。"

学生们偶尔小声地交头接耳，我静静地看着他们。这时，徐爱为我端来热茶，小心地递到我手中，道："老师您要多注意身体，切莫过度劳累。燕子矶临江，风太大，老师还是到山下面转转吧。"学生们也都称是，一行人便从燕子矶转向东，沿江徐行。

研学时光转瞬即逝，学生们终归要一别。目送他们离开后，我让徐爱拿来纸笔，磨好墨。在摇曳不定的烛光下，我写下了一封两千余字的《谏迎佛疏》，表达对迎佛的反对。书中写："若尧、舜则端拱无为，而天下各得其所。惟'克明峻德，以亲九族'，则九族既睦；平章百姓，则百姓昭明；协和万邦，则黎民于变时雍；极而至于上下草木鸟兽，无不咸若。其仁爱及物，比之释迦，则又至也。佛能方便说法，开悟群迷，戒人之酒，止人之杀，去人之贪，绝人之嗔，其神通妙用，亦诚可谓大矣，然必耳提面诲而后能。若在尧、舜，则光被四表，格于上下，其至诚所运，自然不言而信，不动而变，无为而成。盖'与天地合其德，与日月合其明，与四时合其序，与鬼神合其吉凶'，其神化无方而妙用无体，比之释迦则又大也。若乃诅咒变幻，眩怪捏妖，以欺惑愚冥，是故佛氏之所深排极诋，谓之外道邪魔，正与佛道相反者。不应好佛而乃好其所相反，求佛而乃求其所排诋者也。"

可令人难以捉摸的正德皇帝，在我还没呈上这封奏疏的时候，就放弃了迎佛的想法。学生们都如释重负，以为这场风波会逐渐平息。没料想，此事改变了我的想法。

清凉寄情

由于官职的清闲，加之正德皇帝不问政事，随心所欲，在这场"佛教风波"后，我顿生放弃从政、归隐山林的念头。于是，我两次上疏朝廷《自劾乞休疏》，要求还乡。

　　我焦虑地等待着，却毫无结果。待我确定这两封奏折已被置之不理时，我感到十分失望和遗憾。日子还是要过，我只有寄情于学问了。

　　徐爱给了我很大的帮助，他极为热情地担任着一个好助手、好学长的责任，勤勤恳恳。他会安排好所有学生，将烦琐的事情处理得井井有条。他热衷于传播心学，吸引更多的学生来到我的学堂听学。正是有了徐爱这样的得力弟子扶持，我才能潜心做学问，使"合知行"的能力有进一步的提升。

　　因为学生常常会讨论佛儒之异同，我与学生便常常到清凉禅寺中游学。在清凉寺，我告诉学生此地便是"解铃还须系铃人"的典故发生地。当年在清凉寺法眼禅师讲经时问众僧："谁能够把系在老虎脖子上的金铃解下来？"众僧思考无解。这时，僧人法灯走来，法眼又向他提出这个问题。法灯不假思索地答道："在老虎脖子上绑铃的那个人能够把金铃解下来。"

　　我常常告诉学生们："千万不要强分佛儒之不同，两者有诸多相通之处。高僧惟政一生向佛，也浸淫于儒家的经典，特别喜爱《论语》。孔子曾说：'礼云，礼云！玉帛云乎哉？乐云，乐云！钟鼓云乎哉？'惟政模仿着说：'佛乎，佛乎！仪相云乎哉？僧乎，僧乎！盛服云乎哉？'"

　　在耳濡目染中，学生们逐渐开悟。

　　在清凉寺中我曾写下《游清凉寺三首》：

其一：

　　　　春寻载酒本无期，乘兴还嫌马足迟。

　　　　古寺共怜春草没，远山偏与夕阳宜。

雨晴涧竹消苍粉，风暖岩花落紫蕤。

昏黑更须凌绝顶，高怀想见少陵诗。

其二：

积雨山行已后期，更堪多病益迟迟。

风尘渐觉初心负，丘壑真于野性宜。

绿树阴层新作盖，紫兰香细尚余蕤。

辋川图画能如许，绝是无声亦有诗。

其三：

不顾尚书此日期，欲为花外板舆迟。

繁丝急管人人醉，竹径松堂处处宜。

双树暗芳春寂寞，五峰晴秀晚羲蕤。

暮钟杳杳催归骑，惆怅烟光不尽诗。

很多时候，我讲学完毕，会让学生们回去多加思考。学生们常有不理解的地方，又不忍叨扰身体不好的老师，便会敲开徐爱的房门。迎接他们的，总是那张温暖的笑脸。徐爱作为一个尽职尽责的"助教"，悉心关注我的学生们，时刻帮助他们。学生们第二尊敬的人，大概就是徐爱了。

我从心底感谢这位忠实可亲的学生，但也为他的身体感到忧心。我经常劝他不必如此劳累，可他总会摆摆手，笑道："老师多虑了，您不用担心我。"他默默地承担着一切。

从徐爱口中，我得知了许多学生的烦恼与问题。

孟源的缺点是自以为是，喜爱虚名。一天，得知他再次对朋友吹嘘自己的学问时，我严厉地训斥道："你又犯老毛病了!"

孟源顿时脸色一变，下意识想要为自己辩解。我打断他的话，语重心长道："这是你一生的大病根啊！就好比一丈方圆的地里种着一棵大树，若在大树四周撒上优良的种子，大树的叶子会遮住阳光和雨水，大树的树根会占据土地，争夺养分，种子怎么能成活呢？只有将大树连根拨起，才能使优良的种子茁壮成长。否则，你所有的努力耕耘和栽培都是徒劳。"

孟源听罢，内心羞愧，连连道："弟子一定知错就改。"

陆澄在衙门里居住时，突然接到儿子重病的家信，顿感忧虑，整天无精打采。我了解情况后，抚着他的肩膀，道："老师能理解你的感受，你不妨将它看成修身养性的好时机。父亲关爱儿子，是符合天理的最深切的情感，但是天理也要有中正的度，超过这个限度就变成了私欲。"

陆澄听后，眼泪流了下来："我明白，老师，但身为父亲，我对儿子的病感到万分悲伤啊。"

我也为之动容，难过道："作为父亲，见儿子病重，哪有不想用泪水来化解心中的悲痛的？然而圣人云'毁不灭性'，因为天理本身便有限度，凡事不能过分。切莫太过悲伤，有老师在呢……"

还有一位学生得了眼疾，忧心忡忡，急躁上火，我用四个字来告诫他："贵目贱心！"

后来，我发现薛侃时常会事后后悔，我便告诉他："悔悟是去除毛病的良药，但能让人有错便改才是它真正的效用。如果仅仅将悔恨留滞在心里，就会因为用药而添病。"

我与学生谈心的事例不胜枚举。可我还能再多说什么呢？只是希望他们听我的那一声劝罢了。

金陵遇旧

在与我交往的友人中，有一位友人叫湛若水，他和我一样研究心学，与我志同道合，交往甚多。他创立的"甘泉学派"，以"随处体认天理"为宗，提出"格物为体认天理"与"为学先须认仁，仁与天地万物为一体"的理念。对我而言，湛若水不仅是志同道合的朋友，还是鼓励我前进的动力。

正是江南好风景，落花时节又逢君。在南京的时候，我竟然又遇见了他。只是，命运弄人，此次会面没有欣喜，多的却是悲伤。

湛若水是扶着母亲的棺木南下的。我们面面相觑，相顾无言。湛若水是位孝子，母亲的离去无疑带给他巨大的打击，使他饱经风霜的脸更加沧桑了。

此时已是傍晚时分，夕阳逐渐消失在连绵的远山后，残阳如血，将群山和云层映红了，其中又隐隐透出些金色，将天空衬得更加灰暗。山下的树林十分寥落，枝叶交错，远而模糊，近而悲凉。风无所顾忌地在枝叶中穿行，惊起数只飞鸟，唱起悠远的悲歌，远远地呼应着，飞向远方。送葬的队伍很长，如同一群黑鸟，连成一线，缓缓移至远方。湛若水看着我，两行泪水无声滑落。那泪水反着光，仿佛在我的眼中也留下印迹，唤醒了我记忆的某些片断。望着长长的丧队，我突然想起已逝去的亲人。

我想起逝去多年的母亲，想起逝去的祖父，想起已到龙钟暮年的祖母。湛若水的经历令我沉浸在痛苦的回忆里。我甚至想到了我自己：长年身体不佳，肺疾一年比一年严重，虽在壮年，却早生华发。如若上天留给我的时间还很多，如若我的身体还很健康，或许我能继续平静地讲学和游玩。只是，还有一件事。

我握紧拳头，望向远山的尽头。只是，我少时曾站在居庸关上，许下誓言：我要经略四方，报效祖国！我做过多少关于战争的梦，甚至梦见伏波将军，渴望金戈铁马的生活。我想，我希望，我发誓，一定要将一生所学结合到整理国家中去，成就一番事业。可是，朝廷不重视我，让我身居如此清闲的官职，我无法实现我的抱负。留在此地讲学，与学生好友游玩固然美好，但志不立，天下无可成之事！我仍须努力！

一声鸟啼传来，凄惨而悠长。我激动的心又被阴云笼罩。眼看着自己的身体一日不如一日，我不知道，自己还有多少时间可以等待。或许，湛若水有的只有悲伤；而我有的不仅是悲伤，更多了一份焦虑。

回到府中，徐爱见我的情绪有些低落，便安慰我道："先生切莫过于悲痛，毕竟人有悲欢离合，月有阴晴圆缺，您因朋友的悲伤而悲伤，我能理解，只是千万不要伤了身体。"

徐爱啊，你哪里知道，我还有另一件心事呢！

那天夜里，我辗转反侧，彻夜无眠。居庸关上的豪情壮志，与朝廷对自己的漠视纠缠在一起，冲击着我的心。我刚努力排除了这些念头，对亲人的思念却又涌入。我被扰得心神不宁，不由地坐起，望向窗外。皎洁的月光仿佛丝绸般流入我的房间，温柔地包围着我，似要给我一丝慰藉。"千里共婵娟"，想必我的学生、我的好友和我的亲人都会用这轮明月寄托些什么吧。我默默地想着，眼睛却湿润了。

日月其逝，如彼沧浪。半生出走，仍是少年。我的人生如一叶扁舟，在未来的江海中要面临更大的风浪。

（第二部完）

王阳明生平年表

　　明宪宗成化八年，1472 年，王阳明生于余姚瑞云楼，初名王云；

　　成化十二年，1476 年，祖父王伦依《论语》"知及之，仁不能守之，虽得之，必失之"，改阳明为守仁；

　　成化十八年，1482 年，与祖父王伦至京师；

　　成化十九年，1483 年，京师就读，与师论读书目的，谈及功名并非目的，读书是为了做圣贤；

　　成化二十年，1484 年，母亲郑氏去世；

　　成化二十二年，1486 年，王阳明出游长城居庸三关，始有经略四方之志，经月始返。一日梦伏波将军，赋诗。

　　明孝宗弘治元年，1488 年，至南昌与诸养和之女成婚，王阳明成婚当天，众皆寻不见其人，在铁柱宫与道士对谈养生，至第二日方被寻回。习书法，精进；

　　弘治二年，1489 年，与妻诸氏乘舟回余姚，舟至广信，拜见一斋，听授《大学》"格物致知"之学。

　　弘治五年，1492 年，参加浙江布政使司乡试，中举人；是年，取竹格之，致病；

弘治十年，1497年，王阳明寓京师，当时边报甚急，王阳明留心兵法之书，宾宴之时，取果壳排兵布阵；

弘治十二年，1499年，参加会试，中二甲进士第七人；

弘治十七年，1504年，授兵部武选清吏司主事；

明武宗正德元年，1506年，王阳明因上疏救被刘瑾抓捕的戴铣，被杖四十，贬谪贵州龙场，龙场悟道；

正德三年，1508年，王阳明在贵阳文明书院讲学，首提知行合一说；

正德十一年，1516年，王阳明任都察院左佥都御史；

正德十二年，1517年，王阳明赴江西镇民变；

正德十三年，1518年，王阳明赴江西平叛；

正德十四年，1519年，王阳明平宁王叛乱；

正德十六年，1521年，明世宗即位，王阳明任南京兵部尚书，加封新建伯，世袭，允其返乡探视；

明世宗嘉靖元年，1522年，父王华去世，王阳明回乡守制；

嘉靖三年，1524年，王阳明至稽山书院讲学；

嘉靖四年，1525年，王阳明在绍兴创办阳明书院，传播阳明心学；原配夫人诸氏去世；

嘉靖六年，1527年，九月，王阳明赴广西平叛前夜，天泉桥留心学四句教：无善无恶心之体，有善有恶意之动。知善知恶是良知，为善去恶是格物。

是年，王阳明总督两广军务，击溃瑶族和僮族等少数民族的地方武装。

嘉靖七年十一月二十九日，1529年1月9日，病逝于舟中，遗言："此心光明，亦复何言！"万历十二年，1584年，王阳明从祀于孔庙。